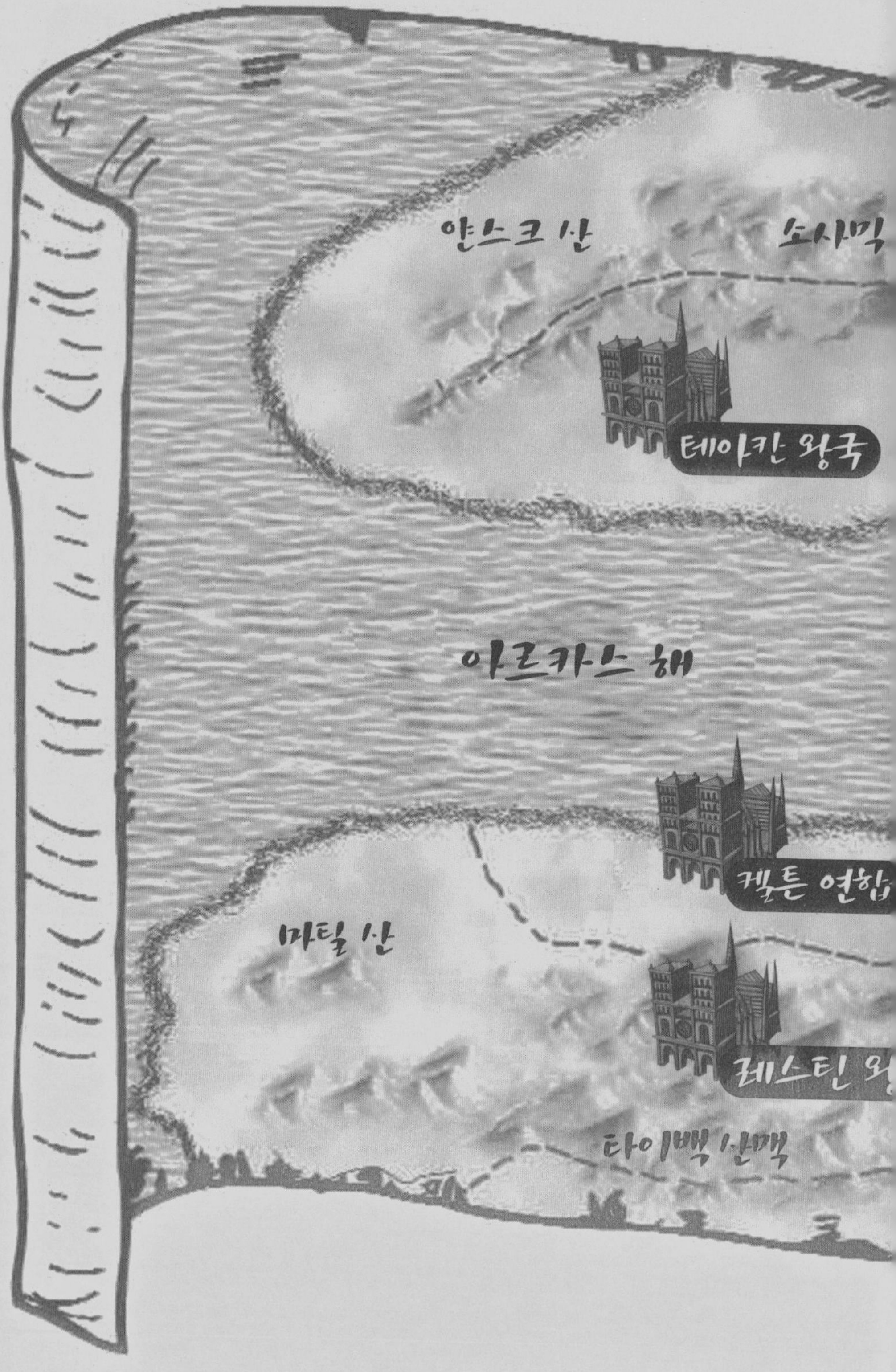
얀스크 산
소사막
테이칸 왕국
아르카스 해
켈튼 연합
마틸 산
레스틴 왕
타이백 산맥

# 아린이야기
### Arin's Story

# 아린 이야기 2

박신애판타지장편소설

초판 1쇄 찍은 날 § 2000년 11월 30일
초판 1쇄 펴낸 날 § 2000년 12월 5일

지은이 § 박신애
펴낸이 § 서경석
펴낸곳 § 도서출판 청어람
편집 § 문혜영 · 박영주
마케팅 § 정필 · 강양원

등록번호 § 제 1081-1-89호
등록일자 § 1999. 5. 31
어람번호 § 제 1-0051호

주소 § 경기도 부천시 원미구 심곡1동 350-1 남성B/D 3F ㈜420-011
전화 § 032-656-4452      팩스 § 032-656-4453
e-mail § eoram99@chollian.net

ⓒ 박신애, 2000

값 7,500원

ISBN 89-5505-022-4 (SET) / ISBN 89-5505-026-7 04810

박신애 판타지 장편 소설

# 아린이야기
## Arin's Story

### 2

## 제2권-여행의 시작

도서출판

청어람

# 목 차

제12화

# 아린, 찜당하다

# 아린, 짬당하다

흥, 잘~ 생겼구만. 마법사님께서 기뻐하시겠어.

너에게는 미안하지만 우리와 함께 가줘야겠다.

할아버지와 엄마, 그리고 나. 이렇게 셋은 마을을 떠나 드래곤 숲을 향하여 이틀이나 달렸다. 그동안에 마을은커녕 사람 그림자 하나 보이지 않았고, 단지 몬스터들의 공격만 몇 번 받았다. 물론 우리에게 덤볐던 놈들은 살아서 돌아가지 못했지만(운없는 놈덜).

"다음 마을은 아직 멀었어요?"

"어디 보자… 지도에 의하면 하루 더 달려야 나올 것 같은걸?"

"마을들이 무척 떨어져 있네요. 그래서 몬스터가 많은가?"

우리가 지금 야영하고 있는 이곳에서도 한 떼의 몬스터가 달려들었다가 지금은 모두 잠들어(?) 버렸다.

"이놈들은 아마 드래곤 숲에서 쫓겨난 놈들일 게다."

우리 주위에서 잠들어 있는 몬스터들을 한번 쓰윽 훑어보시던 할아버지께서 무언가 생각이 나셨는지 한마디하셨다.

"쫓겨나요?"

"그래. 저번에도 말했지만, 드래곤 숲에 사는 그 웃긴 녀석은 숲에 조금만 해를 가해도 가만 안 둬. 그러니 그 녀석이 몬스터들을 그냥 둘 리 없지. 아마 그 숲에 들어가자마자 당장 쫓아냈을걸? 그곳에서 쫓겨난 몬스터들은 다른 숲으로 이동했거나, 아니면 이 주위에 터를 마련하거나 그랬겠지. 그래서 그 숲 근처 지역에 이렇게 몬스터가 많은 거다."

"흠, 그럼 이 녀석들은 다 그때 쫓겨난 몬스터들의 후손이겠군요? 드래곤의 숲에 고룡께서 머물고 계신 지도 꽤 오래 되었을 테니."

"그렇게 되나?"

"그럼 그 숲에는 동물도 없겠군요?"

"아니, 웬일인지 동물은 그냥 두더라구."

"그럼 동물은 무지 많겠네요?"

"그렇지도 않아. 어느 간 큰 놈이 드래곤 레어 근처에서 살겠냐? 단지 레어와 멀리 떨어진 곳에 좀 있을 뿐이야. 더욱이 초식 동물은 하나도 없을걸?"

"풀을 먹어서요?"

"그렇지. 그놈이 또 웃긴 게 레어 근처에 꽃밭을 가꾸고 있거든. 그래서 초식 동물이 어쩌다 근처에 나타나기만 해도 싸그리 없앴으니까."

"꽃밭이요?"

"그래, 꽃밭."

"그 꽃들을 심어놓고 가꾸는 밭이요?"

"그렇다니까. 그것도 꽤 큰 밭이야. 종류도 무지 많고. 저번에 보니까 별 희한하게 생긴 게 다 있더군. 그걸 얼마나 끔찍이 아끼는지 그 꽃밭에다가 걸어놓은 보호 마법만도 몇 개는 될걸? 왜, 옛날에 내가 그놈이랑 싸우느라고 숲을 날려버린 적이 있다고 했잖아?"

"예."

"그때 그 꽃밭에다가 브레스를 한 방 먹였었거든. 근데 그 주위만 날아갔지, 거기는 멀쩡하더라고."

옆에서 이야기를 듣고 계시던 엄마도 한마디하셨다.

"말도 마. 예전에 엄마가 그곳에 잠시 들렀다가 우연히 꽃밭에 들어갔었거든? 근데, 그때 꽃 한 송이 꺾었다고 당장에 벼락이 떨어지더라니까."

"대단하네요."

"대단하기는 하지. 하지만 뭐, 옛날에 그랬다는 거지, 지금은 어떤지 몰라."

"모르긴 몰라도 더할걸요?"

'정말 희한한 드래곤을 보게 생겼군. 꽃밭을 가꾸는 드래곤이라.'

이런저런 생각을 하다가 나는 잠이 들었고, 다음날 아침 엄마가 깨우는 바람에 일찍 일어나 출발했다. 그리고 저녁때쯤에 우리는 무척이나 크고 튼튼해 보이는 외각 성벽에 둘러싸인 마을을 볼 수 있었고, 한밤중이 되어서야 마을 외각을 둘러싸고 있는 성벽에 도착할 수 있었다. 하지만 너무 늦은 시각이라서 그런지 성문이 닫혀 있었다.

"어쩌죠?"

내가 엄마와 할아버지를 돌아보면서 묻자 엄마가 진지하게 한마디하셨다.

"확 부숴버릴까?"

"아서라. 그러다가 이 성 날아갈라. 그냥 날아서 살짝 넘어가자."

나도 내 의견을 말해 보았다.

"그냥 열어달라고 하면 안 될까요?"

그러자 엄마가 피식 웃으면서 대꾸하셨다.

"한밤중에 열어달라고 하면 누가 열어주겠냐? 그리고 우리가 누군지 신원도 확실하지 않은데."

"그런가?"

"그냥 날아서 넘어가."

할아버지가 자신의 의견을 또 주장하셨다.

"넘어가면 어디서 자요? 밤에는 성문을 닫는 곳인데 여관이 지금 열려 있을까요?"

"그것도 그렇네. 그냥 여기서 자고 내일 아침에나 들어갈까?"

엄마의 현실적인 반박에 할아버지는 수긍하셨고, 덕분에 날아서 성안으로 몰래 들어가는 일은 무산될 수 있었다. 그렇게 되길 바랐던 나는 얼른 고개를 끄덕이며 동의했다.

"그래야 할까 봐요."

"그럼 어디서 자지?"

이제 화제는 어디서 잘 건지 결정하는 것으로 돌려져 나는 주위를 둘러보았다. 마땅히 잘 만한 데는 보이지 않아서 다시 성안으로 들어가자는 말이 나올까 봐 걱정되기 시작하는 그때, 엄마가 우리가 지나온 숲을 바라보면서 말했다.

"그냥 저쪽 숲에서 자요. 뭐, 하룻밤만 버티면 되는데 아무 데서나 자자고요."

"그래그래, 찾기도 귀찮은데 대충 아무 데서나 자자구."

이렇게 해서 우리는 근처 숲에서 하루를 더 보내고 아침에 성문이 열릴 때 성안으로 들어갔다.

근처 문을 연 식당에 들어가서 주문을 하고 음식을 기다리는데 식당 주인이 자꾸 우리 쪽을 힐끔힐끔 쳐다보았다. 내가 빤히 바라보자 또 이쪽을 쳐다보던 주인이 나랑 눈이 마주쳤고, 그러자 황급히 시선을 돌리며 딴청을 부렸다.

"역시 어딜 가나 엄마는 눈에 띄나 봐요."

어딜 가나 항상 엄마가 주위의 시선을 끌었기에 이번에도 당연히 난 주인이 엄마를 쳐다보고 있는 줄 알았다.

음식이 나오고, 잔돈을 찾기 귀찮아진 할아버지가 금화 한 닢을 건네주자 주인의 눈이 둥그레졌다.

"오늘 하루 여기서 묶고 갈 테니까 방이나 준비해. 제일 좋은 방으로 두 개, 그리고 말들 좀 잘 돌봐주고."

그러자 주인이 조심스럽게 물어왔다.

"저기, 오늘 이곳에 묶고 가실 생각이십니까?"

음식을 눈앞에 둔 할아버지가 스푼을 드시면서 시큰둥하게 대답하셨다.

"왜? 우린 어제 밤새도록 왔기 때문에 무척 피곤하단 말야."

"그럼, 내일 일찍 출발하시겠네요?"

"그럴 생각이야."

"그럼, 오늘 하루 종일 방 안에 계실 겁니까?"

"그런데 도대체 왜 그래?"

음식을 앞에 두고 먹지도 못하게 계속 말을 걸자 화가 난 할아버지가 쏘아붙였다.

"원래는 말하면 안 되지만 이렇게 많은 돈을 주셨는데……."

"왜 그러냐니까?!"

"저 소년 말입니다."

"저요?"

갑자기 나를 가리킨 주인 때문에 나는 무척이나 당황할 수밖에 없었다.

'날 가지고 왜 그래?'

"예, 오늘 아침 일찍 오셨을 테니 손님들을 본 사람은 없겠지요?"

주인이 나를 가리키면서 심각하게 말하자, 할아버지는 얼굴에 머물러 있던 짜증스러운 기색을 완전히 지우고 진지하게 주인을 바라보았다. 엄마도 막 수프를 떴던 스푼을 다시 수프 접시에 내려놓으시고는 이쪽을 바라보셨다.

"아마 그럴걸?"

"그럼, 오늘 하루 밖에 나가지 마시고 하루 종일 방에만 계세요. 식사는 제가 방으로 갖다 드리겠습니다. 그리고 내일 아침 일찍 떠나세요."

"왜?"

"그건 묻지 마시고 제가 가르쳐 드린 대로 하세요. 이게 다 손님들을 위해서 하는 말입니다. 그리고 지금 빨리 드시고 올라가세요. 누가 오기 전에 말입니다. 아니아니, 손님은 방에 들어가서 드세요. 제가 올려다 드리겠습니다."

주인은 매우 다급하게 말하고 내 몫의 음식에 손을 댔다.

그러나 그의 이런 노력을 물거품으로 만들어 버린 사람들이 있었다. 내가 방으로 가기 위해 의자에서 일어나려고 할 때 식당 문이 벌컥 열리며 병사로 보이는 사람 세 명이 들어온 것이다.

"이봐, 우리 왔어."

주인은 음식을 들던 손길을 딱 멈추더니 다시 음식을 식탁 위에 올려놨다. 그리곤 나를 굉장히 안됐다는 눈길로 한번 쳐다보고는 병사들 쪽으로 가버렸다.

그리고 식당에 막 들어서던 병사들도 주위를 둘러보다가 나를 보더니 의미 심장한 눈길을 자기들끼리 주고받으면서 주인이 안내하는 자리에 앉았다.

'뭐야, 이거? 왠지 분위기가 이상한걸?'

엄마와 할아버지도 별로 기분 좋아 보이시지 않았다. 병사들이 자리에 앉아서도 자꾸 내 쪽을 흘끗흘끗거리자, 결국 화가 나신 엄마가 소리쳤다.

"이봐, 할 말 있으면 직접 와서 해. 괜히 뒤에서 힐끔대지 말고!"

그러나 병사들은 아무 대꾸도 안 하더니 주인이 가져온 자신들 몫의 음식을 먹고 우르르 나가버렸다.

"뭐야, 기분 나쁘게."

엄마가 문을 나서는 병사들의 뒷모습을 째려보면서 투덜댔다. 그리고 뭔가 이상한 낌새를 느끼신 할아버지가 주인장을 부르셨다.

"아무래도 뭔가 이상해. 이봐, 주인장. 무슨 일이지?"

주인은 할아버지의 부름을 받고 우리가 있는 테이블로 다가오면서 나에게 연민이 담긴 눈길을 보내왔다.

"에휴, 운이 없으시군요. 빨리 저 소년을 숨겼으면 괜찮았을 것을."

"무슨 일이냐니까?"

"이제 곧 저 소년을 데려가기 위해 병사들이 들이닥칠 겁니다."

"왜?"

"그거야 마법사님께 바치기 위해서지요."

"마법사한테 바쳐?"

황당해하시는 할아버지의 시선은 좀더 자세한 설명을 요구했고, 그런 시선을 받은 주인장은 본격적으로 말하려는 것인지 우리 식탁에 있는 빈 의자에 앉았다.

"손님들도 여기 오시면서 아셨겠지만 이 근처에는 몬스터들이 많습죠. 이놈들은 시도 때도 없이 공격을 해오니 우리들로서는 큰 문제랍니다. 국가에 토벌군을 요청해도 이런 변두리 영지에 군사들을 보내줄 리 없고, 우리들끼리 싸우자니 너무 힘들고… 그러다가……."

"그러다가?"

할아버지가 엄마와 나를 대신에서 대꾸해 주었기 때문에 엄마와 나는 듣기만 했다.

"5년 전쯤인가? 지금 마법사님이 나타나셨지요. 그때 몬스터들이 공격을 해오는 중이라서 성문을 열 수 없었어요. 우리는 사람 하나 죽는구나 생각을 했는데……."

"했는데?"

"아, 글쎄, 단신으로 그 많은 몬스터들을 물리쳤지 뭡니까? 그땐 굉장했어요. 불꽃이 일지 않나, 얼음이 횡횡 날아다니질 않나, 번개가 번쩍번쩍하지 않나."

"꽤 하는 놈인가 보군."

"대단했지요. 그래서 우리 영주님이 그분을 성으로 모셔다가 여기 머물게 했지요. 덕분에 몬스터들이 쳐들어와도 마법사님이 해결을 해주셨으니 우리로서야 고마운 일인데……."

"그런데?"

"마법사님께는 안 좋은 취미가 하나 있다는 게 문제지요."

"무슨 취미인데?"

"그러니까 아직 다 자라지 않은, 그러니까 여기 이 손님만한 소년들을 데려다가 애인으로 삼으시는 거지요. 그리고 얼마 지나면 내치고, 또 딴 소년을 데려다가 애인으로 삼고, 또 얼마 뒤에 내치고… 뭐, 그런 취미가 있으시지요."

"영계 취향이구만?"

"뭐, 그렇게 말할 수도 있지요. 그래서 그럴 때마다 마법사님께 소년을 한 명씩 바쳐 왔지요. 마법사님이야 하등 아쉬울 게 없지만 우리야 어디 그렇습니까? 마법사님이 여길 떠나시면 우린 끝장일지도 모르는데……."

"그렇군. 근데 그게 우리 애랑 무슨 상관이지?"

"그게… 그러니까, 아무리 성 주민을 위한다곤 하지만 누가 마법사에게 자기 아들을 바치고 싶어하겠습니까?"

"아니, 왜? 어떻게 하는 것도 아니고 애인을 삼는 건데, 호의호식할 것 아니야?"

"물론 호의호식이야 하지요. 하지만 마법사님은 '남자'란 말입니다."

그의 말에 할아버지와 엄마는 눈을 동그랗게 뜨셨다.

"남자?"

"여자가 아니고?"

나는 너무나 황당해서 말도 안 나왔다.

"그러니 누가 자기 아들을 바치고 싶어하겠습니까? 특히 마법사님께 바쳐졌다가 돌아온 아이들 중에는 정신적으로 이상하게 된 아이들도 있으니… 도대체 어떻게 했길래 그렇게 된 건지……."

"흠, 그랬군."

"그래도 어쩝니까. 어쩔 수 없이 성주님이 강제로 애들을 빼앗아서 바쳤지요. 하지만 것도 얼굴이 반반해야 받아주시더라구요. 그러니 얼굴이 좀 못난 애들은 무사했지만……."

"그럼 뭐, 된 거잖아? 얼마에 한번씩인데?"

"그거야 애가 무사하면 몇 년에 한번씩이지만, 애가 맞이 가면 그날 당장에 내쳐지고 곧바로 딴 애들을 바쳐야 하는데요?"

"그럼 도대체 그동안 몇 명이 바쳤는데?"

"50명 되려나?"

"1년에 10명 꼴이군."

"그렇지요. 우리 성이 크면 몰라도 인구가 기껏 500명이 좀 넘는데 여기서 잘생긴 소년들이 얼마나 있겠습니까? 더욱이 딴 마을은 멀리 떨어져 있고……."

"그러니까 우리가 안 좋을 때 여길 왔다는 말이군?"

"한마디로 말하면 그렇지요."

"그 자식 변태잖아?"

"그래도 우리에겐 고마운 분이지요. 이런 외각 성지에 계셔준 것만도 얼마나 고마운 일인데……."

"얼굴 한번 보고 싶군. 어떻게 생겼는지."

"평범하세요. 지금 한 40대 후반, 아님 50대 초반 정도?"

"원래 희한한 놈들이 평범하게 생겼어."

그때 밖에서 한 무리의 사람들이 다가오는 소리가 들렸다.

"아이쿠! 오나 봅니다."

"어떤 놈인지 구경이나 하지."

"그놈도 운이 정말 없군요. 하필 걸린 게 우리니."

지금까지 입을 다물고 이야기를 듣기만 했던 내가 한마디하자 엄마도 한마디하셨다.

"버릇을 확 고쳐 줘야 해요."

우리가 이렇게 말하며 자리에서 일어섰을 때, 식당 문이 벌컥 열리면서 아까 그 병사들과 그들의 대장쯤으로 보이는 사람이 들어왔다.

"이 아인가?"

"예, 그렇습니다."

"흠, 잘~ 생겼구만. 마법사님께서 기뻐하시겠어. 너에겐 미안하지만 우리와 함께 가줘야겠다."

그러자 할아버지가 그의 앞으로 나서서 나를 그의 시선에서 가리며 대꾸하셨다.

"그런가? 마침 잘됐군. 우리도 그 마법사란 사람을 만나보고 싶어하던 참이었거든."

"경거망동하지 않는 게 좋을 거다. 마법사님은 예의없이 구는 자를 용서치 않으신다."

할아버지가 나서자 그 대장같이 보이는 사람은 경고 어린 말투로 할아버지께 내뱉었다. 하지만 뭐, 할아버지가 그런 거에 눈 하나 꿈쩍하실 분이신가?

"뭐, 그거야 우리 사정이고, 자네는 빨리 앞장이나 서라구."

"괜찮으시겠습니까?"

주인이 옆에서 불안한 듯 물어왔다.

"가보면 알겠지."

할아버지가 주인을 힐끔 쳐다보면서 심드렁하니 대꾸하셨다.

우리는 병사들의 뒤를 따라 밖으로 나왔다. 벌써 내 얘기가 퍼졌는지 거리에는 많은 사람들이 나와서 우리를 쳐다보고 있었다. 그리고 우리가 성으로 향하자 뒤에서 쫄레쫄레 따라왔다.

그 모습을 보신 엄마와 할아버지께서 한마디씩 하셨다.

"구경꾼들이 많군."

"어지간히 할 일도 없는 사람들이군."

"아무래도 마법사님이 오신 뒤론 별일이 없었거든요."

옆에서 따라오고 있던 주인이 친절히 설명해 줬다.

"그래서 자네도 따라오는 건가?"

"하하, 저야 손님들이 걱정이 되니까……."

"그나저나 그 자식을 어쩔까요? 그냥 끝장을 내줄까요?"

엄마가 꽤 굳은 얼굴로 할아버지께 의견을 물어보셨다.

"죽일 필요까지 있나. 더욱이 여기서 필요한 사람인데."

"그럼 그냥 혼만 내줄까요?"

"우선 두고 보자구. 그 다음에 생각해도 늦진 않아."

우리는 우리가 이 마을에 들어오기 전에 멀리서 어렴풋이 보았던 성 앞에 도착했다. 성 앞에서는 성주로 보이는 고급 옷을 입은 사람과 그 옆에 마법사의 로브를 입고 서 있는 사람이 보였다.

"호~ 정말 잘생긴 소년이군요. 이번엔 꽤 맘에 드시겠습니다."

"정말 그렇군. 뛰어난 외모를 가진 소년인데."

마법사로 보이는 사람이 나를 물건 쳐다보듯 아래위로 훑어보더니 흡족한 표정으로 고개를 끄덕이곤 나에게 다가왔다.

손을 뻗치면 닿는 거리에 이르자 그는 내 얼굴 쪽으로 손을 뻗었다. 하지만 그의 손이 내 얼굴에 닿기도 전에 엄마가 나를 자신의 뒤로 숨겼다.

그리고 할아버지가 나섰다.

"오호라~ 네놈이 바로 내 아들을 보고 싶어한다는 마법사로군?"

그러자 그 마법사가 눈썹을 치켜올리며 할아버지를 쳐다보았다.

"흥, 네놈도 보아하니 마법사인 게로군. 그럼, 저 소년이 네 아들이냐?"

"보면 모르냐? 내 얼굴을 쏙 빼닮았잖아?"

그때 엄마의 얼굴에 힘줄이 솟는 것은 왜일까?

"그래서 내게서 아들을 지키시겠다?"

'불쌍한 짜슥, 넌 이제 죽었어. 마법사 주제에 드래곤에게 덤비다니. 쯧쯧, 안됐군.'

"그렇다면?"

그 마법사는 픽 웃었다.

"여기까지 무사히 온 것을 보니 너도 제법 실력이 있는 모양인 것 같다만, 보아하니 마력도 별로 느껴지지 않는데? 웬만하면 그냥 가지 그러시나? 여비는 섭섭지 않게 줄 테니."

'쯧쯧, 이놈아. 울 할아버지는 마력을 숨기고 있을 뿐이라구. 넌 기껏해야 5클래스 마스터인 것 같은데.'

인간으로 치면 5클래스 마스터는 제법 높은 실력의 마법사라고 할 수 있다. 그러나 할아버지에 비하면야 뭐…….

"흠… 보아하니 5클래스의 마스터인 것 같군. 변두리에 죽치고 있는 놈치고는 제법 실력이 있다만, 그 실력 갖고 큰소리치다가 큰코다치는 수가 있지."

'뭐, 인간 마법사인데 그 정도 실력이면 어디서든 큰소리칠 만
하지.'

마법사는 자신의 마법 마스터를 눈치 채이자 그제야 할아버지
가 마력을 숨기고 있을 거란 생각을 한 것 같았다. 얼굴빛이 약간
달라지며 목소리도 정중해졌다.

"실례지만 몇 클래스까지 마스터하셨는지?"

"나? 나야 뭐 10클래스까지 간단히 마스터했지."

그러자 주위 사람들이 웅성거리기 시작했다. 자신들의 마법사는
5클래스이고 울 할아버지는 10클래스라니, 상식적으로 생각해도
울 할아버지가 더 세다는 거였으니까. 그러나 그 말을 들은 마법
사는 얼굴이 다시 풀리면서 말투도 다시 무례해졌다.

"푸하하! 웃기는구나. 아무리 최고의 마법사라고 해도 9클래스
까지는 무리이다. 그런데 네가 10클래스라니? 이제 보니 클래스도
모르는 멍청한 사기꾼이구나. 마법사로 사칭하려면 클래스 정돈
알아야지."

'이봐, 인간은 잘 해봐야 9클래스지만, 드래곤은 기본이 9클래스
라구. 더욱이 울 할아버지는 고룡이시란 말야.'

마법사는 다시 내게로 성큼 다가와 손을 뻗쳤다.

"이리 오너라. 정말 아름답게 생겼구나."

그러나 그는 그전에 엄마의 파이어 볼 한 방을 맞아야 했다. 하
지만 그는 여유있게 바리어를 쳐서 막아냈다. 그러면서 엄마를 호
기심 어린 눈으로 바라보았다.

"3클래스? 제법 하는구나. 네가 진짜 마법사냐?"

하지만 엄마는 그의 물음은 무시해 버리고 할아버지를 돌아보

왔다.

"이 자식 어떡할까요?"

"놔둬 봐. 아린보고 처리하라고 그래."

할아버지의 대답에 황당해진 엄마가 되물었다.

"아린보고 처리하라고 하다니요?"

"이젠 아린도 다 컸어. 네가 감싸고돌 나이가 아냐. 저런 놈쯤은 간단히 처리할 수 있어야지."

"그래도 성룡식을 치른 지 얼마나 됐다고……."

엄마는 할아버지의 말에 불만이 있는 것 같았지만 할아버지는 그걸 무시하고는 나에게 말하셨다.

"여차하면 우리가 나서면 돼. 아린아, 저놈은 네가 맡아라."

할아버지는 그렇게 말하시곤 엄마를 끌고 뒤로 물러나셨다.

"처음엔 아버지가 해결할 것처럼 말하시더니……."

"나도 내가 나서서 해결하려고 했는데, 생각해 보니까 이젠 아린도 나서서 해결하는 법을 배워야 할 것 같더라고. 뭐, 기회가 있고 우리도 있으니까 한번 알아서 해보라 그래."

"클클클, 이제 내 실력을 아셨나 보군? 그러게 처음부터 뒤로 물러설 것이지. 내, 여비는 섭섭지 않게 주마."

마법사는 할아버지와 엄마가 뒤로 물러나자 여유있는 몸짓으로 기분 나쁘게 웃더니, 다시 내게로 몸을 돌려서 다가왔다. 그러자 할아버지와 엄마는 내가 어떻게 대처할지 유심히 지켜보기 시작했다.

'나보고 어쩌란 말야?'

"에고~ 보면 볼수록 정말 예쁘게 생겼군."

그 마법사가 나에게 다가와 손을 내밀자 나는 뒤로 한걸음 물러셨다.

"저기요."

그러자 그 마법사는 한걸음 더 다가와 나와의 거리를 좁히면서 더욱더 기분 나쁜 미소를 흘렸다.

"그래그래."

"전 여잔데요?"

"……."

순간 할아버지와 엄마가 비틀거리시는 모습이 눈에 들어왔다. 하지만 의외로 마법사는 담담했다.

"그래서?"

"남자만 원하신다고 그러던데?"

"예쁘면 안 가려."

"그래요?"

"그래."

"글면 우리 언니는여?"

'엄마, 째려보지 말아요.'

"이쁘긴 한데, 너무 드세 보여. 나이도 많고."

엄마의 얼굴에 힘줄이 하나 돋았다.

"그럼, 제가 맘에 드세요?"

"응, 무지무지."

"전 아저씨가 싫은데요?"

이번엔 주위에 구경 나와 있던 사람들이 비틀거렸다.

"괜찮아. 지내보면 나도 괜찮은 남자야."

"라이트닝!"

나는 가볍게 주문을 외웠고, 그러자 하늘에서 직격으로 그 마법사를 향해 번개가 내리쳤다.

"오호~ 너도 마법을 할 줄 아냐?"

그는 내 번개를 가볍게 막으면서 놀랍다는 듯 말했다. 그 순간 뒤에서는 할아버지의 외침이 들려왔다.

"아린아, 저 녀석은 5클래스의 마스터라고. 겨우 2클래스로 뭘 어쩌겠다는 거냐?"

'우선은 공격 거리를 확보하고 본격적으로 해야지요. 이건 그냥 공간을 확보하기 위해 살짝 먹인 거라구요.'

라고 말하는 대신 나는 재빨리 물러나서 다음 마법을 준비했다. 마법사 주위로 전기가 다 방출되고 마법사가 보이자 재빨리 라이트닝 볼트를 날렸다.

이번에는 좀 힘겨운 듯—당연하지. 5클래스의 마력으로 날렸는데—막아내더니 마법사가 소리쳤다.

"꼬마라고 얕봤더니 제법이구나. 이제부턴 안 봐준다."

'에휴~ 악당들의 전형적인 대사로군. 이제 왕창 깨지겠지?'

"그냥 확 보내버리지 그랬어!"

엄마가 뒤에서 소리쳤다.

"하지만 사람 죽이는 건 싫은데……."

그때 앞에서 거대한 불덩어리가 날아왔다. 나는 재빨리 침착하게 실드를 형성해 나를 보호했다.

"윈드 플로우!"

그리고 강한 바람을 일으켜 놈의 시야를 가렸다(날아갈 것 같진 않으니…). 그리고 강력하게.

"슬리핑!"

잠재워 버렸다.

원래 슬리핑은 2클래스의 마법이지만 마법사를 정신없게 한 데다 내가 마력을 왕창 집중시켜서 그에게 제대로 먹혀 들어간 것이다. 그가 푹 잠이 든 것을 확인한 나는 안도의 한숨을 내쉬었다.

"에휴, 아마 며칠은 자겠지?"

"그냥 보내버리라리까!"

뒤에서 나에게 다가온 엄마가 다시 말했다.

"하지만 죽이는 건 싫단 말야."

엄마는 다시 한 번 뭐라고 말하려고 했지만 그걸 할아버지가 슬쩍 막으시면서 먼저 말씀하셨다.

"잘했어. 그 정도면 잘한 거지. 쓸데없는 살상도 피하고."

"그래도 몇 대는 패줬어야 했는데."

엄마는 끝까지 아쉬운 듯 땅바닥에 뻗어 있는 마법사를 힐끔 쳐다보았다.

"됐어됐어. 그나저나 이제 여기 있기는… 그러니까 그냥 여길 떠나자."

"어? 그냥요? 하루 안 묵고요?"

의아해진 내가 할아버지를 쳐다보자 할아버지가 눈으로 아직까지 성 앞 그 자리에 서 있는 성주를 슬쩍 가리키면서 말씀하셨다.

"그래, 어차피 여기 있으면 귀찮아질 테니까."

'그렇군. 저들의 마법사를 쓰러뜨렸으니 우리에게 보복을 한다던가……'

"위대한 마법사니~ 임!"

나는 순간 휘청했다.

'아~ 인간의 심리란 이런 것인가.'

"이곳에 그냥 정착하시지 않으시겠습니까? 우리가 할 수 있는 건 뭐든지 해드리겠습니다."

성주가 울 할아버지께 다가와서 간절히 청원했지만 할아버지는 코방귀도 안 뀌셨다.

"저 녀석 내일이나 모레쯤 일어날 거니 그때나 대비해. 아린아, 가자."

그때 엄마가 한마디하셨다.

"그냥 가지 말고 음식은 좀 챙겨서 가지고 가지."

'하하하! 엄마도 참. 이 와중에 음식까지 챙기다니… 할아버지가 뭐라고 하실지……'

"음, 것도 그렇군. 이봐, 주인장!"

순간 나는 다리에 힘이 풀리는 걸 느꼈다.

"예, 손님!"

"우리 먹을 것 좀 싸줘. 한 10인분 정도면 될 거야."

"예, 알겠습니다."

할아버지가 여관 주인에게 주문을 하고는 엄마와 나를 돌아보면서 말씀하셨다.

"그럼, 우린 그동안 여관에서 눈 좀 붙일까? 그리고 나서 출발하자."

"그러죠 뭐."

엄마도 고개를 끄덕이시며 할아버지 말에 동의하셨다.

제13화

# 드래곤 숲

# 드래곤 숲

탁 트여진 넓은 하늘과 그 밑으로 펼쳐진 짙푸른 숲이 장관이었다.
시원한 바람을 맞으며 우리는 숲 중앙을 향하여 날아갔다.


"여기가 드래곤의 숲이에요?"

나는 앞장서서 걷고 계시는 할아버지의 뒤를 따라 걸으면서 주위를 둘러보고 있는 중이다.

우리는 한 시간 전쯤 이 숲에 들어오기 시작해서 지금은 숲 속 안쪽에 도착해 있었다. 무지 굵은 나무들이 울창하게 서 있었고, 높이 솟아서 하늘을 가려 숲 안은 어두컴컴한 데다 새소리는커녕 심지어 벌레 소리조차 나지 않았다.

"무지 조용하네요. 너무 조용해서 으스스해요."

앞에서 수풀을 헤치며 길을 만들고 계시던 할아버지가 내 중얼거림 비슷한 말에 대꾸해 주셨다.

"그게, 여기에는 벌레도 거의 없거든."

"벌레도요?"

"그래. 보통 벌레들이 나무를 파먹고 살지 않니? 그러니 벌레도

다 없애버렸지."

"그래서 새들도 없는 거군요."

"그렇지."

"완전히 식물들의 천국이겠군요."

"하지만 이건 방어막이라고 볼 수 있어. 그 녀석이 정말 보호하고 있는 건 가꾸고 있는 꽃밭이니까."

"얼마나 더 가야 해요? 길도 없어서 걷는 것도 너무 불편해요."

그렇다. 우리는 전혀 길이 없는 숲 속을 헤치면서 걷고 있었다. 그도 그럴 것이 너무나 긴 세월 동안 사람은커녕 동물이나 벌레 하나 없이 오직 나무들과 풀들만 있었던 숲인데 길이 있으면 그게 더 이상한 게 아닐까?

풀들이 거의 내 어깨까지 올라왔고, 키가 작다고 해봐야 내 허리까지 올라왔기 때문에 앞으로 나아가는 게 무지 힘들었다.

처음에는 할아버지가 아니라 엄마가 맨 앞에 서서 길을 만드셨다. 그러나 얼마 가지 않아 조금이라도 전진하려고 길을 만드는 데 무척 시간이 오래 걸리는 탓에 열 받으신 엄마가 파이어 필드를 날려버리겠다고 길길이 뛰셨다. 그렇지만 이곳에 살고 있는 고룡 칸 그라하리를 건드릴까 봐 나와 할아버지가 필사적으로 말려서 엄마를 진정시키고 엄마 대신 할아버지가 맨 앞에 나서서 길을 만들고 있었다.

'정말 너무너무 힘들다.'

한 시간 이상을 걸어왔건만 아직도 우리가 들어온 숲의 입구와 그 밖의 초원이 보였다. 더불어 그곳에 놓아둔 말들이 평화롭게 쉬고 있는 모습까지…….

'너무 부럽다.'

"도저히 못 참겠어. 다 날려버리고 말 거야."

다시 화가 나신 엄마가 주먹을 불끈 쥐고 나를 제치고 할아버지 앞으로 나서려고 했다. 그때 할아버지가 한 말씀하셨다.

"그러지 말고 우리가 날아가지?"

그때까지도 우리가 날아갈 수 있다는 사실을 까맣게 잊고 있었던 나와 엄마는 순간적으로 침묵 상태에 빠졌다.

그리고 엄마가 자신의 이마를 딱 치셨다.

"아! 왜 그 생각을 못 했지? 날아가면 간단한 것을."

"그러게 말이다. 왜 걸어갈 생각만 하고 있었을까?"

우리는 싱겁게 웃음을 흘리며 하늘로 날아올랐다. 뭐, 나무들 때문에 숲을 벗어나는 게 좀 어려웠지만—그냥 올라가면 쉽겠지만 나무들을 다치지 않게 하면서 올라가려니 너무 힘들었다—올라가니까 너무 행복했다.

탁 트여진 넓은 하늘과 그 밑으로 펼쳐진 짙푸른 숲이 장관이었다. 시원한 바람을 맞으며 우리는 숲 중앙을 향하여 날아갔다.

······.

하지만 그렇게 행복한 기분은 얼마 가지 않았다.

"꽤 멀군요."

"예전에 왔을 때보다 더 커진 것 같은 느낌이야."

"그런 것 같네요."

한 시간이나 날아왔어도 중앙이 보이지 않았다.

"이쯤 아니었나?"

"하지만 꽃밭이 안 보이는데······."

한 시간 정도 날아온 것 같은데 숲의 끝도 보이지 않고 그런 고룡이 머물고 계시다는 꽃밭도 보이지 않자 엄마와 할아버지의 얼굴은 당혹감으로 물들어갔다.

한참이나 더 날아갔음에도 불구하고 꽃밭이 나올 기미조차 없자 서서히 성질 급한 엄마의 머리에 힘줄이 하나하나 솟아나기 시작했다.

"귀찮군. 그냥 확 날려버려요."

"그러면 더 귀찮아져."

"언제 그걸 찾고 있어요? 파이어 볼 한 방이면 알아서 우릴 찾아올 텐데."

"그럼 뒷감당은 누가 하고?"

"어머? 뭘 그런 걸 다 걱정하고 있어요? 여기 그보다 더 나이 많고 현명하신 '고룡'이 계시는데."

"난 몰라. 그러려면 네가 뒷감당을 해."

"어머나, 뒤로 빼시긴. 설마 칸 그라하리님이 무서우신 거예요?"

"넌 X이 무서워서 피하냐? 그 녀석 딴 건 다 넘어가도 숲을 망가뜨린 데 대한 보복은 엄청나다구."

"그래도 성룡이 인사를 하러 왔는데……."

"흥, 놈은 그런 거 안 따져. 네가 예전에 여기 잠깐 왔을 때 꽃 하나 꺾었다고 길길이 뛴 거 생각 안 나냐? 넌 그때 성룡이 된 지도 얼마 안 되었을 때였잖아."

"아, 그렇군."

"안 되겠다. 내가 위로 올라가서 한번 봐야겠어."

역시 이대로 가다가는 못 찾을 것 같으셨는지 할아버지는 엄마와 나를 돌아보시면서 말씀하시고는 까마득히 높은 하늘로 올라가셨다. 할아버지가 작은 점으로밖에 보이지 않을 때쯤 엄마가 투덜투덜거리셨다.

"그래도 레드 드래곤이 셋이나 되는데 늙은 그린 드래곤 하나쯤 상대 못 할라구."

"좋은 게 좋은 거잖아요. 그래도 제가 인사를 드리러 온 건데……."

"그건 그렇지만, 이렇게 찾기 힘든 곳에 사는 거면 그 정도는 감당해야지. 누가 이런 곳에 살래?"

"그래도……."

"아~ 정말 성질 같아선 브레스를 확 날려버릴 텐데."

엄마의 그런 말에 속으로 식은땀을 흘리던 나는 주위를 둘러보는 척 고개를 돌리다가 위쪽에서 할아버지가 밑으로 하강하시는 모습을 보았다.

"아, 할아버지가 내려오세요."

엄마와 내 옆까지 내려오신 할아버지는 영 표정이 밝지 않으셨다. 뭐랄까… 황당해하시는 얼굴이라고나 할까?

"그래, 뭘 좀 찾았어요?"

"그게… 이상하게 숲만 보이는걸? 물론 숲의 끝도 보이진 않았지만, 아무리 숲이 넓다고 해도 숲 중앙까지 안 보일까."

"그럼 어떻게 된 거지? 꽃밭은 포기하고 나무 심기로 취미를 바꾸셨나?"

엄마도 슬슬 걱정이 되시는 표정이었다.

"글쎄다. 뭐, 오랫동안 연락을 안 해서 알 수가 있어야지."

"정말 파이어 볼을 날려버려?"

"흠, 그게 좋을지도."

할아버지가 반대하실 걸로 예상하고 있던 나는 할아버지의 긍정하는 말에 나는 눈만 껌벅껌벅거렸다.

'윽, 할아버지도 그쪽으로 마음이 기우실 줄이야. 하지만 뭐 할아버지까지 못 찾으시면 별수 없잖아.'

하지만 꽤 오랫동안 이렇게 찾아헤맸는데도 찾지 못하시는 두 분의 마음도 어느 정도는 이해가 갔다. 그래도 엄마가 파이어 볼을 날린다는 것은 아무래도 걱정이 되었다. 지금 엄마는 꽤 화가 나셨으니 엄청난 마력을 담아서 날리면 어떻게 될지……

"작게 해요, 작게."

"걱정 마. 1클래스로 할 거니까."

"잘될까요?"

"걱정 말래두. 여긴 레드 드래곤이 셋이나 있다고."

엄마는 손에 배구공만한 불덩이를 쉽게 만들어내곤 밑으로 던져 버리셨다. 그리고 할아버지와 나는 긴장된 눈으로 숲으로 점점 떨어지고 있는 불덩어리를 바라보았다.

잠시 후 불덩어리는 숲 속으로 사라졌고, 우리는 곧 이어 폭음과 불꽃이 생길 거라고 기대했다.

그런데… 아무리 기다려도 폭발음은커녕 불꽃조차 보이지 않았고, 하다 못해 나무가 타 들어가는 연기도 보이지 않았다. 엄마와 할아버지는 무척이나 당황하셨다.

"뭐야, 이거… 아무 일도 없잖아?"

"어떻게 된 거지? 너무 마력을 낮게 했나?"

"한 클래스만 더 올려봐."

엄마는 이제 농구공보다 조금 더 큰 불덩어리를 만들어서 숲으로 던지셨다. 그러나 역시 불덩어리가 떨어진 숲은 그저 조용하기만 할 뿐이었다.

"어떻게 된 거지?"

"글쎄요. 뭐 이런 황당한 숲이 다 있어?"

"혹시, 숲 전체에 보호 마법을 건 게 아닐까요?"

"흠, 그럴지도 모르지. 하지만 그래도 누군가가 숲을 공격하려 한다는 건 알 텐데."

"그럼 혹시 동면하고 계시는 건?"

"아냐, 전에 로드가 잘 있다고 그랬잖아."

"그럼 어쩌죠?"

"내려가 보자. 정 안 되면 내려가서 한 방 날리는 거야."

"그렇게 하지 않으셔도 됩니다. 칸 시스파슈타인님께서 오셨다는 걸 잘 알고 있으니까요."

갑작스레 우리 뒤에서 할아버지 말에 대답하는 누군가의 목소리가 들려왔다.

'어느새 왔을까? 기척도 못 느꼈는데.'

그렇게 갑작스레 들려오는 말에 나는 간이 떨어질 만큼 놀랐다. 너무 놀라서 심장이 벌렁벌렁 뛰었다.

얼른 뒤를 돌아보니 우리 뒤에는 푸른빛의 허리까지 내려오는 긴 머리카락을 가진 아주 잘~ 생긴 청년이 서 있었다.

그런데 특이하게도 그 청년의 귀는 길고 뾰족했다.

'어라? 귀가 특이하게 생겼네?'

특이한 인간의 모습이라고 생각하고 있는데 할아버지께서 내 의문을 풀어주셨다. 비록 나에게 친절하게 설명해 주신 건 아니었지만.

"여전히 엘프의 모습을 하고 있군, 칸 그라하리."

"당신도 여전히 그 늙은 인간의 모습을 하고 계시는군요, 칸 시스파슈타인님."

왠지 둘 사이에 차가운 바람이 부는 것 같은 것은 내 착각일까?

'착각이었어. 찬바람이 아니라 불꽃이 튀는군.'

"흥, 아직도 그때 일을 가지고 그렇게 뾰로통해 있나?"

"아주 쉽게 그때 일이라고 말씀하시는군요. 제가 사랑하는 숲을 반 이상이나 날려버리셨으면서."

"네가 먼저 나한테 대들었잖아."

"숲의 일부를 파괴하고 슬쩍 넘어가려고 한 게 누군데요?"

"겨우 나무 몇 그루 태운 걸 가지고 너무한 거 아냐?"

"겨우 나무 몇 그루라니요? 제가 얼마나 소중히 아끼고 가꾸는 지 알고 계시지 않습니까?"

"몰랐어."

"……"

할아버지의 솔직한 대답에 순간 칸 그라하리는 할 말을 잃고 비틀거렸다. 그러나 다행히 공중에서 떨어지기 전에 재빨리 정신을 차렸는데, 그 모습을 보신 할아버지의 얼굴에는 왠지 아쉬운 표정이 가득했다.

"그리고 나중에 미안하다고 했잖아."

"그건 사과가 아니었어요. 인사치레였지."

"네가 그걸 어떻게 알아? 그리고 내가 미안하다고 했으면 미안해하는 줄 알 것이지."

"보물 조금 잃어버린 거 가지고 쪼잔하게 끝까지 도둑을 추격해서 남의 숲까지 망친 드래곤의 사과치고는 너무 성의 없었다구요."

"쪼잔하기는 누가 쪼잔하다는 거야? 너야말로 너무 쩨쩨하게 굴 것 없잖아!"

"쩨쩨하다니요? 여기 있는 나무들은 제가 세상을 돌아다니며 세계에서 몇 안 되는 희귀종을 겨우겨우 구해서 이만큼 키워놓은 거라구요."

"나무를 가꾸는 드래곤이 어디 있냐?"

"여기 있잖아요."

"넌 별종이야."

'왠지 싸움이 끝날 것 같지 않아.'

"흥, 칸 시스파슈타인님도 달라지신 건 없네요. 오자마자 제 숲에 불덩어리를 날리기나 하시고."

"그거야 네 레어가 보이지 않으니까 그랬지."

"그냥 절 부르시면 됐잖습니까?"

"아! 그 방법도 있었군."

"……"

또다시 칸 그라하리는 비틀거렸다. 이번에도 또 칸 그라하리가 비틀거리자 할아버지는 기대에—무슨 기대인지는 모르겠지만—찬 눈빛으로 그를 바라보고 계셨으나, 그가 다시 자세를 똑바로 잡자 또다시 실망하는 빛을 보이셨다.

그라하리는 그런 할아버지의 시선을 느꼈는지 할아버지를 노려보면서 헛기침을 한번 하더니 말을 바꾸었다.

"어쨌든 기다리고 있었습니다. 이때쯤에 도착하리라고 생각하고 있었거든요."

"흠, 로드가 연락을 하던가?"

"네, 칸 시스파슈타인님께서 오신다고 말하더군요."

'왠지 할아버지의 이름을 특히 강조하면서 말하는 것 같은데, 내 착각인가?'

"그랬군. 연락할 거면 우리한테도 연락하겠다고 말할 것이지."

"나중에 생각이 나셨답니다."

"하긴 정신이 없어 보였으니까."

"어쨌든 아래로 내려가지요."

지금까지 하늘 위에서 할아버지와 이 숲의 주인인 칸 그라하리가 계속 언쟁을 하고 있었기 때문에 엄마와 난 끼어들지도 못하고, 그렇다고 우리끼리 내려가지도 못하는 어중간한 상태에서 어정쩡한 얼굴로 두 분의 말싸움만 구경하면서 하늘에 떠 있었다.

그러다가 갑자기 우리를 바라보는 그라하리의 시선에 화들짝 놀랐는데, 그런 엄마와 나를 흘끗 본 칸 그라하리가 앞장서서 숲으로 내려갔고, 우리도 곧 그의 뒤를 따라 숲으로 내려갔다.

그런데 위에서는 분명히 숲으로 보였었는데 땅에 가까워지자 울창하던 나무들은 사라지고 엄청나게 넓은 꽃밭이 나타났다. 온갖 색색의 다양한 종류의 꽃들이 엄청나게 넓은 땅위를 차지하고 저마다 자신의 아름다운 자태를 뽐내듯 활짝 피어 있었다.

"어라? 나무들이 있는 게 아니었잖아? 환영이었나?"

그 모습에 놀란 표정이 되신 할아버지가 주위를 둘러보시자 그런 할아버지의 표정을 본 그라하리는 왠지 기분 좋다는 듯한 미소를 띠며 설명했다.

"예, 가끔 이 숲에 들어오는 멍청한 인간들 때문에 환영 마법을 걸어놨습니다."

"그랬군. 어쩐지 안 보이더라. 그리고 보호 마법도 걸어놨겠지? 아까 마법이 전혀 먹히지 않은 거 보니까."

"예, 침입자가 곱게 들어오지는 않으니까요. 이쪽입니다. 아, 꽃은 절.대.로. 건들지 마십시오."

"알았어. 안 건드려."

칸 그라하리의 안내로 우리는 그의 레어로 갈 수 있었다. 여느 드래곤과 마찬가지로 그의 레어도 큰 동굴이었다.

"이런 거 보면 꼭 보통 드래곤 같단 말이야."

그의 레어 안에 들어서서 주위를 둘러보신 할아버지가 중얼거리시자 그 말을 들었는지 그라하리가 발끈해서 대답했다.

"전 보통 드래곤입니다."

"누가 널보고 보통 드래곤이라고 생각하겠냐?"

"칸 시스파슈타인님 이외의 모든 이가 그렇게 생각하고 있습니다."

"그건 네 생각이겠지."

다행히도 그라하리가 대답하지 않아 두 분의 새로운 말싸움은 거기서 끝났지만 두 분의 시선에서 아직도 불꽃이 튀는 걸 보면 새로운 말싸움이 언젠가는 또다시 시작될 것만 같았다.

우리는 곧 동굴 안쪽에 있는 넓은 공간에 도착했고, 거기서 하얀 대리석으로 만든 식탁과 푹신한 비로드로 만든 방석이 있는 고급스런 문양이 새겨진 의자에 앉아, 하얀색 바탕에 꽃무늬가 새겨진 아름다운 도자기 찻잔에 담긴 따끈한 차와 그와 똑같은 무늬를 가지고 있는 도자기 접시에 잘 놓여진 여러 종류의 열매를 대접받았다.

"역시 나무를 가꾸는 드래곤답군."

"차 향이 무척 좋은데요?"

할아버지가 식탁 위에 놓여 있는 나무를 보시고 투덜대시자 주위의 온도가 5도쯤 더 내렸갔고, 그 썰렁한 분위기를 바꾸고자 나는 용기를 내어서 한마디했다. 그러자 그라하리가 나를 쳐다보왔다.

"이 아이가 성룡식을 치른 아이입니까?"

"그래, 칼 세르니안의 딸이야."

그의 물음에 할아버지가 찻잔을 들어 입가로 가져가시며 대꾸하셨다.

"놀랍군요. 그 칼 세르니안이 아이를 낳다니……"

"왠지 말투에 묘한 뜻이 담긴 것 같습니다만?"

그동안 조용히 계시던 엄마가 자신의 이야기가 나오자 갑자기 나섰다.

"그냥 말 그대로의 뜻일세."

엄마를 힐끔 쳐다보면서 담담하게 대꾸하는 그라하리의 말투에 엄마의 얼굴에 힘줄이 돋았지만 모두 무시해 버렸다.

그리고 나는…….

'왠지 인사를 해야 할 것 같은데 기회가 없네. 그냥 이러고 있어도 되는 걸까?'

자신의 고민에 빠져 있었다.

"어쨌든 정말 오랜만에 뵙는군요."

'오옷! 엄마가 인사를 했다.'

"그렇군."

'이때다. 나도 인사해야지.'

기회를 포착한 나는 다른 분이 먼저 말하기 전에 잽싸게 인사했다.

"안녕하세요? 첨 뵙겠습니다. 칼 아시리안이라고 합니다."

"그래, 만나서 반갑구나."

그렇게 차가운 표정으로 대답하면 꼭 반어법같이 느껴진단 말야.

내 인사를 받고 다시 한 번 찌르는 듯한 눈길로 나를 바라보던 그라하리가 갑자기 내뱉었다.

"엄마의 성격을 물려받지는 않은 것 같군요."

"맞아. 그건 정말 다행으로 생각하고 있어."

"무슨 뜻이에요, 아버지?"

"말 그대로의 뜻이다."

"그건 저분이 벌써 써먹은 대사라구요."

"아무럼 어떠냐."

'에구, 식은땀 나. 인사하러 다니는 게 원래 이런 거야? 아님, 이곳만 이렇게 특별한 거야?'

자꾸만 분위기가 험악해지자 나는 몸둘 바를 몰랐다. 정말 자리를 피하고만 싶은 나는 이 자리를 빠져 나갈 수 있는 핑계가 없는지 열심히 머리를 굴렸다.

'아! 그래, 그게 있었지?'

나는 주위의 어른들 눈치를 살피면서 조심스럽게 입을 열었다.

"저, 꽃밭 좀 구경해도 될까요?"

"꽃밭? 그런 쓸모도 없는 건 뭐 하러 봐?"

'에구, 할아버지~ 꼭 그렇게 말씀하실 필요는……'

"칸 시스파슈타인님께는 쓸모가 없어도 제겐 아주 귀중한 겁니다."

"아, 그래그래, 알았어."

다시 분위기가 험악해지는 것 같았는데 의외로 할아버지가 한 걸음 양보하시자 나는 또다시 용기를 짜내었다.

"꽃밭이 무척 넓고 꽃의 종류도 다양해 보이던데요?"

그러자 그라하리가 무척 반갑다는 듯한 얼굴로 나를 돌아봤다.

"호오~ 혹시 꽃의 종류를 잘 알고 있느냐?"

'에구, 내가 혹시 잘못 말한 거야?'

이때 나를 구원해 주신 정의의 용사 할아버지~

"그런 걸 누가 알고 있어."

"전 알고 있습니다."

"넌 별종이니까 그렇지."

"…시비 걸러 오셨습니까?"

"아니."

나는 할아버지께 감사의 눈빛을 보내고는 그라하리에게 순진한 미소를 띠면서 다시 조심스럽게 청했다.

"조심스럽게 다닐 테니, 잠깐 구경하는 걸 허락해 주시겠습니까?"

그라하리는 아까의 그 반가운 표정은 어딘가로 사라지고 다시 무표정한 얼굴에 쏘는 듯한 시선으로 나를 바라보더니 고개를 끄덕였다.

"그래, 그럼 갔다… 아니, 아니다. 내가 안내해 주마."

'잉? 갑자기 무슨 바람이 불어서 그러는 거야? 이 용이랑 같이 다니면 제대로 걷기나 할 수 있겠어?'

나는 급히 사양의 말을 하려고 했다. 그러나 내가 말하기 전에 하늘에서 내려진 청천 날벼락이 있었으니…….

"그래그래, 그 녀석이랑 갔다 오너라. 난 한숨 자련다."

'할아버지이이이~'

"엄마두~"

'엄마까지…….'

이렇게 엄마와 할아버지는 주무시고 나는 속으로 울상이 되어서 칸 그라하리 뒤를 따라 꽃밭 구경을 나갔다.

　한참 꽃밭 사이로 난 길을 따라 그의 뒤를 따라 걷던 나는 아무
래도 대화없이 계속 길만 걸어간다는 것이 너무 어색해, 대화거리
를 생각해 내고는 용기를 내어 그를 불렀다.

　"저기요."

　효과가 있었는지 그는 걸어가던 걸음을 멈추고 나를 돌아보았
다. 여전히 무표정한 얼굴이었다.

　"뭐지?"

　"할아버지는 칸 그라하리님께 아무 감정 없으세요."

　'어라? 왜 빤히 쳐다보지?'

　내 딴에는 할아버지를 변명한답시고 조심스럽게 말했는데 그라
하리의 표정이 조금 미묘했다.

　"아직 어리군."

　"예?"

　"아직 어리단 말야."

　"뭐, 성룡식을 치른 지 얼마 안 됐으니까."

　"그렇군."

　'도대체 뭘 말하고 싶은 거야?'

　내 마음을 읽기라도 한 듯 그라하리는 설명해 주었다. 비록 딱
딱한 말투이긴 하지만.

　"우리 드래곤은 남을 위해 변명해 주지 않는다."

　"예?"

　"드래곤은 홀로 살아가는 생물. 아무리 네 할아버지라고 해도
그를 위해 변명해 주는 건 그에게 실례밖에 안 돼. 옳건 그르건

그의 모든 행동은 그가 책임지는 거다. 그게 바로 드래곤이야."

"아, 예."

"남을 위해 변명을 해준답시고 주절대는 건 인간이나 하는 짓이지."

'윽!'

순간 속으로 뜨끔했다.

"너도 이제 성룡이 되었으니 네 행동은 네가 스스로 책임질 줄 알아야 하겠지. 그리고 지금 할아버지를 위해 변명을 한 건 어린 드래곤의 실수로 알겠다."

"예~"

'하아, 이게 바로 고룡의 가르침인가?'

속으로 안도의 한숨을 내쉬는 나에게 어쩐지 눈에 익은 꽃이 보였다.

"어라? 많이 본 꽃인데?"

"그건 도라지꽃이다. 야생화를 옮겨 심은 거지."

"아, 그렇군요."

"이쪽에는 야생화들이 있지. 그리고 저쪽에는 각 종류대로 개량화가 있고."

"개량화요?"

"그래, 인간 세상에서 구해온 거지. 인간들은 정말 재밌어. 별걸 다 한다니까."

"그럼 가끔 인간 세상으로 나가시나 보죠?"

"그래, 나갔다 온 지 벌써 500년이나 되었군. 지금쯤 또 딴 개량 꽃들이 나와 있겠지."

"그럼 개량된 꽃들을 구하려고 하실 때만 나가시는 거예요?"

"딴 거는 흥미없어."

"종류가 무척 많을 것 같아요."

"뭐, 그런 셈이지."

"이런 걸 어떻게 다 가꾸시나요?"

"아무리 나라도 이렇게 많은 꽃들을 다 살피지는 못해. 그래서 난 정령들의 도움을 받지."

"아하~"

그때 그라하리가 갑자기 생각이 났다는 듯 말을 돌렸다.

"그러고 보니 성룡이 된 축하 선물을 해야겠군. 뭐가 좋을까?"

'설마 꽃씨를 준다는 건 아니겠지?'

"성룡이 되었으니 여행을 다니려 하겠군?"

"예, 세계를 여행해 볼 생각이에요."

"아무래도 그렇겠지."

그라하리는 골똘히 생각에 잠긴 표정으로 걸음을 옮겼다. 아무래도 내 선물을 생각하고 있는 모양이었다. 나도 더 이상 그에게 말을 걸지 않고 그의 뒤를 따라 꽃을 다치지 않게 조심하며 발걸음을 옮겼다.

꽃들도 무지 많고, 꽃 향기도 무척 진했다. 너무 진해서 머리가 어질어질한 것 같았다.

"어지러운가?"

"예."

"표정을 보니 머리가 아픈 것 같군."

'언제 내 표정을 본 거야?'

"아, 꽃 향기가 너무 진하네요."

"하긴, 여기 처음 들어오면 많은 꽃들과 진한 향기에 질려버리더군. 이제 그만 돌아갈까?"

"예."

그의 뒤를 따라 동굴로 돌아오니 할아버지와 엄마는 넓은 공간 한쪽 구석에서 침낭을 펴놓고 자고 있었다.

"엄마, 나 왔어."

그쪽으로 다가간 나는 엄마의 어깨를 흔들며 엄마를 깨웠다.

"응? 아함~ 그래, 잘 갔다 왔냐?"

"아! 아린 왔니? 그래, 어떻든?"

엄마를 깨우자 할아버지도 내 기척을 느끼셨는지 같이 일어나셨다.

"꽃이 무지 많고 향기도 무척 진하고 그렇던데요?"

그러자 엄마가 피식 웃으면서 한마디로 요약해 줬다.

"정신없지?"

"하하, 뭐……."

"저녁을 드시고 가시겠습니까?"

그때 들려오는 그라하리의 딱딱한 말투에 내 말을 들었을까 봐 나는 화들짝 놀라며 그를 돌아봤지만, 그는 여전히 무표정한 채 별다른 빛은 보이지 않아서 속으로 안도의 한숨을 내쉬었다.

'에고, 여긴 너무 긴장되는 곳이야. 빨리 갔으면 좋겠는데.'

내 맘을 아셨는지 할아버지는 그라하리의 저녁 초대를 거절했다. 비록 정중하게 거절한 것은 아니었지만.

"저녁은 무슨, 또 풀만 내놓을 텐데."

그러자 그라하리는 할아버지가 그럴 줄 알았다는 듯 순순히 고개를 끄덕였다.

"그렇군요. 그럼, 지금 저 아이에게 선물을 주도록 하죠."

"뭘 주게?"

"제가 지금까지 모은 '꽃들의 종류 목록 책' 입니다."

그러자 할아버지의 눈이 황당함으로 인해 커졌다.

"아니, 그런 걸 뭐 하러 줘?"

"왜 그러십니까? 저에겐 아주 귀중한 책인데?"

그라하리는 정말 모르겠다는 표정으로 할아버지를 바라보았다. 하지만 왠지 연극 같았다.

그러나 할아버지는 그런 그의 표정은 알아차리지 못하신 건지 그냥 무시하시면서 투덜조로 말하셨다.

"너나 소중히 간직해."

"너무하시는군요. 제 성의를 무시하시다니……."

"아니, 고룡씩이나 됐으면서 애한테 뭐가 필요한지도 몰라?"

"세상을 나가보면 제 책에 없는 꽃은 없을 테니 유용하게 쓰이지 않겠습니까?"

왠지 그라하리의 얼굴에 묘한 미소가 떠오르는 것을 알아차린 나는 엄마에게 슬쩍 속삭였다.

"엄마, 왠지 칸 그라하리님께서 할아버지를 놀리시는 것 같은데요?"

"냅둬. 만나면 원래 저러니까."

'흠~ 말로 듣던 것보다는 사이가 꽤 좋으시구나. 하지만 할아버지께 말씀드렸다간 펄쩍 뛰시겠지?'

칸 그라하리는 할아버지를 놀리는 건 그쯤 해두고 안쪽으로 들어가더니 어떤 상자를 가져왔다. 납작한 게 꽤 컸다. 한 17인치 컴퓨터 모니터만하다고나 할까?

"이건 내가 드워프에게 특별히 주문해서 만든 거야."

그가 나에게 상자 안에 있는 내용물을 보여주기 위해 내 앞에서 상자의 뚜껑을 열어 보였는데 거기에는 보석으로 만들어진 꽃 열 송이가 들어 있었다. 각각 종류가 다른 꽃들이었는데, 언뜻 보면 진짜인 줄 착각할 만큼 정말 세밀하게 만들어져 있었다.

　"정말 아름답군요."

　그 꽃을 본 나는 그렇게 말할 수밖에 없었다. 그건 정말 아름다웠기 때문이다.

　"그렇지? 거기다 각각의 꽃 안에는 내가 직접 만든 향수를 넣어 놨지. 맡아봐, 향이 나지?"

　나는 그가 내민 상자에 코를 대고 향기를 맡아보았다. 거기서는 정말 꽃의 향기가 진하게 났다.

　"와~ 세상에! 보석 꽃이라니."

　"이건 내 꽃밭에 없는 꽃들이지."

　"아니, 네 꽃밭에 없는 꽃들도 있냐?"

　할아버지가 놀랍다는 듯이 그라하리를 쳐다보았다. 그런 할아버지의 표정을 본 그라하리가 피식 웃으면서 여전히 딱딱한 말투지만 그래도 조금은 부드러워진 말투로 설명했다.

　"오래 보다 보면 싫증이 나니까요. 그래서 싫증 난 꽃들을 없애는 대신 이렇게 보석으로 가공한 것을 갖고 있지요."

　그라하리의 부드러운 말투를 느꼈는지, 할아버지는 그를 바라보던 시선을 확 돌리며 딴 데를 쳐다보셨다.

　"취미 한번 별나다니까."

　그러나 엄마와 나는 그런 할아버지의 모습을 볼 여유가 없었다. 그만큼 그라하리가 나에게 보여준 보석은 너무나 아름다웠기 때문이었다. 넋을 잃은 듯이 그 보석을 바라보던 엄마가 감탄하면서 말했다.

"이건 드래곤들도 탐낼 만한 보석인데요?"

그라하리는 엄마의 감탄 어린 말에 할아버지를 바라보던 시선을 엄마에게로 돌려 엄마의 감탄 어린 표정을 바라보더니 제법 친절하게 설명해 줬다.

"이건 만들기 시작한 지 얼마 안 됐어. 한 1,000년 됐나? 그때부터 없애버린 꽃들만 한 20여 종이 되는군."

"그럼 이런 게 20개가 있다는 소리군?"

딴 데를 쳐다보고 있던 할아버지가 그의 목소리를 듣고는 다시 고개를 돌려 그에게 의문을 표했다.

"탐나세요?"

"흥, 그런 거 말고도 나도 가진 거 많아."

그가 미소까지 띠며 할아버지를 쳐다보자 할아버지는 손으로 입을 가리며 헛기침을 하시더니 괜히 툴툴대셨다. 아마도 꽤 탐이 나셨던 모양이다.

"하지만 이건 없겠지요?"

"너 같은 애나 그런 걸 만들어서 갖고 있는 거지."

"뭐, 그렇기도 하겠군요. 어쨌든 예.의.바.른. 아이에게 주는 선물이니까."

"왜 거기서 예의가 나오는 거야?"

할아버지가 인상을 팍 구기시자 그라하리는 정말 모르겠다는 듯 순진한 표정으로 되물었다. 그는 척 보기에 할아버지를 놀리는 걸 즐기고 있는 것처럼 보였으나 할아버지는 그걸 눈치 채지 못하셨는지 계속 인상을 찌푸리고 계셨다.

"아니, 칭찬한 건데 왜 그러십니까?"

"됐어됐어. 어쨌든 아린아, 받았으면 고맙다고 인사하고 이제 그만 가자꾸나."

"예, 감사합니다, 칸 그라하리님."

내가 정중히 인사하자 그라하리는 처음에 만났을 때와는 달리 많이 부드러워진 표정으로 따스하게 말했다.

"잘 가거라. 이제 성룡이 된 아이여. 성룡이 된 걸 진심으로 축하한다."

"감사합니다. 그럼 안녕히."

"잘 있게나. 나중에 다시 만나길."

"안 바라셔도 됩니다, 칸 시스파슈타인님."

"나도 인사치레로 말해 본 것뿐이야."

"후후, 그러시겠지요."

그라하리의 부드러운 놀림에도 불구하고 할아버지는 그리 기분 나빠 보이지 않았다. 그런 걸 보면 두 분이 이런 걸 은근히 즐기고 계시는 것 같기도 했다.

"나중에 기회가 닿으면 또 뵙죠."

"그러지, 칼 세르니안."


이렇게 해서 우리는 드래곤 숲을 무사히 방문하였다. 우리는 할아버지의 가벼운 공간 이동으로 드래곤 숲을 들어갈 때와는 정반대로 금방 그곳을 나올 수 있었다. 그리고 두 분은 숲을 나오자마자 다음 행선지에 대해 의논하시느라고 나를 쏙 빼놓고 두 분이서만 쑥덕대셨다.

"뭐, 이번엔 별 사고 없이 갔다 왔군."

"그러네요. 근데 그분도 여전하세요."

"그 성격이 어디 가겠어?"

"하긴……."

"어쨌든 이젠 바다로 가는 건가?"

"그렇군요, 아르카스해로 가야죠."

"배를 탈 수는 없겠지? 바다 한가운데서 내릴 수는 없잖아?"

"그냥 공간 이동을 해야겠지요. 바다로 가기만 하면 찾을 수 있을 테니까."

"그럼, 지금 갈까?"

"저녁은 다 먹고 가요."

두 분이 다음 행선지와 출발 시간까지 정해버리시자 끼어들 여지가 없었던 나는 재빨리 하나를 캐치해 내어 두 분 사이에 끼어들었다.

"잠은 어디서 자고요?"

"뭐, 정 잘 데 없으면 아이비스크 녀석한테 하룻밤 재워달라고 하든지."

엄마도 할아버지의 의견이 그리 나쁘진 않으신 모양이다.

"나쁠 건 없네요. 근데 난 한번도 안 가봤는데."

"드래곤 레어가 거기서 거기지. 뭐, 별다를 게 있겠어?"

"하긴."

"그럼, 우선 배부터 채워볼까?"

제14화

# 아르카스해의 블루 드래곤

# 아르카스해의 블루 드래곤

우리 일행은 빛에 싸였고, 정신을 차릴 자빛이 하나도 없는
어두컴컴한 공간에 서 있었다.
정확히 말하면 허공에 떠 있었다.

저녁을 먹고 할아버지는 곧바로 공간 이동을 하려고 했다. 하지만 나는 맘에 걸리는 게 있어서 그런 할아버지를 제지했다.

"잠깐만요, 할아버지. 이 말들은 어떻게 하지요?"

"말? 아, 그러고 보니 말들 처리를 생각 못 했군."

"그냥 여기다 놓고 가죠. 뭐, 알아서 살아가겠지."

할아버지는 미처 생각 못 했다는 듯 주먹으로 손바닥을 탁, 쳤는데 그 말을 들은 엄마는 시큰둥하게 대답했다. 그런데 그 무책임한 말에 할아버지도 찬성하는 것이었다.

"그래, 그게 좋겠다. 어쩌면 나중에 다시 사람들한테 잡힐지도 모르니까."

"이곳으로 오는 사람이 있을 리가 없잖아요."

"뭐, 이 녀석들이 알아서 가겠지. 안장도 그냥 두자구."

할아버지는 내가 걱정스럽게 말들을 쳐다보는 걸 무시하고는

말들을 풀어서 엉덩이를 철썩 갈기셨다. 그러자 놀란 말들은 제각 각 다른 방향으로 뛰어갔고, 그런 그들의 모습을 바라보면서 나는 제발 저들이 운이 좋아서 좋은 주인을 만날 수 있기를 빌어주는 수밖에 없었다.

나는 말들이 시야에서 사라질 때까지 쳐다보고 있었는데, 엄마 와 할아버지는 잠깐이나마 여행을 같이 했던 그들이 어떻게 되든 지 전혀 관심을 보이지 않은 채―정말 매정들 하시다니까―어떻 게 이동할지에 대해서 의논을 하셨다.

"그런데 어디로 이동하시게요?"

"그냥 아르카스해 중심으로 생각하고 있는데? 나도 그 녀석 레 어에는 가본 적이 없어서 잘 몰라. 단지 아르카스해에 살고 있다 는 것밖에는."

"잘 찾아갈 수 있을까?"

할아버지의 그런 무책임한 말에 엄마가 걱정스럽게 말하자 할 아버지는 별걱정을 다한다는 듯 손을 휘휘 저었다.

"괜찮아, 괜찮아. 레어 근처에 가면 그 녀석이 우리가 온 것을 알아챌 거야. 더욱이 로드가 연락했을지도 모르니."

할아버지가 그렇게까지 말씀하시자 어느 정도 수긍이 가신 엄 마가 고개를 끄덕이셨다. 사실 로드가 연락을 하지 않았더라도 잠 자고 있지 않는 한 자신의 영역을 침범한 자가 누구인지 알아보 기 위해서라도 그 드래곤은 우리를 찾아나올 것이 분명했다. 단지 문제가 있다면 그 넓은 아르카스해의 어디에 그 드래곤의 레어가 있는지 모른다는 것이었다. 그래도 중간 지점에 있다고 하니 범위 는 무지 축소되는 거였고, 또 정 못 찾으면 할아버지가 어떻게든 해주실 것이다(나도 정말 무책임하군).

"하긴, 그렇기도 하겠군요."

"그럼 이동하자고. 짐들은 다 챙겼지? 이동!"

할아버지의 한마디에 우리 일행은 빛에 싸였고, 정신을 차리자 빛이 하나도 없는 어두컴컴한 공간에 서 있었다. 정확히 말하면 허공에 떠 있었다.

"우아악~"

나는 내가 어디 있는지도 모른 채 멀뚱히 있다가 밑으로 추락했다.

"조심해야지. 바다 위로 이동한다고 했으니 플라이 주문을 외우고 있어야 할 것 아니야!"

엄마가 바다에 빠지기 직전에 내 뒷덜미를 움켜잡으며 말했다.

곧 할아버지가 불을 만들어내시자 엄마와 할아버지를 볼 수 있었지만 그 외에는 아무것도 보이지 않았다. 단지 우리 밑의 물이 우리의 모습을 비추고 있을 뿐이었다.

"무지 어둡네요. 이제 어떻게 하지요?"

엄마가 주위를 둘러보다가 보이는 것이 없는지 살짝 인상을 쓰면서 할아버지를 돌아보았다.

"바다 속을 뒤져 봐야지. 어차피 그 녀석 영역이니까 조금만 돌아다니면 그 녀석이 우리를 느낄 수 있을 거야."

할아버지가 손을 한번 휘젓자 우리 일행을 중심으로 불그스름한 빛을 내는 둥근 막이 생겼고, 곧 그 구는 우리 일행을 데리고 바다 속으로 들어갔다.

하지만 구 안으로는 바닷물이 들어오지 않아서 우리는 조금도 젖지 않았다.

"어라? 할아버지, 이거 어떻게 만든 거예요?"

"마력을 주위에 집중시켜서 막을 형성한 거란다."

"흠, 마법책에는 안 나왔던데."

"그건 인간들이 사용하는 거니까 그렇지. 인간이 어떻게 우리 드래곤의 마법 능력을 따라오겠느냐."

"아!"

"너도 너무 그 마법 주문에 의존하지 말거라. 이제 성룡이 되었으니까 마나를 자유롭게 다룰 수 있어야지."

'욱, 가슴이 뜨끔거리는구나.'

"하하, 생각도 안 해봤어요."

"생각할 필요도 없는 거야. 그냥 자연스럽게 느끼고 몸을 맡기는 거지."

말로는 쉽지만 그걸 직접 실천하는 것은……

"너무 어려워."

할아버지의 말을 생각해 보느라고 잔뜩 심각해진 내 얼굴을 할아버지가 힐끔거리더니 피식 웃으셨다.

"뭐, 급하게 할 건 없겠지. 단지 넌 너무 주문에만 의존하려 하는 게 문제란 거야. 주문에 의존하지 말고 마나를 느끼고 그걸 그냥 사용할 수 있어야 해. 그게 바로 드래곤의 마법이야."

"예."


"호, 이게 바다 속의 풍경이로군?"

점차 밑으로 내려가자 바다 속의 풍경이 어슴푸레하게 보였다. 나야 뭐, 인간일 때 TV에서 자주 보던 풍경들이라 별로 놀라워하지 않았지만 엄마와 할아버지는 감탄에 감탄을 연발하셨다.

"어? 할아버지도 바다 속은 첨이세요?"

"그래. 바닷가에 간 적은 있었지만 직접 이렇게 바다 속 깊이 들어온 적은 처음이구나."

"왜 칸 아이비스크님께서 여기서 사시는지 알 것 같군요. 꽤 멋진데요?"

"그래, 그렇군. 마침 잘됐어. 어디 사는지도 모르는 녀석 찾는데 이런 볼거리라도 있어야지."

"이럴 줄 알았으면 저녁 먹기 전에 올 걸 그랬어요. 천천히 저녁이나 먹으면서 구경하게."

"정말, 그럴걸. 그보다 낮에 올 걸 그랬나? 밤이라서 잘 안 보이는군."

"아, 제가 불을 켤게요."

엄마는 당장에 농구공만한 불을 만들어서 우리들 앞을 비추었다. 그러자 잠들어 있던 고기들이 놀라서 여기저기로 흩어져 버렸다.

"호~ 바다 속에도 여러 가지가 있군. 저것 봐, 언덕들 사이로 골짜기가 있는 것 같잖아?"

"들어가 봐요."

엄마의 호기심 어린 말투에 나는 너무나 놀랐다. 바다 속 깊이 들어가는 것이 얼마나 위험한 일인지 잘 알고 있기 때문이었다.

"그러다 너무 깊이 들어가면 어떻게 해요?"

"괜찮아, 괜찮아. 뭐 별일이야 있겠어?"

엄마는 그걸 몰라서 두려움이 없으신 건지, 아니면 드래곤의 능력을 믿으시는 건지 너무나 자신만만하셨다.

'너무 깊이 들어가면 수압이 강해진다구요.'

라고 말하고 싶었지만, 한번도 바다에 온 적이 없는 녀석이 그걸 어떻게 아냐고 물어보면 대답할 말이 없기 때문에 잠자코 있었다. 하지만 점점 깊이 들어가자 내심 불안해졌다.

'뭐, 드래곤이니까 별일 없겠지.'

라는 생각으로 불안을 누르고 있었지만.

우리는 골짜기로 한참 내려왔다. 나는 점점 불안해지고 초조해져서 손가락을 마구 주무르고 있었다. 그때.

"흠~ 뭐, 깊숙이 들어오니까 별거 없구만."

"어둡기만 하네요. 그만 올라가요. 차라리 위쪽이 볼 게 더 많네요."

'오~ 이 얼마나 기다리고 기다리던 말인가?'

불안에 떨고 있던 나에게 이보다 더 반가운 말은 있을 수가 없었다.

사실 깊이 내려가니 햇빛이 닿지 않아서 그런지 그리 아름다운 풍경이 나오지 않았다. 단지 어두운 색들의 해초와 바다의 아주 깊은 곳에 사는 듯 보이는 희한하게 생긴 물고기들이 간간이 보였을 뿐이었다.

'그래도 대단하네, 드래곤이란. 여기 꽤 깊은 곳일 텐데 전혀 압력이 느껴지지 않아.'


"이제 어디로 가지요?"

올라오긴 했지만 어디로 가야 할지 막막했다. 엄마도 그걸 느꼈는지 할아버지를 바라보았는데, 할아버지는 엄마를 쳐다보지 않고 갑자기 흠칫하시더니 어두운 바다 속 한곳을 뚫어지게 쳐다보셨다.

"가만있어 봐. 저쪽에서 희미하게 마나가 느껴져."

할아버지가 말씀하시는 게 무엇을 뜻하는 건지 눈치를 챌 수 있었던 나와 엄마는 동시에 말을 내뱉었다.

"마나가 느껴진다는 것은?"

"혹시 드래곤이 있다는?"

"가능성이 높지. 바다 속에서 마나를 가지고 있는 생물이 있다는 건 들어보지 못했으니까. 어쨌든 가보자구."

할아버지가 마나가 느껴진다는 방향으로 눈을 떼지 않고 조심스럽게 다가갔을 때였다.

저 멀리 앞쪽으로 웬 물체가 이쪽으로 다가오고 있는 게 보였다. 너무 멀어서 검은 점으로 보였지만 이쪽으로 다가오고 있다는 건 분명했다.

"느낌이 강렬해지는군. 저게 마나를 방출하고 있는 건가?"

할아버지가 그렇게 혼잣말로 중얼거릴 무렵 우리도 그 물체를 향해 빠르게 다가갔고, 그 물체도 우리 쪽으로 빠르게 다가와 곧 그 물체의 정체를 알 수 있었다.

"블루 드래곤."

그건 엄마보다 더 커 보이는 블루 드래곤이었다.

"흠, 제대로 찾아온 것 같군."

그의 모습을 확인한 할아버지가 만족스럽다는 듯이 미소를 띠셨다.

"너희들은 누구냐!"

우리가 블루 드래곤에게 가까이 갔을 때였다. 그 블루 드래곤은 엄청난 위압감과 살기를 내뿜으며 우리에게 살벌하게 물었다.

"로드가 연락을 안 했나 봐요."

그 블루 드래곤이 적대감을 가지고 살벌하게 말하자 엄마가 인상을 꽉 쓰면서 할아버지께 말했다. 지금 이 자리에 로드가 있었다면 한 대 후려갈길 표정이었다.

"왠지 그런 것 같군. 이거 귀찮게 됐는걸?"

할아버지는 작게 투덜투덜거리시더니 우리를 바닷물로부터 보호해 주고 있는 막을 벗어나셨다. 그리고 그와 동시에 할아버지의 몸에서 강렬한 붉은빛이 나오면서 할아버지의 몸이 점점 커졌다.

"와우~"

할아버지의 드래곤 모습을 본 적이 없던 나는 감탄했다. 할아버지의 몸은 블루 드래곤보다 더 컸던 것이다. 그리고 할아버지 몸에서 뻗어나오는 위압감은 블루 드래곤을 훨씬 더 능가하고 있었다.

"나는 칸 시스파슈타인. 이곳에 살고 있는 칸 아이비스크를 만나러 왔다."

할아버지의 모습이 레드 드래곤으로 바뀌자 블루 드래곤이 내뿜고 있던 살기는 금세 사라졌고, 할아버지의 몸이 자신보다 더 크다는 것을 확인한 그 드래곤은 공손한 눈빛으로 우리를 대했다. 드래곤의 세계는 철저한 개인 플레이였기 때문에 자신보다 한 살이라도 더 많은 드래곤을 만났을 때에는 정중히 대접해 주는 것이 철칙이었다.

"아, 칸 시스파슈타인님이시군요. 제가 바로 아이비스크입니다. 처음 뵙겠습니다."

어두운 바다 속에서 커다란 두 존재가 당당히 버티고 있는 모습은 정말 장관이었다. 하긴 육지 위에서는 드래곤이 두 명 이상이면 한 명은 꼭 폴리모프를 하고 있었기에 이렇게 드래곤의 모습으로 같이 있는 것은 처음 봤다.

"로드가 연락했던가?"

할아버지의 갑작스럽고도 엉뚱한 질문에 블루 드래곤은 무척이나 당황한 표정을 지었다.

"연락이요? 무슨 연락이요?"

"아무 연락도 없었던가?"

"예, 아무 연락도 못 받았습니다만……."

"그럼. 자네는 누군가가 영역을 침입했기에 나와본 것이었군."

"죄송합니다. 고룡이신 줄 몰랐습니다."

"뭐, 우리도 잘한 것은 없지. 로드가 연락한 줄 알고 그냥 왔으니 갑자기 쳐들어온 꼴이지 뭔가."

"아, 여기서 이럴 게 아니라 우선 제 레어로 가시겠습니까? 거기서 천천히 말씀하시지요."

"그러지."

블루 드래곤은 앞장서서 바다 속을 헤엄쳐 갔고 그 뒤를 할아버지가 따랐으며, 엄마와 나는 여전히 구 안에 있는 상태로 거대한 두 고룡의 뒤를 따랐다.


한참 가자 바다 속 깊이 있는 골짜기에 커다란 입을 벌리고 있는 동굴이 나왔다. 블루 드래곤은 거침없이 그곳으로 들어갔고 우리도 그 뒤를 따랐다.

동굴 안으로 얼마 안 들어가서 길은 위쪽으로 올라갔고, 그 위에는 물이 없는 넓은 공간이 나왔다.

블루 드래곤은 물이 없는 공간으로 오르자마자 푸른 머리를 늘어뜨린 미남으로 폴리모프하였고, 할아버지도 폴리모프하셨다.

할아버지는 주위를 한번 둘러보시더니 눈에 감탄의 빛이 어렸다.

"흠, 여기가 자네의 레어인가? 꽤 괜찮군."

"홋, 설마 하니 칸 시스파슈타인님 레어만 하겠습니까?"

"하하하, 하긴 내 레어만큼 괜찮은 곳도 드물지."

"어휴, 저 주책."

할아버지의 감탄에 블루 드래곤이 겸손의 말을 하면서 할아버지를 은근히 추켜세우자 할아버지는 기분이 너무 좋으셨는지 호탕하게 웃으셨다. 그런 할아버지의 모습을 본 엄마는 눈살을 찌푸리셨고, 그런 엄마를 할아버지가 노려보셨다.

"자자, 그렇게 서 계시지 말고 이쪽으로 앉으세요."

엄마와 할아버지 사이에 찬바람이 쌩쌩 불고 곧 한바탕 벌어질 것 같자 칸 아이비스크가 나섰다.

"그런데 이곳까지 정말 어쩐 일이신지요?"

그가 할아버지에게 용건을 묻자 엄마를 계속 노려보고 계시던 할아버지는 마지못한 듯이 엄마에게서 시선을 떼어 그를 바라보셨다.

"자넨 우리 레드 일족에게 해츨링이 태어났다는 걸 모르고 있었나?"

"해츨링이요? 아, 그러면 그 해츨링이 이제 성룡이 되었나 보군요? 이거이거, 제가 동면에서 깨어난 지 얼마 안 됐거든요, 그래서 소식이 좀 늦었습니다."

그는 눈치가 빨랐다. 할아버지가 해츨링이란 단어를 꺼내는 순간 우리가 이곳에 왜 왔는지 금방 알아챈 것이다.

"아, 그랬군. 이애가 이번에 성룡이 된 아이라네. 그래서 자네에게 인사를 하러 왔지."

그런 그의 재빠름에 할아버지는 기분이 좋아지셨는지 금세 얼굴을 펴시고는 그의 앞으로 나를 떠미셨다.

"첨 뵙겠습니다. 칼 세르니안의 딸 아시리안이라고 합니다."

"그래그래, 정말 축하하네. 그러고 보니 레드 일족에게는 큰 경사였겠군요. 오랫동안 아이가 태어나지 않았잖습니까?"

"그래, 그랬지."

"이제 레드 일족에 성룡이 한 명 더 늘었군요. 음, 그럼 선물을 줘야지. 잠시만 기다려 보거라."

그는 그렇게 말하더니 할아버지와 엄마에게 양해를 구한 뒤 동굴 깊숙이 들어가 버렸다.

그렇게 사라지는 그의 모습을 물끄러미 바라보던 엄마가 할아버지께 시선을 돌렸다. 아까의 싸늘한 분위기는 다 사라지고 이제 많이 누그러진 표정이었다.

"흠, 왠지 모르지만 여기서 자고 가지는 못할 것 같은데요?"

"그렇지? 뭐, 별로 피곤하지는 않으니까 상관없지만. 어떠냐, 아린아. 피곤하니?"

"아뇨, 저도 뭐 별로 피곤하지는 않네요."

"그럼 곧바로 남 대륙으로 이동할까요?"

"그러면 오늘은 밤을 셀 텐데?"

"벌써 셌는걸요? 조금 있으면 해가 뜰 거예요."

"시간이 그렇게 됐나? 그럼 아침은 어떻게 하지?"

"글쎄요, 이동해서 먹어야 하지 않나?"

엄마의 자신없는 말투에 할아버지는 턱을 쓰다듬으면서 생각에 골몰한 표정이 되셨다.

"어디 보자. 다음이 마틸산이지? 이런, 어쩌나. 여기도 가본 적이 없는데?"

"뭐, 아르카스해랑 가까우니까 아이비스크님이 알고 계시지 않을까요?"

"그렇군. 그럼 아이비스크한테 보내달라고 하면 되겠어."

"그러면 산에서 아침 먹어요?"

"그렇게 되겠지? 가만있자. 세라야, 우리, 음식 갖고 있냐?"

"아뇨, 아까 저녁 먹은 게 단데요?"

"흠, 그럼 음식도 좀 얻어서 가야겠군."

"뭐, 그럴 필요까지 있나요? 그냥 바다에서 큰 거 한 마리 잡아가면 되지 않을까요?"

"아니면 여기서 아침을 좀 얻어먹고 가면 좋을 텐데……."

"그럼 아침을 달라고 할까?"

"그건 좀 그런데요."

"그러면, 안 주면 한 마리 잡아가고, 주면 얻어먹고 가지 뭐."

이렇게 두 분이서 벌써부터 다음 행선지에 대한 의논이 거의 끝나갈 무렵 그가 돌아왔다.

"오래 기다리셨습니다."

이 말과 함께 동굴 안쪽에서 아이비스크가 웬 나무 상자를 하나 가져왔다. 그가 나에게 그 나무 상자를 건네주길래 열어봤더니 거기에는 내 손톱만큼 큰 진주가 가득 들어 있었다.

"와~ 진주가 굉장히 많네요?"

내가 무척 감탄했다는 표정을 짓자 그는 호탕하게 웃음을 터뜨렸다.

"하하, 뭐 선물을 주려니 딴 보석들은 벌써 받았을 것 같고, 아무래도 내가 바다에 살다 보니 진주가 제일 좋을 것 같아서."

"정말 감사합니다."

"뭘, 이 정도로. 내가 준비를 못 해서 급하게 준비를 하려니 이 것밖에 못 주는구나. 이해해 주렴."

"아니에요. 이것도 좋은걸요."

나의 이 겸손한 말투에 그는 기분 좋은 듯 고개를 끄덕끄덕하더니 그 옆에 멀거니 서 계시는 할아버지와 엄마를 보고 자신의 이마를 딱, 쳤다.

"아이구, 그러고 보니 제가 아무것도 대접을 안 해드렸네요. 제가 정신이 없어서요. 잠시만 기다리세요. 곧 준비하겠습니다."

그는 다시 동굴 안쪽으로 사라졌다.

그가 동굴 안쪽으로 완전히 모습을 감추자 나는 그에게서 받은 상자를 할머니께서 나에게 선물로 주셨던 마법의 주머니 안에 넣으면서 흡족한 말투로 할아버지께 말했다.

"참 좋으신 분 같아요."

"블루 드래곤이 원래 성격은 좋지."

"그럼 실버 드래곤은 어떤가요?"

나의 갑작스런 질문 전환에 할아버지는 어리둥절하신 표정이더니, 곧 내가 왜 그걸 물었는지 이해하셨다.

"실버? 아, 그러고 보니 마틸산에 살고 있는 드래곤이 실버였지. 실버는 좀 깐깐해. 고지식하고, 있는 폼 없는 폼 다 잡는다니까."

"거기다 잘난 체하고."

실버 드래곤 이야기가 나오자마자 엄마와 할아버지는 한마디씩 하셨다. 그렇게 말하시는 걸 보니 맺힌 게 많아 보였다.

"음… 레드 일족과 실버 일족이 사이가 안 좋은가 봐요?"

"뭐, 실버랑 우리랑은 상극이니까."

"아, 실버 일족은 얼음을 다루지요?"

"그래, 우리는 불을 다루고."

"흠, 정말 상극이네요. 그럼 우리가 마틸산에 가면 찬바람이 쌩쌩 불까요?"

내가 걱정스럽게 묻자 할아버지의 표정이 부드러워지셨다.

"아무리 상극이라고 해도 같은 드래곤 일족인데 그렇게 하겠어? 더욱이 같은 종족이나 일족이라도 사이가 안 좋을 수도 있는 거고 친할 수도 있는 거지. 다 그런 건 아냐."

그때 엄마가 끼어드셨다.

"그래도 마틸산에 있는 칸 크제나님은 실버 중에서도 가장 깐깐하다고 소문이 자자하지 않아요?"

"좀 깐깐하긴 해도 자기 일족은 끔찍이 아끼니까 괜찮아."

"흠, 하긴 뭐."

그때 아이비스크가 커다란 쟁반을 들고 나타났다.

"오래 기다리셨습니다. 자, 여기 바다의 특제 요리, 참치회 대령입니다."

'오옷, 저게 바로 말로만 들어보던 참치회!'

커다란 쟁반 위에는 아직 살아서 파닥파닥— 움직이고 있는 커다란 생선이 몸통은 먹기 좋게 회가 떠져 있고 그 주위에는 과일과 야채로 예쁘게 장식되어 있었다.

그리고 저것은 바로!

"오, 이것은 그 유명한, 너무 비싸서 부호나 왕족밖에 못 먹어본다는 그 초공추장이 아닌가? 자네 이런 걸 용케 구했구만."

할아버지가 감탄 어린 시선으로 그 빨간 초공추장에서 눈길을 떼지 못하자 아이비스크가 호탕하게 웃었다.

"하하하, 회에는 역시 초공추장이 있어야 제 맛 아닙니까? 다행히도 예전에 구해뒀던 게 아직 남아 있어서 이렇게 귀한 손님들을 대접할 수 있지 뭡니까?"

"오~ 자네, 정말 맘에 들어. 언제 한번 육지로 나온다면 내 영역에 한번 들르게나. 이런 대접을 받고 내가 가만있을 수 없지."

"하하하, 그렇다면 제가 한번 들르지요."

할아버지는 기분이 매우 좋으신 표정으로 포크를 들고 생선 한 조각을 들어올려 초공추장을 살짝 찍은 뒤 입으로 가져가셨다.

"오~ 이게 바로 초공추장의 맛이로군. 왜 초공추장이 맛의 극치를 달린다고 하는지 이제야 알겠어."

"이건 바로 그 초공추장의 고장이라고 일컬어지는 하이안구우욱이라는 고장에서 제가 직접 구해온 거랍니다."

"하이안구우욱? 거긴 세계에서 가장 뛰어난 맛을 가지고 있다는 됭장, 공추장, 강장을 만들어낼 수 있는 기술을 유일무이하게 가지고 있는 고장이 아닌가?"

"핫핫핫, 잘 알고 계시는군요. 제가 예전에 세계를 돌아다닐 때 그 고장만은 꼭 들러야겠다고 다짐에 다짐을 했었거든요. 그래서 이렇게 초공추장을 얻어왔지요."

"나도 예전에 그곳의 명물 음식 중 하나인 기이임치이를 맛본 적이 있다네. 정말 황홀한 맛이었지."

"그러고 보니 기이임치이도 정말 대단한 맛의 음식이었지요."

"다시 한 번 가보고 싶군."

"저도 이번에 인간 세상으로 나가면 다시 한 번 그 고장에 들러볼 생각입니다."

"그런가? 그럼 자네 언제 출발할 생각인가?"

"여러분을 배웅하고 나서 곧바로 출발할 생각입니다만?"

"그래? 그럼 우리와 함께 가지 않겠나? 아린이 이제 마틸산의 고룡에게 인사를 하면 성룡식도 다 끝이 나거든. 그럼 우리 같이 그 고장으로 가세나."

"아, 그거 좋은 생각입니다. 저야 칸 시스파슈타인님과 동행하게 되면 더없는 영광이지요. 시스파슈타인님은 세상 곳곳을 안 가본 곳이 없다고 할 정도로 많은 곳을 다니시지 않았습니까?"

"하하하, 그거야 옛날이야기지. 하도 오랫동안 다니지 않아서 이제는 많이 변했을 거야."

"하지만 그 경험이 어디입니까? 그럼 식사를 마치고 곧바로 떠나도록 하지요."

할아버지가 생선회 한 조각만 먹은 뒤에 계속 아이비스크와 정다운 이야기를 나누시느라고 더 이상의 음식을 못 드시고 계시는 동안 엄마와 나는 정말 바쁘게도 회를 초공추장에 찍어 입으로 가져갔다.

커다란 생선의 살점을 거의 절반 넘게 먹었을 무렵, 다시 한 조각을 찍으려고 쟁반 위의 생선회로 시선을 돌리신 할아버지의 눈이 순간적으로 커지시더니 우리를 노려보셨다.

할아버지의 살기 어린 시선을 받은 엄마와 나는 재빨리 딴 곳을 쳐다보는 척하면서 그 시선을 피해버렸고, 할아버지도 아이비스크와 대화를 하시느라 못 드신 것이었기에 아무 말 못 하고 다시 생선회로 시선을 돌려 포크를 가져다 대셨다.

그러나 얼굴에 굳은 결심의 빛이 어린 것으로 보아 엄마와 나의 식사는 다 끝났음을 알 수 있었다.

"아, 그런데 자네, 마틸산엔 가봤나? 아린이 다음 인사할 고룡이 마틸산에 있어서 말이야. 난 다른 드래곤의 영역에는 별로 가본 적이 없거든."

한창 빠른 속도로 대화도 중단한 채 회를 드시고 계시던 할아버지는 깜박 잊고 계셨다는 듯 그 옆에서 빙그레 웃음 짓고 있는 아이비스크를 쳐다보았다.

"저도 보기만 했을 뿐 가본 적은 없습니다. 다른 드래곤의 영역에 가는 것은 저도 좋아하지 않거든요."

"그런가? 그럼 결국은 마틸산 근처로 이동을 해야겠군."

"공간 이동을 하시게요?"

"그럴 생각이네만."

"그러지 마시고 바다 속으로 이동하시는 게 어떻겠습니까? 여기서 남 대륙으로 가는 바다 속은 경치가 꽤 괜찮거든요. 바다가 그리 깊지 않은 데다가 물도 따뜻한 편이라서 볼 게 많습니다. 바다 속으로 구경하면서 육지 가까이에 가서 그 다음에 이동을 하는 게 어떨까요?"

아이비스크를 찾아오면서 바다 속의 경치를 한번 감상하신 할아버지는 아이비스크의 제안에 솔깃하신 모양이었다. 게다가 옆에서 듣고 있던 엄마도 거들었다.

"그럼 그렇게 해요. 어차피 시간도 많은데요 뭐. 게다가 마틸산은 바다 근처잖아요."

"도시락도 싸 가요. 구경하면서 먹게."

엄마까지 저렇게 찬성하는 걸 보면 결정은 거의 난 거나 다름없었기에 나는 거기에 한 가지 더 제안을 했다. 그러자 내 제안이 마음에 든 듯 아이비스크가 고개를 끄덕였다.

"그거 참 좋은 생각이다. 도시락은 제가 준비하지요."

"좋아, 그럼 바다 속으로 가기로 하지."

이렇게 해서 우리는 화려한 아침을 마치고 잠시 휴식을 취한 뒤 다시 바다 속으로 들어갔다. 이번에는 아이비스크가 막을 만들어서 우리를 보호했다. 아무래도 바다 속 길을 잘 아는 드래곤이 안내해야 했기에 그런 것 같았다.

해가 떠서 그런지 바다 속은 따로 불로 비추지 않아도 잘 보였고 밤에 봤을 때와는 또 다른 아름다움이 있었다.

온갖 종류의 물고기들이 헤엄을 치고 있었고, 간간이 커다란 고래나 상어도 볼 수 있었다. 게다가 바닥에는 여러 가지 해초와 산호초가 바다에 깔린 하얀 모래와 자갈들과 잘 어울려 정말 아름다웠다.

'잠수함을 타면 꼭 이런 기분일까? 정말 멋있구나. TV로 보는 것과는 또 다른걸?'

그때 할아버지의 놀란 말소리가 들려왔다.

"저건 배가 아닌가?"

할아버지가 가리키는 쪽을 바라본 아이비스크가 고개를 끄덕이면서 설명했다.

"예, 이쪽은 바다 속 경치가 아름답기는 하지만 암초가 많아서 가끔 배들이 가라앉지요. 여기는 산호초가 제법 많이 발달되어 있거든요."

"그럼 배들이 이쪽으로는 잘 안 오겠네요?"

예전에 들은 풍월이 있는 나는 아이비스크에게 질문을 했다. 이쪽이 위험한 걸 사람들이 모르는 건지, 아니면 알고 있는데도 어쩔 수 없이 이쪽으로 다녀야 하는 건지가 궁금했기 때문이다.

그러나 아이비스크의 대답은 내 생각과는 달랐다.

"그렇지. 이쪽으로는 바다가 얕은 데다가 암초가 많아서 배들이 거의 안 다녀. 뭐, 재수없는 배들이나 폭풍 같은 거에 떠밀려 이쪽으로 왔다가 암초에 걸려 가라앉았지만."

'아, 그럴 수도 있구나.'

"그럼 혹시 저 안에 보물이 있지 않을까요?"

"보물? 있기는 있지. 하지만 지금은 없어."

"예? 왜요?"

'아니, 이곳 사람들이 좌초된 배 안에 있는 물건을 건질 수 있는 능력이 있단 말야?'

하지만 이번에도 내 예상은 옆으로 빗겨나간 것이었고, 아이비스크의 말을 들은 나는 순간적으로 비틀거렸다.

"왜긴, 내가 벌써 다 싹쓸이했으니까 그렇지."

"하하하."

나와 아이비스크의 대화를 할아버지도 듣고 계셨는지 호기심을 보이시며 질문하셨다.

"호, 그러면 수입이 꽤 있나?"

"바다를 왕래하는 배들은 보통 다 크니까 꽤 수입이 짭짤하지요."

"그거 참, 바다에도 여러 가지 좋은 점이 있군."

그렇게 우리는 여러 가지 잡담을 하면서, 또 바다 속 구경을 하면서 육지를 향해 나아갔다. 가다가 배가 고프면 도시락을 까먹으면서, 또 우리 옆을 헤엄쳐 지나가며 우리를 신기하게 쳐다보는 물고기들의 시선에 유쾌해하면서.

"다음에 또 오고 싶군."

"하하하, 언제든지 놀러 오십시오."

"하지만 자네는 이제 인간 세상으로 놀러나갈 게 아닌가?"

"뭐, 그렇기야 하지만 제가 없어도 바다 속 구경은 할 수 있는 거 아닙니까?"

"그건 그렇군."


바다 속을 비치는 햇빛이 점점 밝아지면서 바닥에 보이던 해초와 산호초들의 모습이 거의 보이지 않고 대부분 하얀 모래와 자갈들밖에 보이지 않자 아이비스크는 하늘을 한번 쳐다보더니 우리 일행을 돌아보았다.

"이제 다 온 것 같군요. 바다가 점점 얕아지기 시작했어요. 이제 밖으로 나가야겠군요."

그렇게 말하곤 아이비스크는 우리를 공간 이동으로 어떤 항구의 인적이 없는 곳에 내려놓았다.

"여긴 마틸산과 가장 가까운 항구예요. 여기서 말을 타고 가면 며칠이면 마틸산에 도착할 겁니다."

"그래? 그럼 오늘은 늦었으니 어디 여관을 하나 잡아서 쉬고 내일 말을 구해서 떠나도록 하지."

할아버지가 주위에 여관이 있는지 찾아보시느라 두리번거리며 말씀하시자 엄마도 같이 주위를 둘러보시면서 동의하셨다.

"그래야겠군요."

그리고 나는 할아버지와 엄마가 여관을 빨리 찾으시길 간절히 바랬다.

"제발 그랬으면 좋겠어요."

아까부터 자꾸 졸음이 쏟아졌는데 왜 그럴까 생각해 보니, 드래곤 숲에 들어갈 때부터 지금까지 한 시간도 잠을 자지 못했다는 것을 깨달았다. 거의 하루 종일 잠을 못 자고 있었던 거였다. 그걸 깨닫자 졸음이 무더기로 몰려왔다.

"저 너무 졸려요."

내가 졸린 눈을 비비며 겨우겨우 졸음을 참고 말하자 할아버지가 내 표정을 보시더니 조금 더 서두르셨다.

"그래, 빨리 여관을 잡자고."

"이쪽으로 오십시오. 이쪽에 여관이 있을 겁니다."

아이비스크가 먼저 나서서 길을 안내했고, 나는 비몽사몽간에 엄마에게 이끌려 갔다. 그리고 언제 어떻게 왔는지도 모른 채 여관에 도착하자마자 엄마에 의해 침대로 곧장 내동댕이쳐졌다.

제15화

# 마틸산의 실버 드래곤

# 마틸산의 실버 드래곤

온몸에서 거대한 마나를 방출하기 시작하면서 그녀의 몸은

무척 밝은 은빛으로 빛나는 동시에서서히 거대하게 커졌다.

그리고 빛이 사라지면서 드러나는 몸체는

눈이 부실 만큼 아름다운 은빛을 자랑하는 거대한 드래곤이었다.


"어디 보자… 마틸산이 여기서 그다지 멀지는 않군."

아침이 되어 아침 식사를 마치고, 그 식당에서 이곳 지리가 자세히 나와 있는 지도를 펼쳐 놓고 세 어른은 머리를 맞대고 어떻게 마틸산에 갈 것인가에 대해서 의논을 하셨다. 물론 나는 옆에 있었지만 그 세 분은 나를 그냥 무시하고 계셨다.

"산 어디에 살고 있는지도 모르잖아요. 더욱이 그 산은 드래곤이 산다고 해서 사람들이 가까이 가지도 않아서 산 근처에 마을도 없다구요."

"가까운 마을이라고 해봐야 산하고는 많이 떨어져 있군요. 그 마을에서 마틸산까지 가려면 말을 타고도 이틀은 가야 하겠는걸요?"

"이봐, 아이비스크. 마틸산 근처에 가봤다고 했지?"

"예."

"그럼 자네가 이동시켜 주면 안 될까?"

"뭐, 어렵지는 않겠죠. 하지만 저도 동면하기 전에 가본 거라서 정확한 좌표는 잡지 못할 텐데요."

"땅으로 잡지 말고 공중으로 잡으면 어떨까요? 그렇게 대충 이동한 다음 거기서 우리가 날아가면 되지 않을까요?"

엄마의 제안에 할아버지가 고개를 끄덕끄덕하셨다.

"하긴, 인적도 드물 테니까 그렇게 하자구."

"그럼 준비할 건 없나요?"

"어차피 산을 올라가야 하니까 말을 갖고 가기는 힘들 거야. 이제 마지막이니 까짓거, 편하게 가자구."

"그러고 보니 벌써 마지막 인사를 드리러 가네요."

엄마가 벌써 그렇게 되었다는 데 놀라움과 아쉬움이 가득한 표정으로 말했다.

"뭐, 인사할 고룡도 몇 명 없었잖아."

"이제 아린도 성룡이군요."

"새삼스럽게 왜 그래? 성룡이라구 해서 네 딸이 아닌 건 아니잖아."

"그래도 해츨링일 땐 같이 있었는데……."

"흥! 300살까지만 같이 살았잖아."

엄마의 분위기를 잡는 말투에 나까지 옛 생각에 젖어갈 무렵 할아버지가 그 분위기에 찬물을 끼얹으셨다. 그러자 열 받은 엄마가 할아버지를 노려봤다.

"꼭 분위기를 깨야겠수?"

"난 진실을 말했을 뿐이야. 그건 그렇고 넌 이번 여행을 끝내면 뭘 할 거냐?"

"난 동면할까 해요. 별달리 할 일도 없고."

"그래? 그러면 마틸산에서 곧바로 네 레어로 이동하겠구나?"

"그렇게 할 생각이에요."

"아린은 어쩔 거냐?"

갑작스런 할아버지의 질문에 세 분의 시선이 모두 나에게로 모아지자 나는 순간 무척 당황했다.

"저요? 글쎄요, 아직 생각을 안 해봤는데……."

"너 혼자서 따로 여행을 갈 생각은 있겠지?"

"예, 세상 구경은 해보고 싶어요."

"그럼 우리랑 같이 가지 않으련?"

"할아버지랑요?"

"그래, 어차피 우리도 여행을 할 건데 같이 가면 좋잖아."

"노친네랑 가는 게 뭐가 좋아요?"

엄마가 아까의 복수를 하려는 듯 할아버지한테 톡 쏘았다. 그러나 할아버지도 만만치 않게 능글맞은 태도로 맞서셨다.

"뭐 어때서 그러냐? 같이 가면 안전하고 좋지."

"이제 아린도 성룡이라구요. 자신의 일은 스스로 알아서 해야 한다고 말한 드래곤이 누군데 그래요?"

"쩝, 그렇군."

할아버지가 아쉬운 표정으로 입맛을 다시자 옆에서 보고 있던 아이비스크가 할아버지를 달래는 듯한 어투로 내 심정을 대변해 주었다.

"처음 여행이니까 아무래도 혼자 가보고 싶겠지요. 이제까진 누군가의 도움을 받으면서 생활했으니까요."

"그래도 아직 어린것을 혼자 보내려니 마음이 안 놓이는군."

"뭐가 어려요? 이제 성룡인데."

"이제 겨우 성룡이 됐을 뿐이잖아. 언제 세상에 나가봤다고."

"드래곤인데 뭐가 문제예요?"

"아무리 드래곤이라고 해도 초행이면 위험한 거야."

"쟤 실력 좋아요. 아버지도 아시잖아요."

"실력이 좋아도 필요없어. 그래도 세상 경험이 없으면 위험한 거라니까."

"그래도 언젠가는 혼자 나갈 거잖아요."

"언젠가 그럴 거 조금 더 데리고 있으면 어때?"

이제는 아까의 입장이 바뀌어 할아버지가 감정적이 되었고 엄마가 냉정하게 되었다.

그 모습을 보고 있자니 나는 속으로 슬그머니 웃음이 나왔다.

'에휴, 누가 부녀간 아니랄까 봐.'

하지만 두 분이 그러시는 게 나를 너무 사랑하시기 때문이라는 걸 잘 아는 나는 가슴 한쪽이 찡해왔다.

"아버지, 갑자기 왜 그러세요?"

"그래도 얼마 만에 태어난 앤데, 뭔 일을 당하면 어쩌려구."

"그럼 내가 따라갈까요?"

"너랑 같이 있으면 더 위험해. 뭔 일을 벌일지 알 수가 있어야지."

"어머나! 저도 인간 세상에서는 우아하고 지적인 레이디라고 알려졌다구요."

"네가?"

"그럼요."

"안 믿겨져."

"내가 어디가 어때서 그래요?"

"그건 네 자신이 더 잘 알 게 아니냐?"

"그럼요~ 이렇게 현명하고 우아한 여자 보셨어요?"

"얼씨구."

두 분의 말싸움이 끝이 날 것 같지 않자 중간에 아이비스크가 끼어들어 두 분의 말싸움을 말렸다.

"그만 하세요. 이제 출발해야지요."

"아, 그래. 자넨 짐이 따로 없지?"

"레어에서 이대로 나왔는데 따로 짐이 있을 리가 없죠. 그냥 이대로 가면 돼요."

아이비스크의 말이 끝나자마자 엄마가 재빨리 말했다.

"그럼, 슬슬 가죠? 아침도 다 먹었는데."

"그러지 뭐. 얘들아, 짐 다 챙겼냐?"

"식당에 내려올 때 다 가지고 왔어요. 우린 그냥 나갈 수 있어요."

이때다 싶어 나도 한마디하려고 했는데 내가 말하기 전에 엄마가 먼저 대답해 버렸다. 그래서 나는 속으로 눈물을 머금고 고개만 끄덕끄덕할 수밖에 없었다.

"그래? 그럼 가자."

아이비스크는 우리가 식당 문을 나서자마자 공간 이동을 시켜 버렸고, 덕분에 준비를 못 하고 있던 나는 허공에 뜨자마자 땅으로 추락했다.

물론 이번에도 엄마가 내 뒷덜미를 잡아서 땅에 헤딩하는 건 면했지만, 낮에 공중에 붕 떴다가 갑자기 추락할 뻔한 기분은 정말 끝내줬다.

'에구구, 말이라도 해주고 이동을 시키지.'

고룡 앞이라 말은 못 하고 속으로만 꿍얼꿍얼대고 있을 때 할아버지가 말씀하셨다.

"흠, 저게 바로 마틸산이로군."

멀리는 바다가 보이는 배경을 가지고 넓은 들판 위에 산 하나가 우뚝 솟아 있었다.

"배경은 좋네요."

"여기에 살고 있단 말이지?"

"정확히 어딘지는 모르지만 이 산이 마틸산인 건 확실합니다."

"그럼 한 바퀴 돌면 알겠군. 어쨌든 가보자구."

할아버지가 먼저 날아서 마틸산으로 향하자 우리도 곧 할아버지의 뒤를 따랐다.


마틸산까지 거의 가까이 날아왔음에도 불구하고 다른 드래곤에게서 느껴지는 기운이 이곳에서는 전혀 느껴지지가 않자 할아버지가 고개를 갸웃거리셨다.

"흠… 마나가 느껴지지는 않는데?"

"마나를 숨기고 계시나 보죠."

"자기 레어에 있는 데도 그렇게 신경을 쓰나?"

"레어에 없는 거 아닐까요?"

"로드가 있다고 했잖아."

"하지만 그동안에 나갔을 수도 있고……."

엄마가 말끝을 흐리자 아이비스크가 엄마의 뒤를 이어서 말했다.

"그럴지도 모르겠군요. 저한테도 로드가 연락을 안 해서 여러분이 조금만 늦게 왔다면 못 만났을 테니까요."

"그렇기도 하겠군."

"어쩌죠?"

"아직 확실한 건 아니니까 조금만 더 돌아보자구."

"그럼 흩어져서 찾아보기로 하죠? 그편이 더 빠르겠어요."

아이비스크의 제안에 할아버지가 고개를 끄덕였고 엄마도 찬성의 빛을 띠었다.

"좋은 생각이야. 그럼 난 이쪽을 돌아보지."

"그럼 전 저쪽을 한번 돌아보죠."

"엄마는?"

"나는 위쪽으로 가볼 테니까, 넌 골짜기 쪽으로 한번 가보렴."

일행은 각자 자기가 맡은 쪽으로 날아갔고 나도 산 틈으로 길게 나 있는 골짜기 쪽으로 날아갔다.

"어쩌면 골짜기에 레어가 있을지도 모르지. 내 레어도 골짜기에 있으니까."

하지만 한참을 날아다녀 봐도 큰 동굴은커녕 작은 동굴조차 보이지 않았고, 또한 드래곤의 기운도 느껴지지 않았다.

"이쪽이 아닌가베."

아무리 찾아봐도 보이지 않자 찾기를 포기하고 할아버지가 계시는 쪽으로 가려고 할 때였다. 순간 숲 쪽에서 뭔가가 빛을 반사하여 내 눈을 찔렀다.

"뭐지?"

울창한 나무 숲 사이로 살짝 은빛이 비쳐 보였다.

"은색? 검인가? 그럼 사람이 있다는 소리? 하지만 이곳에 사람이 있을 리는 없는데."

아무리 내가 공중에서 머리를 쥐어 짜봐도 해답이 나올 리는 없었고, 또 호기심이 생긴 나는 그 은빛이 언뜻 보이는 쪽으로 다가갔다.

대충 짐작하여 땅에 내려서서 둘러보니 어떤 큰 나무 밑에 검은색의 마법사 로브를 입은, 20대 중반으로 보이는 아름다운 여인이 앉아 있는 것이 보였다.

그녀는 무척 아름다웠지만 하얀 그녀의 얼굴은 차가워 보여 마치 대리석 조각 같은 인상을 주었다. 그리고 그때 그녀의 등뒤로 길게 늘어뜨린 머리가 바람에 살짝 날리면서 은색으로 찰랑거렸기에 위에서 내가 본 것이 그녀의 머리였음을 알 수 있었다.

나와 눈이 마주친 그녀는 살짝 얼굴을 찌푸린 채로 다짜고짜 나를 노려보며 말했다.

"여기에 무슨 볼일이 있어 왔느냐?"

"예?"

갑작스런 그녀의 반말과 짜증이 섞인 말투에 나는 당황해서 되물었다. 그러자 그녀가 더욱더 짜증이 난 듯한 어조로 말했다.

"귀가 먹었느냐? 무슨 일로 여기에 왔는지 물었다."

순간 나는 '사람을 찾으러 왔는데요'라고 말할 뻔했다. 하지만 말하려고 보니 난 사람이 아니라 드래곤을 찾고 있었다.

"저기… 이곳에 사신다는 고룡을 찾아왔는데요?"

그러자 그녀는 나를 비웃는 표정을 여실히 드러내 보이며 말했다.

"뭐 하러?"

"만나러요."

"만나려고 온 건 알아. 뭣 때문에 만나려고 하느냔 말이다."

"인사드리러 왔는데요?"

"왜?"

"그게 그러니까……."

'왜냐구 물으면 뭐라고 답하란 말야? 성룡식의 마지막을 장식하러 왔는데요… 라고 말할 수는 없잖아?'

내가 말 끝을 흐리며 주저주저하니까 그녀가 재차 물어왔다.

"드래곤에게 뭔가 원하는 게 있나 보지?"

"아니, 그게 그러니까……."

그녀가 너무 쩨려보면서 물어보니까 나는 얼른 대답하지 못하고 버벅대다가 내 자신의 모습이 한심스러워졌다.

'가만, 내가 왜 이 여자한테 쩔쩔매고 있는 거지?'

"잠깐만요. 당신 뭐예요? 뭔데 이렇게 꼬치꼬치 캐물어요? 내가 여기 올 수도 있는 거지."

"흥, 이곳에 들어온 사람들이 어떻게 됐는지 모르느냐?"

"모르는데요?"

"뭐라구?"

그녀는 나의 솔직한 대답에 순간 어이없다는 듯이 나를 쳐다보았다.

"여기에 살고 있는 드래곤을 찾으러 오지 않았느냐!"

"맞는데요?"

"그럼, 그 드래곤이 여기에 들어온 사람들을 어찌했다는 말은 들었을 게 아니냐?"

"못 들었는데요."

'그게 나랑 무슨 상관이야?'

"그럼 여긴 어떻게 알고 찾아온 거냐!"

"그게 그러니까… 잠깐만요. 그게 당신하고 무슨 상관이죠?"

나는 그녀의 빡세게 나오는 질문에 버벅대다가 다시 그녀의 페이스에 휘말려들고 있음을 깨닫고 그녀를 의심스럽게 쳐다보았다.

'이 여자는 뭐지?'

그러자 그 여자가 고함을 빽 질렀다.

"묻는 말에나 대답해!"

나도 화가 나서 대꾸해 주었다.

"대답할 의무 없습니다."

그러자 그 여자가 벌떡 일어났다. 너무 화가 난 표정이어서 순간 내가 너무 무례하게 굴었나 하는 생각이 들어 찔끔했다.

'어른에게 이러는 게 아닌데……'

"무례한 녀석!"

그녀가 분노가 가득 담긴 말투로 내뱉자 나는 어쩔 줄 몰랐다.

'역시. 어떻게 하지?'

"내가 바로 이곳에 살고 있는 드래곤이다."

'에구, 어른한테 무례하게 굴었다… 어? 뭐라고?'

나는 그녀가 내가 무례하게 굴어서 화가 난 줄 알고 어떻게 해야 하는지 몰라 머리를 굴리고 있다가 그녀가 한 말을 제대로 못 알아들었다. 그래서 멍한 표정으로 그녀를 쳐다보자 그녀는 화가 잔뜩 난 표정으로 나를 노려보면서 한 자 한 자 씹듯이 내뱉었다.

"네가 무엇 때문에 나를 찾아왔는지는 모르겠으나, 살아 돌아갈 생각은 말거라."

이제 그녀는 온몸에서 거대한 마나를 방출하기 시작하면서 그녀의 몸은 무척 밝은 은빛으로 빛나는 동시에 서서히 거대하게 커졌다.

그리고 빛이 사라지면서 드러나는 몸체는 눈이 부실 만큼 아름다운 은빛을 자랑하는 거대한 드래곤이었다. 하지만 그녀는 엄청난 위압감과 함께 차가운 살기 어린 은빛 눈으로 나를 노려보고 있었다.

'드래곤이었어?'

"저기요, 드래곤이신 줄 몰랐는데요."

"흥, 그래서?"

"아니, 뭐 사람인 줄 알고 그랬다는 거죠."

"그래서?"

'무슨 말이 듣고 싶은 거야?'

그녀의 차가운 대답에 화가 난 나는 할아버지와 엄마가 올 때까지 버틸까 하다가 내가 이곳에 인사하러 왔음을 상기하고 고룡에게 이럴 수는 없다고 생각했다. 그리고 이렇게 된 게 내 잘못이라는 생각이 들자 나는 그녀에게 공손히 고개를 숙이며 인사했다.

"저는 칼 세르니안의 딸 아시리안이라고 합니다."

그러자 그녀의 몸에서 뻗어나오는 살기가 순간적으로 멈칫했다.

"올해 성룡이 되어 여기 계시다는 고룡께 인사를 드리러 왔습니다. 고룡이신 줄 모르고 무례하게 굴어 정말 죄송합니다."

거기까지 말하고 슬그머니 고개를 들어 그녀를 바라보니 그녀의 눈빛에 어린 살기가 천천히 사그라들면서 다시 온몸에서 눈이 부신 은빛이 쏟아져 나오더니 그녀의 몸이 다시 작아지기 시작했다. 그리고는 아까의 그 아름다운 여인이 되어 내 앞에 섰다.

아까와는 달리 많이 누그러진 얼굴로 그녀가 부드럽게 물었다.

"어디 일족이지?"

'헤~ 여자의 변신은 정말 빠르군.'

속으로 감탄하면서 나는 최대한 공손하게 대답했다.

"레드 일족입니다."

"그랬군."

그녀가 가볍게 고개를 끄덕이며 나를 바라보다가 내 뒤로 시선을 옮기는 그때, 나도 누군가 오는 기척을 느껴서 돌아봤더니 엄마와 할아버지, 그리고 아이비스크가 오고 있었다.

아마 아까 크게 방출되었던 마나를 느끼고 오는 것 같았다.

"일행이냐?"

"예, 할아버지이신 칸 시스파슈타인님하고, 어머니이신 칸 세실리안님, 그리고 아르카스해에 사시는 고룡 칸 아이비스크님이십니다."

그때 제일 먼저 도착하신 할아버지가 말씀하셨다.

"그대가 이곳에 산다는 칸 크제나인가?"

"칸 시스파슈타인님이십니까? 미처 마중을 못 해 죄송합니다."

"아린이 제일 먼저 찾았군요. 마나가 느껴지지 않아서 계시지 않는 줄 알았습니다."

"전 인간 마법사들인 줄 알고 귀찮아서 마나를 숨기고 있었지요."

아이비스크가 인사인 듯 살짝 고개를 숙이며 말하자 크제나가 고개를 끄덕이며 대답했다.

"잘 아시는 사이인가 봐요?"

그들의 인사하는 모습을 본 나는 그들이 왠지 잘 알고 있는 사이인 것 같아서 아이비스크에게 슬쩍 물어보자 그는 고개를 끄덕였다.

"레어가 가까이 있다 보니 몇 번 만난 적이 있지."

그때 할아버지는 크제나와 대화하고 있었다.

"그대도 역시 로드에게 연락받지 못했겠지?"

"예, 이 아이가 말해 줘서야 알았습니다. 이제 성룡이 되었다구요?"

"그래, 그렇지. 그래서 자네에게 인사를 하러 온 거라네."

"결국 로드는 드래곤 숲의 칸 그라하리에게밖에 연락을 안 했군요?"

엄마의 혼잣말 같은 질문에 크제나의 눈이 놀람으로 인해 커졌다.

"칸 그라하리? 드래곤 숲에는 벌써 다녀오셨습니까?"

"아, 로드가 근처까지 이동을 시켜줘서."

그러자 크제나가 피식 웃었다.

"그렇게 정신없는 로드가 연락할 만했군요."

"왜?"

"예전에 칸 시스파슈타인님과 칸 그라하리의 싸움은 유명하니까요."

그녀의 뒤를 이어 아이비스크도 웃으며 끼어들었다.

"뭐, 두 분 다 아직 고룡이 되시기 전이었고, 또 그랬다고 해도 두 드래곤의 싸움이었으니까."

"숲 하나 날아간 정도로 끝난 게 다행이었지요."

그들이 자꾸 옛이야기를 하자 얼굴이 약간 붉어지신 할아버지는 헛기침을 하시며 주의를 끄시더니 슬쩍 화제를 돌리셨다.

"험험, 지금 그 이야길 뭐 하러 해? 여긴 아린이 인사를 하러 온 거라구."

할아버지의 심기가 별로 좋아 보이지 않자 크제나와 아이비스크는 눈치 빠르게 그 이야기를 접어두었고, 이곳 주인인 크제나는 재빨리 화제를 바꾸었다.

"그렇군요. 여기 이렇게 있지 말고 제 레어로 가시겠습니까?"

"거기까지 갈 게 뭐 있나. 경치 좋은데 그냥 여기에 있자구."

"그러시겠어요? 그럼 제가 곧 뭐 드실 거라도 좀 가져올 테니 잠시 기다리세요."

칸 크제나는 그렇게 말하곤 사라졌다.

"헤~ 별로 깐깐해 보이지 않는데요?"

"오랜만에 동족을 만났기 때문이 아닐까? 더욱이 우리가 무례하게 굴지도 않았고."

그녀가 사라지자 그녀가 무척 깐깐하다는 이야기를 들었던 나는 그제야 긴장을 풀 수 있어서 엄마를 바라보며 가벼운 마음으로 말했는데, 엄마의 대답에 첨에 그녀인 줄 모르고 무례하게 군 죄가 있는 나는 속이 뜨끔했다.

'에구구, 찔려라.'

그러나 그러한 나의 마음에는 아랑곳없이 엄마는 왠지 쓸쓸한 느낌이 배인 어조로 누구에게랄 것도 없이 말했다.

"어쨌든 이걸로 정말 마지막이군요."

그리고 할아버지도 엄마의 말에 약간은 씁쓸한 표정으로 고개를 끄덕이셨다.

"그래, 이제 아린도 성룡이지. 저 녀석은 언제까지나 해츨링일 것 같았는데 말야."

할아버지의 그 말에 엄마는 피식 웃더니 나를 돌아보았다.

"아린아, 이제 뭘 할 거냐?"

잔뜩 분위기를 잡고 계시던 엄마가 고개를 돌려 갑자기 나를 바라보자, 평소 엄마의 행동을 익히 알고 있는 나는 요즘 들어 자주 보이는 엄마의 그런 분위기에 의아해 있다가 갑작스레 들려오는 질문에 화들짝 놀랐다. 그러나 곧 정신을 차리고 이곳에 와서 생각하고 있던 바를 조심스레 말했다.

"이왕 이렇게 나온 거 곧바로 여행을 떠날까 해요. 어차피 레어에는 금화 하나 없으니까 도둑 맞을 염려도 없구."

"할아비랑 같이 안 갈 거냐?"

'설마요.'

나는 기분 좋은 티를 내지 않으려고 조심하면서 예의 바른 미소를 띠었다.

"여기까지 같이 와주신 것만 해도 고마운데요."

내가 여기까지 말하자 할아버지는 더 이상 같이 가자고 권하지는 않으셨지만 얼굴 가득히 걱정스러운 표정을 띠셨다.

"인간 세상은 위험해. 조심 또 조심해야 하는 곳이라구."

"별일이야 있을라구요."

"인간은 언제 변할지 모르는 족속이야. 그러니 언제나 경계하고 있어야 한다."

"예."

할아버지의 연속되는 당부를 옆에서 듣고 있던 아이비스크가 부드럽게 미소를 띠었다.

"많이 걱정되시나 봐요."

"생각 같아서는 계속 데리고 있고 싶은 맘이 굴뚝 같다구."

"하지만 이애도 이제 하나의 당당한 드래곤인걸요."

"나도 그건 알고 있어. 하지만 어디 그렇게 보여야 말이지. 언제나 해츨링인 것 같단 말야."

"뭐, 정말 오랜만에 태어난 아이니 그렇게 생각하시는 것도 무리는 아니지만요."

"호오, 칸 시스파슈타인님께서 손녀를 그렇게 끔찍이 아끼시는 줄 몰랐는데요?"

갑자기 끼어드는 말소리가 나는 곳으로 고개를 돌려보니 어느 새 왔는지 나타난 칸 크제나가 땅 위에 두꺼운 푸른색의 모포를 깔아놓고 그 위에 음식을 늘어놓으면서 대꾸했다.

"난 언제나 정이 넘친다구."

그 모습을 보신 할아버지가 모포 위에 자리를 잡고 앉으면서 대꾸를 했다. 할아버지가 그렇게 자리를 잡으시자 우리도 모두 크제나가 펴놓은 모포 위에 각자 자리를 잡고 앉았다.

그리고 크제나가 모두에게 차 한잔씩 내주었다.

"흠~ 차 향이 기가 막히는군."

차를 마시기 전에 찻잔을 들어 그 향을 음미하신 할아버지가 기분 좋다는 듯 약간 풀어진 목소리로 중얼거렸다.

"허브 차예요. 향이 무척 좋지요?"

할아버지가 차 향기에 감탄하자 그 차를 대접한 크제나가 기분 좋은 듯한 목소리로 설명했다. 그 옆에서 차 한 모금을 맛보던 엄마도 고개를 끄덕이며 차 맛을 칭찬했다.

"맛도 좋군요. 그윽하고."

"크제나님은 차를 즐기는 편이니까요."

아이비스크가 부드러운 말투로 크제나를 바라보면서 말하자 크제나는 별것 아니라는 듯 손을 살짝 저으며 말했다.

"뭐, 그다지 즐기는 편은 아니지만 좋은 차는 모아두는 편이에요."

"아~ 좋구나. 날씨도 좋고, 차 맛도 좋고."

차를 홀짝이며 마시고 계시던 할아버지가 하늘을 바라보시며 노곤한 표정으로 중얼거리시자 엄마도 고개를 끄덕였다.

"소풍 나온 기분이네요."

할아버지와 엄마뿐만이 아니라 주위에 계신 어른들 모두 기분이 좋다는 표정이었다. 이런 상황에서 우리는 화기애애하게 대화를 나눌 수 있었다. 물론 나는 그 대화에 끼어들지 못하고 옆에서 듣고만 있는 처지였지만.

"제가 마지막인가요?"

그때 크제나의 질문이 들렸고, 그의 질문에 엄마가 고개를 끄덕이며 대답했다.

"예, 마지막으로 인사를 드리러 온 거예요."

"그렇군. 그럼 이제 여행을 가겠군?"

엄마의 대답에 고개를 끄덕이며 무슨 생각을 하던 크제나는 나를 돌아보면서 질문을 했고, 이곳의 방문이 끝나면 혼자 여행을 가기로 한 나는 고개를 끄덕였다.

"예, 그럴 예정이에요."

"그럼, 나이 든 어른이 충고 한마디할까?"

그렇게 말하는 그녀의 표정은 꼭 할머니가 손녀에게 무언가를 가르쳐 주려는 듯 인자하고 지혜로워 보였으며 오랜 세월을 산 자다운, 무엇인지는 모르겠지만 나는 그녀의 발끝에도 미치지 못할 어떤 분위기를 풍겼다.

"뭐, 고룡께서 하시는 충고라면."

그러나 그 뒤에 크제나가 한 말은 나를 어리벙벙하게 만들었다. 맛있는 과자를 잔뜩 받을 거라고 기대하고 있던 아이가 딸랑 막대 사탕 하나를 받은 기분이랄까?

"넌 드래곤이란 걸 잊지 말아라."

"예?"

내가 나도 모르게 황당하다는 표정을 지었는지 크제나는 부드러운 미소와 함께 찬찬히 설명해 주었다.

"인간들은 약속을 잘 지키지 않지. 그러면서 그걸 부끄러워하지 않아. 하지만 드래곤은 달라. 드래곤은 약속을 지키는 종족이다. 그게 어떤 약속이든지, 설사 자신의 목숨을 내놓는 것일지라도 약속은 지킨다. 그게 바로 드래곤이야."

"예."

"그런데 아직 성숙치 못한 드래곤이 세상을 여행하다가 인간에게 물이 들어 약속을 지키지 않는 경우가 있지."

"그럼 어떻게 되죠?"

그러자 옆에서 크제나의 말을 가만히 듣고 계시던 할아버지가 끼어들어 대답하셨다.

"그럼 용언 마법을 쓰지 못하지."

"용언 마법이요?"

"그래, 고룡들이 쓰는 마법이 바로 용언 마법이야. 이건 마나와 자연과 드래곤과의 약속과도 같은 거다. 그러니 약속을 지키지 않는 드래곤은 이걸 쓸 수가 없지. 또한 마법도 쓰지 못해. 그가 쓰는 마법은 진짜 마법이 아니라 환상일 뿐이지."

그리고 할아버지의 뒤를 이어 크제나가 말을 덧붙였다.

"그리고 약속을 지키지 않는 자는 드래곤이라고 할 수도 없어. 그러니 너는 어떤 상황에서든지 약속은 꼭 지켜라. 그렇지 않으면 넌 드래곤이라 할 수 없어."

"예."

"또 한 가지. 인간 세상에 나가면 온갖 술수가 난무하지. 그럴 때는 자신도 모르게 얼결에 지키지도 못할 약속을 할 수가 있어. 그러니 어느 때라도 항상 말을 조심하거라. 말을 할 때는 항상 조심스럽게 하고, 말을 하기 전에는 주의 깊게 생각을 하고 말하도록 해."

"예."

"네가 인간 세상에 나가면 여실히 깨닫게 될 테지만 만에 하나 그전에 무슨 일이 생길지는 모르니까 노파심에서 하는 말이니 명심하고 있으렴."

"예, 말씀 감사합니다."

나는 후손을 위한 그녀의 진심 어린 충고에 마음속에서부터 우러나온 감사의 말을 했다.

그러자 크제나가 나를 물끄러미 바라보더니 기쁜 듯 부드러운 미소를 지었다.

"호, 레드 드래곤이 이렇게 예의 바른 줄 몰랐는걸?"

그 옆에 계시던 할아버지가 이 말을 듣고 괜히 헛기침을 하셨다.

"흠흠, 누구 손녀인데."

"호호호, 그런가요?"

"그래, 칸 크제나께선 저 아이에게 무슨 선물을 하실 겁니까? 무척 기대가 되는군요."

"크게 기대하지는 말아. 별로 대단한 건 아니야."

질문을 한 아이비스크에게 별거 아니라는 듯한 미소를 지어 보이며 그렇게 말한 크제나는 나에게 남색의 비로드 천으로 겉을 감싼 납작한 상자 하나를 내밀었다.

얼결에 그 상자를 받아 열어보니 거기에는 고급스러워 보이는 검은 천 위에 아름다운 목걸이가 하나 놓여 있었다.

약간 각이 진 초승달 모양의 하얀 백금 판에 중간에 있는 줄이 제일 길고 양쪽에 있는 줄이 제일 짧은 백금으로 된 가는 사슬들이 커다란 다이아몬드 다섯 개를 그 백금 판과 연결시켜 주고 있었고, 그 다이아몬드 주위를 작은 사파이어들이 파란빛을 반짝거리며 빙 둘러 박혀 있었다.

그 목걸이를 바라보자 할아버지가 감탄을 터뜨리셨다.

"호오, 이건 바로 그 유명한 테아칸 왕비의 목걸이가 아닌가?"

"테아칸 왕비의 목걸이요?"

나는 그 목걸이에 이름이 있다는 것보다는 할아버지가 이 목걸이의 이름을 알고 계시다는 것이 더 신기해서 되물었다. 그러나 할아버지는 내가 목걸이의 이름에 궁금증을 느꼈다고 생각하셨는지 친절하게 설명을 해주셨다.

"이 목걸이의 처음 주인이 바로 테아칸 왕국의 왕비였기에 그런 이름이 붙었단다."

그리고 그 뒤를 이어 엄마가 보석을 가리키며 말하셨다.

"여기 이렇게 반짝이는 판이 보이지? 이건 바로 백금에 진주 가루를 뿌려 만들어서, 이렇게 은은하고 아름답게 반짝이는 거란다."

그 뒤에 할아버지가 덧붙이셨다.

"이거 하나면 성 하나를 살 수 있다고 하지."

"헤에~ 그렇게 대단한 목걸이에요?"

그렇게 엄마와 나, 그리고 할아버지가 그 목걸이를 둘러싸고 감탄하고 있을 무렵, 아이비스크가 그 모습을 보다가 빙그레 웃으면서 크제나에게 고개를 돌렸다.

"역시 크제나님이시군요."

크제나는 이 정도야 별것 아니라는 듯 한번 어깨를 으쓱하더니 나에게 다가와 같이 목걸이를 바라보면서 목걸이에 얽힌 이야기를 말해 줬다.

"이건 아주 오랜 옛날 테아칸 왕국의 왕이 무척 사랑하던 왕비에게 선물을 하기 위해 특별히 만든 거라고 해. 이걸 만들기 위해 엄청난 거금을 드워프에게 줬다고 하더군. 그것 때문에 국민들에게 세금을 많이 거두어 들였고, 덕분에 나라는 혼란해져서 반역이 일어나는 원인이 됐다고도 하지."

"저런! 그래서 그 국왕은 어떻게 됐어요?"

"왕비와 같이 도망을 가다가 반역도들에게 죽임을 당했다고 하더군."

"옛날이야기야. 뭐, 그 정도로 비싸고 아름다운 목걸이란 이야기지."

내가 너무 흥미진진하게 듣고 있자 엄마가 별것 아니라는 투로 말했다. 그러자 크제나가 그런 엄마를 바라보며 피식 웃더니 다시 나에게로 시선을 돌렸다.

"그러고 보니 그 반역도들이 재정을 확보하기 위해 이 목걸이를 팔았는데, 이걸 본 어떤 상인이 사고 싶어서 자신의 전 재산을 다 내놨다고 하더군."

"호~ 대단한 목걸이네요. 정말 명성에 맞게 아름답기도 하구요."

"그렇지? 여기 박혀 있는 이 다이아몬드 하나만 가지고 있어도 부자인걸."

"감사합니다."

갑작스런 내 감사의 말에 무슨 말인가 황당해하던 크제나가 곧 그 목걸이에 대한 감사인 줄 깨닫고 부드럽게 웃었다.

"뭘. 그러고 보니 내가 고룡이 된 뒤로 처음으로 인사를 온 아이구나."

그녀의 말을 할아버지가 받았다.

"그렇게 되나? 하긴, 이애가 태어나기 전 2,000년 동안은 해츨링이 태어나지 않았으니."

크제나는 할아버지를 바라보며 살포시 미소 지었다.

"뭐, 앞으로 저에게 인사하러 올 해츨링은 많을 테니까요."

느긋하고 한가한 하루였다. 우리는 그곳에서 점심을 얻어먹고 저녁때가 다 되어서야 크제나에게 작별 인사를 했다.

엄마는 그곳에서 곧바로 엄마 레어로 이동했고, 할아버지와 아이비스크와 난 우리가 아침에 출발했던 그 항구로 돌아왔다.

여기서 할아버지와 아이비스크는 같이 여행을 가시기로 했고, 나는 이제 혼자서 세상을 둘러보러 갈 예정이었다.

"아린아, 정말 조심해야 한다. 알았지? 무슨 일이 생기면 그냥 엄마나 할머니한테 이동하고."

"예, 할아버지. 염려 마세요."

할아버지는 나의 씩씩한 대답에도 안심이 안 되는 듯 몇 번이나 더 주의를 주시고 당부를 하신 뒤에야 나와 헤어지셨다.

그리고 나는 이제 드디어 혼자서 자유롭게 여행을 하게 된 것이다.

"해방이닷~!"

할아버지가 시야에서 사라진 뒤에도 나 혼자서 여행을 간다는 것이 믿겨지지가 않은 나는 내 팔을 한차례 꼬집어보고 이것이 현실이라는 것을 느끼자 신나서 그 자리에서 펄쩍 뛰었다. 하지만 기쁨도 잠시, 그 주위를 지나가던 사람들이 나를 바라보며 수군거리자 얼굴이 붉어진 나는 재빨리 여관 안으로 도망치듯 들어왔다.

제16화

# 동료를 만나다

## 동료를 만나다

지금 당장 네가 쓸모가 있는 건 아니니까. 하지만 뭐,
어딘가에 네가 필요 할지도 모르지.
참, 넌 왜 여기에 있는 거지? 넌 누구야?

할아버지와 헤어져 드디어 혼자 여행을 하게 된 나는 고민에
빠지게 되었다. 비록 내가 온 세상을 구경하기 위해 여행을 다닌
다고는 하지만, 막상 그렇게 결정을 하고 여행을 다니려니 너무
막막하기만 했다. 그래서 소위 다른 목적을 만들기 위해 고심에
고심을 거듭한 결과 보물 사냥꾼이 되기로 했다.

이 세계에 있는 유명한 보물이란 보물을 모두 내 것으로 만들
지는 못하더라도 구경하면 재밌을 것 같았으니까(푸하하하).

목표를 세웠으면 우선은 정보를 수집해야겠다는 생각을 하고
처음 목적지를 퀠튼 연합국으로 잡았다.

퀠튼 연합국은 약 20여 개의 작은 국가로 나뉘어져 있고, 그중
그나마 국가라고 불러줄 수 있는 나라는 겨우 10여 개 정도였다.
그 국가들은 나라라고 불러줄 수 있는 형태를 겨우 유지하고 있
을 뿐, 다른 큰 나라들이 보기에는 자기네 나라의 한 영주가 가지

고 있는 영토 정도로밖에 보이지 않을 정도의 크기였기에, 이 국가들은 다른 나라에 먹히지 않고 버티기 위해 서로 강력한 동맹을 맺고 있었다. 그리고 그 연합 국가 중 가장 크고 중심이 되는 나라가 바로 켈튼이라는 나라였기에 그의 이름을 따서 총칭 켈튼 연합국이라고 했다.

이 연합국들은 바닷가를 빙 둘러서 위치하고 있어 바다를 끼고 있는 데다 바다 너머의 대륙에 있는 국가와 연합 국가의 뒤쪽에 있는 국가들 사이에 있는 형태였다. 그래서 중간 무역과 해운업이 무척 발달해 주요 산업이 상업이었다. 그리고 아무래도 상업이 번창하다 보니 도둑과 용병, 그리고 상업 길드가 가장 잘 발달되어 있기도 했다.

그리고 내가 얻고자 하는 정보 또한 쉽게 얻을 수 있는 나라이기도 했다.

다행히 할아버지와 헤어진 곳이 바로 켈튼 연합국 중 하나였기에 켈튼으로 가는 길을 알기는 쉬웠다. 상업이 발달하고 각 나라의 연합이 강력하다 보니 각 나라 사이의 길이 무척 잘 발달되어서 시간도 별로 오래 걸릴 것 같지 않았다.

할아버지와 헤어진 다음날 나는 인사하러 다니면서 한 여행의 경험도 있기에 배짱 좋게 혼자서 말을 구해 켈튼국을 향해 떠났다.

떠나기 전에 필요한 것도 꼼꼼히 챙겨서 넣었고, 길도 잘 뚫려 있는 데다 말도 이젠 아주 능숙하게 탈 수 있었기 때문에 부푼 가슴을 안고 타박타박 걷기도 했고 빠르게 말을 달려 보기도 했다.

하지만 그렇게 부풀어 오르는 기쁨도 잠시. 며칠 동안 아무 일 없이 혼자 여행을 하자 무지 심심했다.

전에는 엄마랑 할아버지랑 투닥투닥 다투는 것을 재미 삼아 여행을 했지만, 이제는 그 재미마저도 없어졌고, 말을 할 상대조차 없으니 하나도 재미없었다.

"에구구, 이래서 여행을 할 때는 동료가 있어야 돼."

늦장 부리다가 날이 어두워졌는데도 마을에 도착하지 못한 나는 길에서 좀 벗어난 어떤 작은 숲의 공터를 발견하곤 그곳에 모닥불을 피우며 혼잣말을 중얼거렸다.

어느샌가 대화할 상대가 없자 혼잣말을 중얼중얼거리는 게 버릇이 되어가고 있나 보다.

"역시 나는 혼자 여행을 하는 고독한 여행자 같은 건 될 수 없는 체질인가벼."

또 혼자 중얼중얼거리면서 로드에게 선물받은 요리 도구를 꺼내서 요리를 시작했다.

"헤, 역시 편하긴 편하구나."

재료만 넣고 불에 올려놓기만 하면 알아서 요리를 해주니까 역시 편하긴 편했다. 하지만 혼자서 먹는 음식은 별로 맛이 없어서 요리는 잔뜩 해놓고 별로 입에 대지 않아 음식이 많이 남았다.

"이걸 어떻게 하지? 생각보다 많이 남았네. 으휴~ 버리자니 아깝고, 먹자니 싫고, 싸 가지고 가자니 귀찮고."

내가 남은 음식을 노려보면서 어떻게 처리해야 할지 고민하고 있을 때, 갑자기 뒤쪽에서 우당탕, 쿵탕! 하는 요란한 소리가 났다. 조용한 상황에서 갑작스레 들려온 소리라 놀라서 벌떡 일어나 소리가 난 쪽을 바라보니 어둠 속에서 어떤 시커먼 인영이 이쪽으로 떼굴떼굴 굴러오고 있었다. 빠른 속도로 굴러오는 폼을 보니 뛰어오다가 뭔가에 걸려 넘어지는 바람에 구른 것 같았다.

"무지 아프겠다."

나의 이런 동정을 알았는지 그 인영은 내 쪽으로 한참을 굴러 오다가 바로 내 앞에서 털푸덕 엎어지면서 겨우 구르는 것을 멈췄다. 그리고는 꼼짝도 못 하고 있는 걸 보고 많이 다친 것 같아 몸을 숙여 그 인영을 살펴보려고 하는데, 이 녀석이 갑자기 벌떡 일어나더니 내가 남겨놓아서 뒤처리를 고민하게 만든 음식을 향해 달려들어 포크를 집을 새도 없이 손으로 정신없이 집어먹는 것이었다.

한 손에는 빵을 쥐고, 다른 한 손으로는 수프가 들어 있는 작은 솥을 통째로 들고 먹고 마셔댔다.

너무나 황당한 일을 당한 내가 멍하니 보고 있는 동안 그 녀석은 솥 안에 있던 수프를 다 먹고도 모자라 내가 접시에 떠놓았다가 다 먹지도 못한 수프까지 모조리 마시고, 입맛이 없어서 억지로 뭔가를 먹으려고 꺼내놓았던 사과 하나까지 다 먹어치우고서야 크게 숨을 내뱉었다. 그동안은 숨을 쉴 사이도 없이 음식을 먹어댄 것이다.

"살았다~"

그리고 그 옆에 황당해서 멍청하게 서 있던 나를 보며 한마디 한다는 것이 '물은 없냐?' 라는 거였다. 그리고 더 웃긴 건 그 말을 듣고 내가 재빨리 물통을 그 녀석에게 넘겨준 거였다.

그놈은 물통을 받아 들고 꿀꺽꿀꺽 마시더니 '푸하~' 하곤 물통을 내려놨다.

"이제야 좀 살 것 같군."

그 녀석은 무지 행복한 표정으로 배를 쓰다듬더니 나를 보고 히죽 웃었다.

"안녕? 좋은 밤이지?"

그의 이 말에 아까까지 녀석을 향해 일었던 동정심이 싸그리 가셔 버림과 함께 슬그머니 화가 솟았다. 그 덕에 나의 말은 약간 거칠 수밖에 없었다.

"너, 뭐야?"

하지만 그 녀석은 나의 거친 말투에도 괘념치 않는 듯 태평한 얼굴로 웃기만 할 뿐이었다.

"하하하, 이거 네 식사였어?"

그 녀석의 태평하기만 한 얼굴에 나는 더욱더 화가 나서 차갑게 내뱉었다.

"남의 식사를 먹었으면 당연히 그 대가가 있겠지?"

"에구, 잘생긴 분이 쩨쩨하게 뭘 그러시나. 불쌍한 사람에게 식사 한 끼 대접했다 치지."

"난 아무에게나 식사 대접 안 하는 주의라서."

"너무 그렇게 매정하게 굴지 마. 또 알아? 나에게 이렇게 식사 대접을 해서 좋은 일이 생길지. 아~ 착한 일을 했으니 신께서 복을 내려주실 거야."

"그렇게 말하는 걸 보니 대가를 지불할 능력이 없나 보군?"

"하하하, 예리하기도 하지. 어떻게 알았어?"

돈도 없는 주제에 능글맞기만 한 녀석의 말투에 나는 생글생글 웃는 그 녀석의 얼굴을 묵사발로 만들어주고 싶어졌다. 그러나 이까짓 말싸움에 져서 폭력을 휘두른다는 것은 내 자존심이 허락지 않았다. 그래서 나는 최대한 인내를 발휘하여 화를 억누르고 이성을 되찾았다. 그리고 녀석에게 부드럽게 말하면서 싱긋 웃어주는 것도 잊지 않았다.

"뭐, 가진 게 없다면 몸으로 때우면 되니까 너무 걱정 마."

나의 갑작스런 태도 돌변에 그 녀석은 불안해졌는지 얼굴에서 떠나지 않던 웃음이 순식간에 사라졌다.

"…뭘 원하는 거야?"

그 녀석이 불안감을 드러내 보이자 나는 통쾌해졌다. 그래서 조금 더 밀어붙였다.

"글쎄, 어떻게 할까?"

"이봐이봐, 설마 날 팔아넘길 생각이야? 그건 너무하잖아?"

"호~ 그 방법이 있었군."

그러자 그 녀석의 얼굴이 창백하게 질렸다. 나는 너무너무 통쾌해진 마음에 크게 웃어젖히고 싶었지만 겨우겨우 웃음을 참고 그에게 자애롭게 말했다.

"저런, 너무 겁먹지 마. 난 그렇게 냉정하지는 않거든. 그리고 뭐, 식사 한 끼 값인데 그렇게까지 하겠어?"

그는 아까보다는 약간 풀렸지만 그래도 아직 제 혈색이 돌아오지 않는 얼굴로 불안하게 물었다.

"그럼 내가 어떻게 해야 하지?"

그의 물음에 순간 난 당황했다. 그 녀석을 골려주려고 생각했지 뭘 시키려는 생각은 없었기 때문이다. 하지만 겉으로는 그런 티를 내지 않게 주의하면서 슬쩍 화제를 돌렸다.

"나도 몰라. 지금 당장 네가 쓸모가 있는 건 아니니까. 하지만 뭐, 어딘가에 네가 필요할지도 모르지. 참, 넌 왜 여기에 있는 거지? 넌 누구야?"

"나?"

그렇게 되물으면서 얼굴을 가리고 있는 머리를 쓸어올리자 녀석의 얼굴과 함께 귀가 드러났다. 얼굴은 얼마나 헤매고 다녔는지 엄청 지저분해서 잘 보이진 않았지만 모닥불 빛에 그의 뾰족한 귀가 드러났다.

"어? 귀가 뾰족하네? 너, 엘프야?"

"아, 그래. 내 이름은 류미르야. 지금 여행을 하고 있는 중이었어."

"여행?"

그 녀석을 찬찬히 살펴보니 얼굴 못지 않게 옷이 엉망이었고, 나이도 내 또래로 보이는 걸 보니까 여행이라기보다 도망치는 중이거나 가출한 걸로 보였다.

"어디로 가는 중이었는데?"

내가 의심스러운 눈빛으로 그를 쏘아보며 말하자, 그는 찔리는 게 있는지 당황해했다.

"아, 아니, 뭐… 이곳저곳 그냥 떠돌아다니는 거지."

"집이 어딘데?"

"집? 엘프가 숲에서 살지 어디서 살겠어."

"어디 숲인데?"

"레스틴 왕국에 있는 숲이야."

"그럼 꽤 멀리서 왔네? 근데 짐은 없어?"

"짐? 아, 헤매고 다니는 사이에 잃어버렸어."

"엘프가 숲에서 헤매?"

"여기는 익숙하지 않은 숲이니까."

자신을 류미르라고 소개한 그 엘프 녀석은 집요한 나의 질문에 쩔쩔매다가 결국에는 고개를 폭 수그렸다. 그 모습이 하도 처량해 보여서 의심이고 나발이고 그냥 놔두기로 했다.

'참내, 둘러대는 것도 어설프네. 뭐, 나랑은 상관없으니까.'

하지만 그렇게 의심이 가는 엘프 녀석이지만 한군데 쓸 데가 있다는 것을 생각해 낸 나는 최대한 부드럽게 녀석에게 말을 걸었다.

"그럼 나랑 같이 가지 않을래? 난 지금 켈튼국으로 가는 중이거든."

"정말? 그래도 돼?"

내가 비록 동정심이 일어서 부드럽게 말하기는 했지만, 그 말을 들은 녀석은 너무나 좋아해서 나는 도리어 의아했다. 분명히 나랑 같이 가면 내가 저 녀석을 부려먹을 대로 부려먹을 텐데, 그걸 알고도 기뻐할 만한 속사정이 있는 건지, 아니면 그것도 모를 정도로 순진한 건지 헷갈렸다.

"왜 그렇게 좋아해?"

내가 다시 의심스럽게 녀석을 쳐다보자 희색이 만연했던 녀석의 얼굴은 다시 불안과 긴장으로 가득 찼고, 우물쭈물 얼렁뚱땅 변명은 했지만 '나 수상한 자요' 라고 광고하는 꼴이 되어버렸다.

"아니, 뭐… 같이 가면 빚을 갚을 기회도 생기니까 좋잖아."

"그래서 좋아한 거야?"

"응."

내가 의심의 기색을 지워버리고 시침 뚝 뗀 채 물어보자 그 녀석은 정말 열성적으로 고개를 끄덕이며 대답했다.

'내가 그걸 믿을 것 같아?'

속으로는 피식 웃음이 나왔지만, 그 녀석의 사정이야 내 알 바가 아니고, 또 나쁜 녀석인 것 같지 않아 절실히 동행할 녀석을 원했던 나로서는 기꺼이 그 녀석과 동행하기로 결정했다.

"좋아. 그럼 넌 이제 나랑 동행하는 거다."

"응!"

"그럼 이만 자자. 밤도 깊었으니까."

나는 골칫거리가 되어 있던 남은 음식도 저 녀석이 설거지를 할 필요도 없게 싹싹 긁어먹은 데다가 바랐던 동행, 그것도 귀찮은 일을 시킬 수 있는 녀석이 한 명 생기자 기분 좋은 마음으로 침낭을 폈다. 그런데 그런 내 뒤로 이제 일행이 된 류미르의 머뭇거리는 목소리가 들려왔다.

"저기……."

의아해진 나는 고개만 돌려 류미르를 바라보며 물었다.

"왜?"

그러자 류미르는 주저주저하더니 결국은 결심한 듯 비장한 표정으로 말했다.

"나… 덮을 것 없을까?"

순간 나는 피식 웃음이 나왔지만 겨우 참고서는 그를 한심하다는 듯이 바라보았다.

"그런 것도 없냐?"

류미르는 나의 눈초리에 화가 났는지 조금 큰 목소리로 말했다.

"다 잃어버렸다니까."

"그럼, 그냥 자!"

나의 이 냉담한 대답에 류미르의 눈이 커지면서 순간적으로 아무 말도 못 하더니 애처로운 표정으로 말했다.

"어떻게 그냥 자……."

"너 엘프잖아. 숲에서 노숙 정도야 쉬운 일 아냐?"

"아무리 엘프라 해도 몸을 따뜻하게 할 만한 건 필요한 거야."

류미르가 너무 처량하게 말하기도 하고, 또 줄 때까지 매달릴 것 같아서 귀찮아진 나는 배낭을 뒤적여 로드에게 받았던 여분의 침낭을 꺼내서 건넸다.

"에휴~ 그럼 이것도 나중에 갚아."

"이봐, 이걸 어떻게 덮어?!"

하지만 녀석은 이런 나의 고마움도 모른 채 배낭을 받자마자 나에게 화를 냈다. 어떻게 이럴 수가 있냐는 원망의 시선으로 나를 바라보면서. 그런 녀석의 눈을 보고 있자니 한숨이 푹 나왔다.

'이거 동행 하나 만들려다가 혹 하나 늘린 거 아냐?'

"그거 마법이 걸린 거야. 펴면 커져."

류미르는 내 말을 듣고 그제야 납득이 간다는 얼굴로 손가방 만한 천을 펼치자 금세 커지면서 사람 하나는 넉넉히 들어갈 침낭으로 변했다.

"우와~ 신기해."

"그럼, 잘 자."

녀석의 어린애 같은 얼굴을 보고 웃는 것도 귀찮을 만큼 많이 졸렸던 나는 침낭으로 들어가면서 그에게 밤 인사를 했다. 그러자 류미르도 생글생글 웃는 얼굴로 힘차게 인사했다.

"응, 잘 자."


다음날 아침 냇가를 찾아 얼굴을 씻고 왔는데도 깨어나지 않는 녀석을 발로 차서 깨워 냇가로 보낸 뒤 음식을 준비했다. 이제 일행이 한 명 더 늘었으니 음식도 많이 준비해야지 싶어서 넉넉하게 재료를 꺼내 들고 거의 꺼져 가는 모닥불 위에 나무를 얹어놓고 불씨를 살린 뒤 냄비를 얹었다.

거의 음식이 다 되어갈 무렵 그 녀석이 돌아왔다. 수건이 없어서 물기를 옷에다 그냥 문질러 닦은 모양인지 셔츠가 젖어 있었다. 하지만 얼굴과 머리는 깨끗해져 있어서 잘생긴 면모를 여실히 보여주었고, 아까까지 몰랐는데 이제 보니 머리도 진한 푸른색을 띠고 있었다.

'왠지 이 녀석을 보니 칸 그라하리가 생각이 나는군. 엘프인 것도 그렇고 머리색까지 똑같이 푸른색이니. 아, 그라하리는 좀더 밝은 색이었군.'

내가 이렇게 생각에 잠겨 있을 무렵 류미르는 내 앞에 다가와서 또 주저주저했다. 폼을 보니 갈아입을 옷을 빌려달라고 하려는 것 같아서 내가 선수쳤다.

"뭐야? 갈아입을 옷도 없어?"

"어제 다 잃어버렸다고 했잖아."

"흐음, 점점 빚이 늘어가는걸?"

"말 안 해도 알아."

"뭐, 나중에 열심히 몸으로 때우길 바래. 옷은 다음 마을에 가면 사줄게."

"잉? 지금 빌려주는 게 아니었어? 그러지 말고 티셔츠라도 하나 빌려줘. 지저분해도 괜찮아. 젖은 걸 입고 있으려니 축축해서 그런단 말야."

"미안하지만 나도 여분의 옷이 없어. 그러니까 좀 참아. 다음 마을에 가서 내꺼 살 때 같이 사줄게."

내가 이렇게까지 나오자 류미르는 어쩔 수 없다는 표정이었지만, 곧 모닥불 위에 있는 수프가 보글보글 끓는 냄비를 바라보자 얼굴이 환해졌다.

"음식 다 된 거야?"

"그래 다 됐어, 이쪽으로 앉아."

음식을 보고 단번에 표정이 변하는 그를 바라보면서 앞으로 음식값이 많이 나가게 생겼다는 것을 예감했다. 그 예감은 틀리지 않았는지 혹시나 해서 꽤 넉넉하게 준비한 음식은 이내 다 없어졌다. 류미르는 그의 몸에 비해 위장이 무척 크지 않을까 하는 의구심이 들 정도로 많이 먹어댔고, 또 오랜만에 누군가와 같이 아침을 먹게 된 나도 평소보다 많이 먹었기에 우리는 음식을 남기지 않고 다 먹을 수 있었다.

배를 든든히 채운 나는 일어서서 여기저기 흩트려놓은 지저분한 그릇들을 다 모았다. 그런데 내가 이렇게 일하는 것을 보고도 류미르는 멀뚱멀뚱 쳐다보기만 할 뿐이었다.

'이게 저 녀석의 첫 여행이라는 데 금화 100개를 걸어도 좋아.'

가만히 있는 그가 얄미워진 나는 다 모은 지저분한 그릇 더미를 그에게 내밀었다.

"자, 가서 씻어와."

그러자 류미르는 하기 싫다는 의사를 온몸으로 내보였다. 얼굴을 잔뜩 찡그린 채로 그릇을 넘기는 내 손을 피해 뒤로 물러났던 것이다.

"왜 내가 해!"

"그럼 네가 안 하면 누가 해? 음식도 내가 만들었지, 치우는 것도 내가 했지만 넌 아무것도 안 했잖아. 그러니까 앞으로 노숙할 때마다 설거지는 네가 다 해."

내 말에 류미르는 어쩔 수 없다는 듯이 그릇들을 받아 들었지만, 뒤에 앞으로의 설거지도 다 하라는 말에 류미르는 화가 난 얼굴로 나를 돌아보았다.

"왜?"

하지만 나는 조금도 수그러들지 않은 채 오히려 더 당당하게 손을 허리에 얹고 그를 거만하게 바라보았다.

"그럼 네가 요리할래? 너, 요리할 수 있어?"

그 말에 류미르는 아무 말도 못 한 채 터덜터덜 냇가가 있는 쪽으로 발걸음을 옮겼다. 그리고 그 뒤로 나는 한마디 더 해줬다.

"깨끗이 씻어와~"

류미르가 시야에서 사라지자 나는 아직도 꺼지지 않은 모닥불 위에 흙을 덮고 그 주위를 대충 치운 뒤 류미르가 사용한 침낭과 내 침낭을 접어 배낭 안에 넣었다. 그리고 뭔가 빠뜨린 물건이 없는지 주위를 둘러보고 있을 무렵 류미르가 돌아왔다.

"다 했어."

이렇게 빨리 돌아올 거란 걸 예상 못 한 나는 놀란 눈으로 그가 내민 그릇들을 받아 들었지만, 그 그릇들을 본 순간 나는 차가운 눈으로 류미르를 쏘아보면서 다시 그 그릇들을 넘겨줬다.

"다시 해와."

그러자 류미르가 열 받은 눈으로 나를 노려보았다.

"왜?!"

"왜애~? 이것 봐. 넌 눈도 없냐? 음식 찌꺼기가 그냥 붙어 있잖아. 이게 설거지한 거 맞아? 너, 그냥 물에다 담갔다가 그냥 가져왔지? 그게 설거지야? 넌 설거지도 제대로 못 해? 다시 해왓!"

나의 속사포 같은 말에 류미르는 대꾸도 못 하고 있다가 퉁퉁 부은 얼굴로 다시 냇가로 갔다. 그리고는 이번에는 조금 시간이 지난 후에 돌아왔다.

"자, 됐지?"

물이 뚝뚝 떨어지는 그릇들을 받아서 살펴보니 이번에는 제대로 했는지 그릇에 붙어 있던 음식 찌꺼기가 말끔히 제거되어 있었다. 나는 그에게 잘했다는 듯이 씨익 웃어주고는 그릇의 물기를 닦아낸 뒤 챙겨넣었다.

그러고 난 뒤 출발하기 위해 말 위에 올라타려는데 문제가 생겼다.

"너만 말을 타고 간단 말야?"

"넌 엘프잖아."

"엘프가 어때서? 나도 말을 타고 싶단 말야."

"엘프도 말을 탈 줄 알아?"

"탈 수 있어."

"그래도 말이 한 마리밖에 없잖아."

"같이 타면 되잖아?"

"그 지저분한 옷을 입고 누구랑 같이 타려구 그래? 넌 걸어와."

"우씨, 그러는 게 어딨어?"

"여기 있지. 그리고 넌 나한테 빚이 있다구. 그러니 얌전히 말들어. 나도 천천히 갈 테니까."

"싫어～"

"꽤 말 안 듣는 꼬마로군."

"누가 꼬마라는 거야?"

"너 말고 또 누가 있어?"

"너도 어리잖아?"

"호～ 역시 성인이 아니라는 걸 부인하지 않는군."

그러자 류미르는 그 말에 찔끔하는 눈치였지만 곧 당당하게 대꾸했다.

"그래서 뭐?"

"아니, 뭐, 나랑은 상관없지. 어쨌든 넌 걸어가."

"싫어!"

자꾸 반항하는 그 녀석 때문에 출발을 못 하게 되자 화가 난 나는 실프를 불러내서 그 녀석을 날려버렸다. 갑작스런 공격에 류미르는 방어도 못 하고 뒤로 날려가 버렸고, 그사이 나는 느긋하게 천천히 말을 몰아 출발했다.

잠시 후 그 녀석을 날려버린 쪽에서 누군가가 맹렬히 뛰어오는 소리가 들렸다.

"이게 무슨 짓이야~!!"

내 옆까지 뛰어와서 씨근덕거리리는 류미르를 보고 피식 웃었다.

"잘 뛰네."

"네가 그러고도 인간이야?"

'난 인간이 아니야.'

나는 싱긋 웃고는 좀더 빨리 말을 몰았다. 그리고 류미르는 이제 말에 타려는 건 포기했는지 방해는 하지 않았지만, 그 대신 옆에서 쫑알쫑알대면서 따라왔다.

이렇게 나란히 가자 꼭 내가 주인이고 류미르가 시종인 것 같이 보였다. 그도 그럴 것이 나는 할아버지와 엄마가 선물로 주신 고급스러운 푸른 망토에 검은 가죽 부츠를 신고, 화려하고 정교하게 장식된 레이피어를 차고 말을 타고 있는 반면, 류미르 녀석은 엉망인 데다 더러운 옷을 걸치고 짐 하나 없이 내 옆에서 터덜터덜 걸어오고 있었기 때문이다.

이런 말을 저 녀석이 들으면 펄펄 뛸 것 같았기에 그냥 속으로만 생각하고 웃었다.

"뭐가 그렇게 우스워?"

내가 계속 실실 웃어대자 그 녀석이 나를 보며 물었다.

"아니, 그냥 웃긴 생각이 나서."

"마을은 아직 멀었어?"

"힘들어?"

"그건 아닌데, 왠지 빨리 씻고 옷을 갈아입고 싶어서."

"조금만 더 가면 돼. 아마 점심때쯤 도착할 거야."

"그럼 뛰어갈까?"

"안 힘들겠어?"

"이래뵈도 엘프라구. 체력은 좋아서 오랫동안 달릴 수 있어."

"그럼 그러지 뭐. 나야 손해볼 건 없으니까."

류미르가 뛰기 시작하자 나도 말을 달리게 했다.

류미르 녀석 정말 가볍게 잘 달렸다. 게다가 속도도 꽤 빨랐기에 나는 속으로 이게 바로 엘프의 능력인가 싶을 정도로 감탄했다.

'이 녀석, 내 여행에 꽤 도움이 될 것 같은걸?'

류미르가 지치지도 않고 계속 달려준 덕분에 우리는 생각보다 일찍 마을에 도착할 수 있었다. 마을에 도착하자마자 나는 여관을 잡은 뒤 류미르를 데리고 근처 옷 가게로 갔다.

"어서 오십시오."

주인으로 보이는 멋진 콧수염을 기른 중년 남자가 우릴 맞았다.

"이 녀석에게 어울릴 만한 옷 좀 보여줘요."

"아, 시종에게 옷을 사주시게요? 정말 좋은 주인님이시군요."

그 주인은 내가 시종을 거느리고 있을 정도로 꽤 있는 집 아들인 줄 알고 나에게 허리를 굽신거렸다. 덕분에 나는 기분이 좋았지만 류미르는 그렇지 못한 것 같았다.

"누가 이 녀석의 시종이라는 거야!"

류미르가 주인에게 대들 듯이 화를 내자 주인은 놀란 얼굴로 나를 바라보았고, 나는 내 시종이 아니라는 뜻으로 고개를 살짝 끄덕였다.

"아, 이런 아닌가요? 이거 큰 실례를 했군요."

역시 경험이 많은 상인답게 주인은 재빨리 정말 미안한 표정을 얼굴 가득 담고서 사과를 했다.

"그럼 고급 옷을 보여 드려야겠네요. 이쪽으로 오시겠어요?"

주인은 좋은 기회를 잡아서 기쁜지, 아니면 장사 수단인지 싱글벙글하며 안쪽에서 커다란 상자를 가지고 나왔다.

그가 뚜껑을 열어서 보여준 상자 안에는 정말 비싸 보이는 옷감들로 만들어진 옷들이 있었다. 너무나 많은 옷들을 내놓자 류미르는 옷을 고르기가 어렵던지 나를 빤히 쳐다보았다. 그래서 나는 류미르 대신 주인에게 부탁했다.

"우리는 여행을 갈 예정이에요. 그러니 간편한 여행복을 보여 주시겠어요?"

"오, 여행자셨군요. 어디 보자… 이건 어떻습니까? 가죽 옷이라서 질기고 가벼운 데다 감촉도 좋지요. 여행자들께서 많이 찾으시는 옷이랍니다."

주인은 내 말을 듣자 노련하게 옷들 중에서 한 가지를 끄집어내었다. 그가 골라준 옷은 검은색의 가죽 옷이었는데, 바지와 조끼가 한 벌로 된 옷이었다. 옷을 별로 사 본 적이 없는 내가 보기에도 얇은 가죽이 부드러워 보이는 데다가 바느질도 잘 되어 보였다.

"어때?"

내가 류미르를 돌아보면서 묻자 류미르는 제대로 살펴보지도 않고 심드렁하게 대꾸했다.

"뭐, 괜찮아 보이는데?"

"그럼 저걸로 해."

내 옷도 아니고 남의 옷 고르는 데 귀찮아진 나는 입을 녀석도 괜찮다고 한 이상 다른 걸 더 보지도 않고 그걸로 결정해 버렸다. 그리고 그것과 같이 가죽 조끼 안에 받쳐 입을 수 있는 셔츠 몇 벌도 같이 사줬다. 그리고 그와 함께 내 옷도 몇 벌 샀다. 그러나 내 옷은 류미르 거와는 달리 여러 벌을 보면서 비교해 보고 골랐기 때문에 그동안 류미르는 따분한 얼굴로 내가 다 고를 때까지 기다려야 했다.

옷값을 지불하고 나온 우리는 말을 사러 갔다. 그렇게 크지는 않았지만, 많은 말들이 있는 마시장을 보자 여기서 또 말을 고를 생각을 하니 한숨부터 나왔다. 하지만 내가 말을 고를 필요가 없었다. 류미르가 말들을 살펴보면서 뭐라고 뭐라고 말에게 말을 건네곤 하더니만, 한참 뒤에 건강해 보이는 옅은 갈색 털 말을 골랐다.

"이 말로 할래."

그가 좋다고 고른 것이었기에 나는 그 말을 살펴보지도 않고 아무 말 없이 냉큼 그 말 값을 지불했다.

말 값을 치르고 여관으로 돌아오면서 나는 류미르에게 물었다.

"더 필요한 거 없어?"

"응? 뭐가 더 필요해?"

의아한 표정으로 되물어 오는 류미르를 보면서 나는 한숨을 내쉬었다.

'이 녀석이 도움이 될 거라는 건 취소야.'

"그걸 네가 알지, 내가 아냐?"

"뭐, 없는 것 같은데?"

"너, 무기는 있는 거야?"

"무기? 무기는 왜?"

"바보 아냐? 우리가 여행하는 동안 어떤 일이 생길지도 모르잖아. 그러니 만약에 대비해서 무기는 가지고 있어야지."

"음, 망고슈(단검) 하나 있는데, 그걸로는 안 되나?"

"너, 엘프니까 활은 잘 쏠 것 아냐? 활은 없어?"

"엘프라고 활을 다 잘 쏘는 건 아니라구."

"그럼 검은 다룰 줄 알아?"

"아니."

'이 녀석 괜히 데리고 다니는 거 아냐?'

그런 생각까지 한 나는 한심스러워 보이는 류미르를 바라보았다.

"그럼 할 줄 아는 게 뭐야?"

"정령 마법, 그리고 마법도 좀 할 줄 알고, 나무 타기도 잘하고… 에… 또……."

"됐어됐어. 그거 말고 싸움 잘해?"

"싸움? 해본 적이 없어서 모르겠는데?"

"엘프들은 싸우지도 않나?"

"응!"

"하긴 뭐… 그럼 몬스터들을 만나면 어떻게 할 거야?"

"몬스터? 걔네 한둘 정도는 단검 하나로도 충분해."

"그래? 그럼 어느 정도 실력은 있군."

그제야 겨우 안심이 된 나는 고개를 끄덕였다.

"그럼 언제 출발할 거야?"

"점심 먹고 곧 출발할 거야. 뭐, 여기 하루 더 있어봐야 볼 것도 없는데 그냥 가지 뭐. 근데 너, 정말 말은 탈 줄 아는 거겠지?"

"물론이야."

류미르가 너무나 자신만만하게 대답하자 나는 오히려 의심이 갔다.

"타본 적은 있어?"

"어? 아니, 뭐… 그게 그러니까……."

"없지?"

"아직까지는… 하지만 잘 탈 수 있을 거야."

나는 한숨이 다시 나오려는 것을 억누르고 냉정한 어조로 말했다.

"뭐, 말을 타고 못 쫓아오면 뛰어서라도 쫓아오면 되니까."

"탈 수 있다니까!"

"알았어. 네가 그렇게 주장하지 않아도 조금 있으면 알 수 있으니까 너무 열내지 마."

여관에 도착해서 우리는 우선 각자 방으로 올라가 목욕을 하고 내려와서 점심을 먹었다.

"그러고 보니 엘프들은 채식만 하지 않나?"

"아냐. 아무거나 잘 먹어."

"모든 엘프들이 그러는 거야? 아님 너만 그렇게 아무거나 잘 먹는 거야?"

"내가 모든 엘프들의 식성을 어떻게 알아? 내가 그렇다는 거지."

"네 주위의 엘프들은?"

"흥, 그런 케케묵고 고루한 늙은이들은 풀만 먹고 살아."

"늙은이들?"

"…우리 마을의 노인들 말야."

"너네 마을에는 젊은 애들은 없어?"

"뭘 그리 꼬치꼬치 캐물어!"

내가 물어보지 말아야 할 것까지 물어봤는지 류미르가 버럭 성을 내었다. 하지만 나는 시치미를 뚝 떼었다.

"내가 뭘?"

"아냐, 아무것도."

그러자 류미르는 더 이상 뭐라고 할 수 없었던지 그렇게 얼버무리곤 다시 음식을 먹는 데 열중했다.

'흐음, 주변에 노인들만 있었다고?'


점심을 다 먹고 여유 음식을 충분히 챙긴 뒤 우리는 다음 마을로 향했다. 류미르는 어설프게 말 위에 매달려 있으면서도 잘 달렸다. 비록 내가 출발하기 전에 말 타는 법과 안장을 말 등에 매는 법을 가르치긴 했지만 그것과 말을 타고 달리는 것과는 별개의 문제라는 것을 잘 알고 있는 나는 매우 놀랐다.

'흥, 말 타는 건 금방 배우는군. 엘프라서 그런가?'

괜히 열 받았다. 난 맨 처음 말 타는 것에 익숙해질 때까지 며칠이나 걸렸고 그 뒤에나 겨우 말을 달리게 할 수 있었는데, 저 녀석은 탄 지 얼마 안 되어서 위태위태하기는 하지만 그래도 말을 달릴 수 있다는 것에 왠지 심술이 생겨서 말을 좀더 빨리 달리게 했다. 그러자 그 녀석은 잠시 주춤하더니만 그래도 곧 쫓아왔다.

'그래, 너 잘났다.'

말을 좀더 빨리 달리게 해도 그 녀석이 잘 쫓아오자 왠지 내가 너무 유치해지는 것 같아서 다시 말의 속도를 줄였다. 그러자 내 옆으로 다가와 말을 나란히 달리게 몰면서 류미르가 물었다.

"궁금한 게 있는데, 퀠튼에는 왜 가는 거야?"

그에게 약간이지만 심술이 나 있는 나는 퉁명스럽게 대답했다.

"알아볼 게 있어서."

하지만 류미르는 그런 거에 신경 쓰지 않고 궁금한 듯 계속해서 물어왔다.

"뭘?"

"유명한 보물들은 어디에 있나 하고."

"그런 걸 알아서 뭐 하게?"

'내 걸로 만들어야지."

"어떻게?"

"사든지 훔치든지."

"헉?! 너, 도둑?"

"아직은 아냐."

"그럼 네가 그 보물들을 살 돈이 있단 말야?"

"몰라. 보물 값을 알아야 사든지 말든지 하지."

"그럼 그걸 알아보기 위해서?"

"응!"

"그 보물 가지고 뭐 하게?"

"몰라, 생각 안 해봤어."

"그럼, 보물은 뭐 하러 구하려구 해?"

"그냥 여행하면 심심하니까 목표를 만든 거야."

"넌 보물 사냥꾼이야?"

"뭐, 비슷하겠지?"

"그럼, 모험을 하러 떠나는 거네?"

류미르는 그렇게 물으면서 나를 바라보는데, 모험이라는 말이 나오자 눈빛이 반짝반짝 빛났다.

"왜 그렇게 좋아해?"

"모험을 떠나는 거라며?"

"그런데?"

"그럼 나도 모험을 떠나는 거잖아. 너랑 동료니까."

"누가 동료야? 넌 나한테 빚을 갚기 위해 같이 가는 거잖아."

"그냥 동료라구 해주면 어디 덧나냐."

"도움이 되면 동료라구 인정해 주지."

"정말?"

"그래. 그게 뭐 어렵냐."

"그럼, 우리 이제 뭘 하는 거야?"

"켈튼국으로 간다니까."

"거기 가서 보물이 있는 곳을 알아낸 뒤 보물 찾으러 가는 거야?"

"그렇지."

"오옷, 그럼 드래곤 레어도 털어?"

"애가 소설책을 너무 많이 봤군. 미쳤냐? 목숨이 몇 개씩이나 되는 줄 알아?"

"그럼?"

"그냥, 음… 못된 영주나 악덕 상인들이 갖고 있는 걸 훔치거나, 아님 산적들을 소탕하고 그놈들이 훔친 보물을 얻거나."

'에구구~ 나도 책을 너무 많이 봤군.'

"그래? 그렇구나. 그럼 우린 의적이야?"

"그건 모르겠어. 아직 어떻게 될지 모르니까."

"의적이라… 너무 멋있어. 우리 의적하자, 응? 미소년 의적단! 어때, 멋있지 않아? 세상 사람들이 우리의 정의와 미모에 반해서 찬양할 거야."

"웃기고 있네."

"그래, 우린 이제부터 미소년 의적단이야. 너한텐 빚이 있으니까 두목 자리는 너한테 양보할게. 그럼 이제부터 난 부두목이야."

"아예 맛이 갔군."

"그런데 우리 둘로 될까? 동료가 더 있어야 하지 않을까?"

"소설을 써라, 써."

"그래, 한두 명 더 모으는 거야. 우리처럼 잘생기고 실력있는 소년들로."

"맘대로 하셔요."

"정말이지, 두목? 알았어. 괜찮은 애들이 있으면 내가 포섭할게."

"이봐이봐, 사람들 앞에서 나보고 두목이라고 하면 눈치 채이지 않겠어?"

"아, 그렇구나. 그럼 어떻게 하지?"

"이름을 불러, 이름."

"그래, 알았어. 근데 이름이 뭐야?"

"빨리도 물어본다."

"네가 소개를 안 한 거잖아."

"그런가? 내 이름은 아힌이야."

"아힌? 이상한 이름이네. 뭐, 좋아. 이제부턴 난 아힌 부하니까 아힌이 하자는 대로 따를게."

'웬지 애 하나 버려놓은 느낌이 드는 건 왜일까?'

한나절을 더 달려서 우리는 어떤 성에 도착했다. 마침 좀 늦은 저녁 시간이었기에 우리는 여관을 잡자마자 저녁을 먹었다. 그런데 류미르 녀석이 저녁을 먹고 난 후 구경 나가자고 졸랐다. 우리의 도움이 필요한 사람들이 있을지도 모른다나 어쩐다나 하면서 흥분하길래 어쩔 수 없이 나는 밖으로 끌려나와야 했다.

"음, 우선 우리는 나쁜 사람들을 혼내주면서 경험을 쌓아가는 거야. 우리가 실력이 높아도 실전 경험이 없으니까 나중에 의적 생활을 할 때를 대비해 미리미리 쌓아두어야 하지 않겠어?"

류미르는 여관을 나와 길을 따라 걸으며 흥분해서 주저리주저리 떠들어댔다. 무시하고 혼자 떠들게 하고 싶었지만 내가 반응이 없거나 대꾸가 없으면 있을 때까지 물고 늘어지는 류미르의 성격을 알기에 대충 물어봐 줬다.

"그래서 어떻게 할 건데?"

"시장에 가자."

"시장에?"

"응, 책에 보니까 시장에는 소매치기나 여자들을 괴롭히는 나쁜 사람들이 있더라고."

"그러니까 우리가 그들을 물리치자는 거야?"

"어떻게 알았어? 역시 두목이야."

"네 말투면 누구나 다 알 수 있는 거야. 그리고 제발 두목이라고 부르지 마."

"알았어, 두목."

"그렇게 부르지 말라니까!"

"아, 실수야 실수. 앞으로는 두목이라고 하지 않을게."

"에휴~"

"저기다. 저기가 시장인가 봐. 어라? 그런데 사람들이 별로 없네?"

"당연하지. 누가 저녁때가 훨씬 지나서 물건을 사러 나오겠냐? 낮에나 사람들이 많지."

"그래? 음, 그럼 오늘은 우리가 할 일이 없겠구나."

"그럼그럼, 우리가 오늘은 너무 늦었어."

"그럼, 내일 다시 와보자."

"야! 내일은 길을 떠나야지."

"그런가? 음… 그럼 이곳은 그냥 지나쳐야 하는구나."

"어쩔 수 없잖아. 우리가 타이밍을 못 맞춘걸."

"아쉽다. 처음으로 내 실력을 보여줄 기회라구 생각했는데."

"걱정 마. 앞으로 계속 이런 생활을 할 텐데, 기회는 얼마든지 있다구."

겨우겨우 류미르를 달래서—내가 왜 이 녀석을 달래야 하는지 모르겠지만—여관으로 돌아가려고 할 때였다. 저쪽에서 물건 부서지는 소리와 여러 사람들이 이야기하는 소리가 들리더니, 갑자기 소란스러워지면서 상인들은 자신들의 물건을 재빨리 챙기거나 건물 안으로 집어넣고 일반 시민으로 보이는 사람들이 어디론가 피하는 것이었다.

"어라? 무슨 일이지?"

"안 좋은 일인가 보다."

"가보자."

류미르는 내 말이 끝나자마자 그쪽으로 달려가며 나를 잡아끌었다. 그러나 나는 귀찮은 일에 끼어들고 싶은 생각이 없었으므로 그에게 끌려가지 않으려고 힘을 주면서 그를 말렸다.

"기다려. 섣불리 다가가다가 일을 그르치면 어쩌려구. 기다려봐. 상황을 자세히 알아보자구."

하지만 무슨 일이 일어났는지 궁금증이 일어나지 않는 것은 아니었기에 나는 마침 옆으로 뛰어가던 사람 하나를 붙잡고 물어봤다.

"무슨 일이죠?"

"이봐요, 당신들도 빨리 피해요. 운없이 당하지 말고. 그러는 게 제일 좋아요."

그는 내가 알고 싶은 일에 대해서는 한마디도 하지 않고 급한 어조로 이렇게만 말하고 뛰어가 버렸다. 황당해진 나는 사라져 가는 그 사람을 바라보고 있었는데, 류미르가 제법 심각한 어투로 말했다.

"무슨 일이 있기는 있나 봐."

"아무래도 안 되겠다. 우선 몸을 숨기고 살펴보자."

나는 류미르를 이끌고 가까운 건물 그늘로 숨어들어서 조용히 바깥 상황을 살펴보았다.


"아이고, 나으리~ 제발 한번만 용서해 주십시오."

살펴보니까 상점 앞에 타오르고 있는 등불에 실루엣만 비춰지는—그러나 나와 류미르의 시력으로는 충분히 볼 수 있는—근육이 불룩불룩 튀어나온 대여섯 명의 청년들이 누군가를 둘러싸고 패고 있었는데, 그 옆에서 그걸 재미있다는 표정으로 보고 있는 어떤 기생오라비같이 생긴 녀석 앞에 60대로 보이는 늙은 부부가 무릎을 꿇고 간절히 빌고 있는 걸 보니 맞고 있는 사람이 저 부부의 자식인 것 같았다.

그리고 저 늙은 부부의 눈물 어린 용서를 듣고도 꿈쩍 안 하고 있는 못된 녀석이 저놈들의 두목인 것 같았다. 하긴, 입고 있는 옷도 꽤 고급스러웠고, 꼴에 금실로 수가 놓여진 붉은 망토를 걸치고 있는 데다 망토 사이로 살짝 엿보이는 검의 손잡이 끝이 금으로 되어 있고, 거기에 파란 보석까지 박혀 있는 걸 보면 잘 사는 집 아들인 것 같기도 했다.

"에휴, 안됐어. 어쩌다가 잘못 걸려가지구."

누군가가 우리 옆에서 작게 중얼거렸다. 놀라서 옆을 바라보니 우리 말고도 이곳으로 몸을 피한 사람이 여럿 있었다.

"저 남자가 누군데요?"

내가 거만한 자세로 서 있는 냉혈한을 손가락으로 가리키며 물어보자 우리 옆에 있던 어떤 중년 아주머니가 한숨을 내쉬면서 말해 주었다.

"누구긴, 이곳 영주의 외아들이지."

"원래 저래요?"

"그래. 걸리는 사람이 운이 없는 거지."

"영주는 가만히 보고만 있어요?"

"영주님? 에휴~ 가만히 보고 계시지 않으면? 병상에 누워서 오늘내일하시는데 볼 기력이나 있겠어?"

"그럼 대리인이라도……."

"영주님 부인이 대리인인걸. 얼마나 자기 아들을 끔찍이 아끼는지. 처음에 촌장이 찾아갔었는데 자기 아들 편만 들어주더라고. 우리가 어쩌겠어? 힘이 없는걸."

"아힌, 저러다 저 사람 죽겠어."

류미르가 나를 쳐다보며 말했다. 그 눈길에는 우리가 나서야 하지 않겠냐는 뜻이 강렬하게 담겨 있었다.

"하지만 섣불리 저들을 잘못 건드리다간 성의 병사들이 우리를 잡으러 올 거야."

"튀면 되잖아?"

간단하게 대답하는 류미르를 나는 한심하다는 눈초리로 보면서 대꾸해 주었다.

"말이 여관에 있잖아."

"아, 그렇구나. 그럼 어떻게 하지?"

"어쩔 수 없지."

그때 그 못된 영주 아들이 자기를 붙들고 애원하는 노부부를 차버렸다. 심하게 차였는지 노인들이 길거리를 나뒹굴며 일어나지 못하자 류미르가 참지 못하고 나섰다.

"그만 햇!"

그러자 둘러싸고 패던 영주 아들 패거리들이 류미르를 쳐다보았다.

"이건 뭐야?"

"곱상하게 생겼네."

"엘프잖아?"

"아직 어린데?"

"데리고 놀까?"

"그거 좋지."

"꼬마야, 이 형님들이랑 놀지 않을래? 고거 참 예쁘게 생겼군."

"난 꼬마가 아냐!"

그렇지 않아도 분을 못 참고 나섰는데 녀석들이 자신을 앞두고 히히덕거리자 류미르의 얼굴은 분노로 새빨개졌다.

'그런다구 누가 네 말을 믿냐.'

"푸하하하, 요놈 성깔이 있나 본데?"

"그래야 더 재밌지."

패거리들이 류미르에게 다가가자 내 옆에 있던 중년 아주머니가 내게 소곤거렸다.

"안됐수, 저런 놈들에게 걸려서. 당신마저 안 좋은 꼴 당하지 않으려면 나가지 말아요. 당신이라도 무사해야지."

그리고 그 옆에 있던 비쩍 마른 데다 허연 수염을 달고 계신 할아버지도 동조했다.

"그냥 꾹 참고 있어요. 어쩔 수 없잖아? 괜히 나서지 말아요."

'안 그래도 그럴 참이에요.'

영주 아들 패거리의 시선이 류미르에게 쏠리자 그때까지 길가에 나뒹굴던 두 노부부가 급히 일어나서 얼마나 두드려 맞았는지 인사불성이 되어버린 자신의 아들을 부축해서 사라졌다.

'저런저런, 뒤도 안 돌아보고 가는군.'

아무리 힘이 없다지만 그래도 자신들을 도우려고 나선 류미르를 두고 자기네들끼리 자리를 피하는 그들을 바라보자 입맛이 씁쓸했다. 그때 류미르의 비명 같은 외침이 들려와서 나는 어둠 속으로 사라져 가는 노부부의 뒷모습에서 눈을 떼었다.

"다가오지 마! 더 다가오면 가만 안 두겠어!"

'야야, 그런다구 누가 네 말을 들었냐?'

역시 내 예상이 맞은 듯 누군가가 류미르의 말을 무시하고 다가갔다가 한 방 얻어맞았다.

"아이쿠쿠……."

하는 소리와 함께 누군가가 뒤로 나자빠졌고, 그 녀석의 일행으로 생각되는 어떤 녀석의 분노에 찬 외침이 들려왔다.

"이 꼬마 녀석이!"

'드디어 시작하는군.'

사악하게도 나는 아까의 씁쓸한 기분은 잊어버린 채 막 시작하려는 싸움을 흥미진진하게 보기 시작했다.

여러 명이 달려드는데도 류미르는 침착하게 자신의 빠른 몸놀림을 여실히 보여주면서 한 명 한 명에게 공격을 하고 있었다. 그가 하는 공격 횟수는 상대에 비해 현저하게 낮았고, 또 여러 명을 상대하다 보니 한 명이 맞는 횟수는 적었지만, 그래도 주먹을 휘두르거나 다리를 차올릴 때마다 정확하게 상대의 급소를 맞추고 있었다.

"잘하는데?"

"그래도 영주 아들인데 무사하려구."

"하지만 저놈들이 저렇게 얻어맞는 걸 보니 속이 다 후련하군."

"그래도 저 아이, 나중에 크게 혼날 텐데."

"어쩔 수 없지. 저애의 운인걸."

'그러고 보니 나 말고도 관객이 많았군.'

옆에서 들려오는 대화에 속으로 피식 웃으며 다시 싸움 구경에 열중했다. 패거리들은 한번씩 얻어맞자 화가 났는지 아까보다도 거세게 달려들기 시작했고, 아무리 몸놀림이 빨라도 실전 경험이 없는 류미르는 점점 뒤로 밀려났다.

"안됐어. 점점 밀리는데?"

"저기까지인가 보지."

류미르는 가끔 틈이 생길 때마다 내가 있는 쪽으로 구원의 눈길을 보내왔지만, 나는 두 눈을 딱 감고 모른 척했다. 그러자 결국 많은 적을 혼자 상대하다가 계속 밀리던 류미르가 지치기 시작했고, 내가 도와주지 않자 열 받았는지 소리쳤다.

"아힌, 좀 도와줘!"

내가 있는 쪽을 보면서 소리쳤기에 패거리들 중 몇몇이 내가 있는 쪽으로 돌아보며 다가왔다.

'너, 나중에 가만 안 둬!'

내 옆에 있던 사람들은 이쪽으로 패거리 몇몇이 다가오자 재빨리 도망쳤다. 나도 도망치고 싶었지만 그래도 양심상 앞으로 나섰다.

"저놈은 또 뭐야?"

"이놈이나 저놈이나 정말 곱상하게 생겼군."

"이봐, 저 녀석 말야, 잘 사는 집 아들내미인가 본데?"

"그러게. 어쩌지?"

그들은 내가 배경 좋은 집 아들인 것 같자 자신들의 두목 격인 영주 아들을 바라봤다.

영주 아들은 그들이 말하는 것을 들었는지 내 쪽을 흘끗 쳐다봤다.

"어쩌죠?"

"바보 같은 놈들. 어쩌긴 뭘 어째? 없애버려, 증거 남기지 말고!"

"하지만……"

영주 아들의 명령에도 패거리들이 주저하자 영주 아들은 소리를 빽 질렀다.

"증거가 없는데 어쩌겠어? 빨리 처리햇!"

'우씨, 이놈들. 첨부터 없애려 들잖아?'

녀석들은 아예 나를 없앨 작정인지 각자 옆에 차고 있던 검을 뽑아 들었고, 나 역시 차고 있던 레이피어를 뽑아 들었다. 그들은 내가 검을 빼어 들자 긴장했으나 빼어 든 것이 레이피어이자 안심하는 눈치였다.

"야, 그쪽도 같이 없애버려!"

영주 아들이 또 한 번 소리쳤다. 아마 류미르를 말하는 듯했다.

'저쪽도 검을 뽑아서 덤비겠군. 빨리 이 녀석들을 해치우고 가봐야겠는걸.'

한 녀석이 먼저 달려들면서 가슴을 노리고 찔러왔다. 그 검을 옆으로 살짝 피하면서 재빨리 녀석의 발을 걸어 넘어뜨리고, 그 다음 내려치는 검을 아슬아슬하게 피했다.

'여러 명이니까 함부로 할 수도 없겠군.'

"실프, 카사, 노움, 운디네. 좀 도와!"

그러자 뒤쪽에서 내게 달려들던 녀석을 강한 바람이 불어와 쓰러뜨렸고, 그걸 보고 놀란 동료에게 카사가 나타나 달려들었다. 노움은 주춤 물러나는 녀석들이 디딘 땅을 꺼지게 해서 넘어뜨리고, 거기에 운디네까지 합세하자 내게 덤벼드는 놈이 없었다. 그 틈을 타서 재빨리 류미르가 있는 쪽으로 달려갔지만, 류미르도 내가 정령을 불러내어 싸우는 걸 봤는지 그도 정령을 불러내어 같이 싸우고 있었기에 아까의 전세를 단숨에 역전시켜 패거리들을 몰아붙이고 있어서 내가 도와줄 필요가 없었다.

'흠, 저 녀석 정령 마법도 쓸 줄 안다고 했지? 그럼 뭐, 도울 필

요는 없겠군. 그렇다면?'

난 두목을 잡아야지, 하는 생각에 영주 아들을 돌아보았다. 하지만 어느 틈에 튀었는지 녀석은 벌써 저만치 도망가고 있었다. 소리 높여 경비병을 부르는 걸 보니 구원을 요청하러 가는 것 같았다.

'이런! 일이 커지겠군.'

"슬립."

재빨리 내 주위에서 정령들에게 당하고 있던 영주 아들 패거리와 류미르에게 몰리고 있는 영주 패거리들을 모두 재워버리고 류미르의 팔을 잡았다.

"빨리 이쪽으로."

내가 앞장서서 달리자 류미르도 곧 내 뒤를 쫓아서 달려왔다. 그러면서도 궁금증이 있으면 못 참는 류미르의 성격을 지금 이 상황에서도 여실히 드러내 물어왔다.

"왜 그래? 저놈들 그냥 두고 가자구?"

"영주 아들이 도망쳤어. 곧 병사들을 끌고 올 거야. 일이 커지기 전에 어서 여길 피하자."

"병사들까지 날려버리면 되잖아?"

"멍청하게 굴지 좀 마라. 병사들이 어느 정도가 될지 너도, 나도 몰라. 그런데 어떻게 대비하란 말야? 그리고 그들 중에 마법사가 있을지도 모르잖아!"

"그럼 이대로 가잔 말야?"

"애초에 네놈이 나서지만 않았어도 이렇게 되지는 않았다구."

"하지만 어떻게 그냥 보고만 있냐?"

"그래서 네가 도와준 사람들이 고맙다고 하디?"

"그건 아니지만……."

"그때 상황을 좀더 두고 보고 나중에 성에 몰래 쳐들어가든지 해서 한 방 먹일 수 있었잖아?"

"그럼, 그 사람들은?"

"그 정도 가지고 안 죽어."

"그래도……."

"시끄러! 내가 대장이지 네가 대장이야?"

"그럼 이제 어떻게 해?"

"여관으로 가서 말을 찾아서 떠나야지. 늦으면 성문을 막아버릴 거야."

우리는 재빨리 여관으로 뛰어가서 말을 빼앗다시피 끌고 나와서 성문으로 향했다.

"제기랄!"

그러나 성문 앞에는 벌써 병사들이 포진하고 있었다.

"차라리 말을 포기하고 그냥 튈걸."

하지만 이제 와서 후회해 봤자 소용없는 일이었다. 이렇게 된 이상 무사히 여길 빠져 나갈 방법을 생각하느라 재빨리 머리를 굴리고 있을 때 류미르가 물어왔다.

"이제 어쩌지?"

그러나 이곳을 빠져 나갈 방법을 생각하느라 바쁜 나는 그의 질문을 무시해 버리고 실프를 불러내었다.

"실프, 저 녀석들 중에 마법사가 보여?"

"예, 한 명 있어요."

"마법사까지 있다니 이거 정말 힘들겠군. 류미르, 너 플라이 주문(하늘을 날 수 있는 주문) 쓸 수 있어?"

"응, 쏠 수 있어."

"그럼 주문을 외워놔. 그리고 실프들을 불러내서 네 말 좀 들라고 해. 그리고 실프, 넌 내 말 좀 부탁해."

이들에게 일일이 지시를 내리고 나는 재빨리 마법을 쏠 준비를 했다.

"준비됐지? 그럼 내가 녀석들을 공격하면 너희들은 재빨리 날아서 성문을 넘어가는 거야."

"알았어!"

"버스트 프레아(파이어 볼이 수십 개가 되어 날아감)!"

나는 류미르가 고개를 끄덕이자 그와 동시에 그들 앞쪽에다 마법을 날렸고, 그러자 수십 개의 파이어 볼이 날아가 그들 앞에서 터졌다. 갑작스런 공격에 의하여 주위는 불꽃이 솟아오르면서 흙먼지와 연기를 피워올리는 데다 말들이 놀라서 아수라장이 되었다. 그때를 틈타 우리는 재빨리 허공으로 도약했다.

우리가 막 성문을 넘어가려고 할 때였다. 뒤에서 갑자기 마나의 기운이 느껴져 돌아보니 두 개의 불화살이 쏟아져 왔다.

"마법사가 쏘았군. 하지만 이 정도 가지고 뭘."

나는 가볍게 방어막을 형성해 불화살을 막는 동시에 성문을 넘었다. 하지만 거기서 끝난 게 아니었다. 우리가 성밖에 착지해서 달려가려고 하자 성문이 열리면서 기마병들이 쏟아져 나왔다.

"쫓아오려나 봐."

그건 나도 알고 있는 사실이었으므로 대꾸도 안 하고 머리를 굴렸다.

"류미르, 땅의 정령들을 불러서 우리 뒤의 땅을 솟게 만들어!"

"알았어!"

류미르는 재빨리 땅의 정령들을 불러서 우리 뒤쪽의 땅을 2m 정도 솟게 만들었다. 그러나 그것도 몇 분 간의 시간밖에 벌어주지 못했다. 갑자기 큰 마나의 기운이 느껴짐과 동시에 폭발 소리가 나면서 솟아났던 흙 무더기가 날아갔다.

"흥, 저쪽 마법사가 제법 실력이 있나 보군."

이대로는 끝도 없을 거란 걸 안 나는 류미르에게 내 말을 부탁하고는 실프의 도움을 받아 말의 등을 박차고 허공으로 날아올랐다. 어느 정도의 높이에 오르자 우리를 쫓아오는 녀석들이 보였는데, 제일 앞에서 말을 타고 달리는 사람이 마법사 같았다. 그리고 그의 뒤쪽으로 30여 명의 병사들이 달리고 있었다.

"마법사는 몰라도 딴 놈들은 재워주는 게 좋겠군. 슬립!"

뒤쫓아오는 병사들과 말들이 다 잠이 들게끔 마력을 많이 넣고 넓게 퍼지게 했다. 그랬더니 역시나 병사들의 달리는 속도가 점점 줄어들더니 말과 함께 길에 쓰러져서 잠이 들었고, 마법사 혼자 앞으로 나아갔다.

어느 정도 병사들과 마법사의 거리가 생기자 나는 그에게 불화살을 대여섯 개를 쏘았다. 마법사 뒤쪽에서 쏘았기 때문에 뒤늦게 불화살이 온다는 것을 안 마법사는 방어구를 형성할 겨를도 없이 말의 방향을 틀어 피했다. 덕분에 불화살은 애꿎은 길에 떨어져 폭발만 일으켰다. 하지만 마법사의 말을 길 옆에 세울 순 있었다.

나는 천천히 마법사 앞쪽으로 내려갔다. 마법사는 내가 허공에서 내려오자 꽤나 놀란 듯 보였다. 그의 놀란 얼굴을 기분 좋게 바라보던 나는 빙그레 미소까지 띠면서 친절하게 말했다.

"이봐, 마법사 양반. 실력이 높다는 것은 인정해 줄 테니 이제 그만 쫓아오시지."

그러나 그 마법사는 나의 이런 친절한 권유는 무시한 채 놀란 얼굴로 나를 노려보고 있다가 입을 열었다.

"네가 나에게 불화살을 날렸느냐?"

"그런 건 아무래도 좋지 않아?"

"어린 나이에 대단한 실력이구나."

"그래서?"

"병사들은 어떻게 한 거지?"

"마법사면서 그것도 몰라? 잠재웠을 뿐이야."

"이대로 돌아가면 난 영주 부인을 뵐 수 없을 거야."

"그건 당신 사정이지."

"도대체 영주 아들에게 무슨 짓을 한 거지?"

"아무 짓도 안 했어. 단지 패거리들을 좀 패줬을 뿐이지."

"그런가? 그래도 이렇게 그냥 돌아가면……."

"아, 그냥 돌아가기 어렵다면 한 방 먹여줄 수 있는데."

마법사는 나를 한참 동안 노려보더니 결국 체념한 듯 한숨을 내쉬었다.

"됐다. 너와 겨루면 내가 질 게 뻔한데……."

그리고 그는 말머리를 돌려 성으로 터덜터덜 걸어갔다. 그의 모습이 어둠에 가려져 희미하게 보일 때쯤 류미르가 내 말과 자신의 말을 끌고 내가 있는 곳으로 다가왔다.

"대단해, 아힌. 마법사를 물리치다니."

"저 마법사가 나보다 실력이 낮아서 그런 것뿐이야."

"그럼 아힌이 실력이 더 높다는 거잖아?"

"당연하지."

"이제 어쩔 거야? 그냥 이대로 갈 거야?"

류미르의 그 말에 나는 의미 심장한 미소를 지었다.

"이대로 갈 수는 없지. 그 영주 아들 녀석을 한 대 패주고 가야 속이 시원할 것 같아."

"그럼 쳐들어갈 거야?"

"쳐들어가면 성가시고, 지금 살짝 숨어 들어가자. 아직 밤이 그렇게 늦지 않았으니 시간은 충분해."

류미르와 나는 말을 근처 눈에 띄지 않는 수풀 속에 잘 매어둔 뒤 성으로 돌아갔다. 가는 길에 내가 성의 병사들을 잠재운 곳에 가까이 왔을 때 병사들이 아직 있을 줄 알고 긴장하며 조심스레 다가갔다. 그러나 당황스럽게도 잠재워 놨던 병사들과 말들은 온데간데없이 사라져 있었고, 단지 많은 무리들이 있었던 흔적만이 남아 있었다.

"어라? 여기다 재워뒀던 병사들이 어디로 갔지? 여기가 아니었나?"

내가 당황하며 주위를 두리번거리고 있을 때, 무릎을 굽혀 땅을 살펴보던 류미르가 나를 불렀다.

"아힌, 이것 좀 봐. 땅이 온통 젖어 있어. 여기뿐이 아니라 이 주위가 온통 젖어 있는데?"

그제야 나는 어떻게 된 일인지 짐작할 수 있었다.

"아하, 물벼락을 내려서 병사들을 깨웠군."

"병사를 깨우다니?"

"우리를 쫓아오던 병사들 말이야. 내가 여기쯤에다 마법으로 잠재웠었거든."

"그래서 병사들이 추격해 오지 않았던 거구나."

"맞았어. 마법사 혼자 병사들과 떨어뜨리려고 한 일이었거든. 덕분에 마법사를 쉽게 처리할 수 있었지. 그런데 그 마법사가 돌아가는 길에 병사들을 깨웠나 본데? 음, 그렇다면 지금쯤 성문은 닫혀 있겠군."

내가 제법 심각한 표정으로 중얼거리자 옆에서 류미르가 피식 웃었다.

"어차피 날아서 몰래 들어갈 것 아니었어?"

류미르가 나를 바라보면서 싱긋 웃자, 나도 웃어 보일 수밖에 없었다.

"맞아. 어떻게 알았냐?"

"숨어 들어간다고 했잖아. 그런데 설마 성문으로 당당히 들어가겠어?"

우리는 성문이 보일 때까지 계속해서 걸어갔다. 성문은 역시나 닫혀 있었고 성벽 위에는 여러 명의 보초병들이 보였다. 우리는 그들에게 들키지 않게 성문에서 멀찍이 떨어진 곳에서부터 높이 날아올라 성벽을 넘어 곧장 영주의 성으로 향했다.

"아힌, 성에 가본 적 있어?"

성에 거의 다 왔을 때에 류미르가 갑자기 물어왔다.

"아니, 한번도 없는데?"

아무 생각 없이 무심코 대답한 이 말에 류미르가 놀라서 눈이 커졌다.

"뭐? 아니, 그럼 영주 아들 방을 어떻게 찾으려고?"

"에이, 뭘 그런 걸 가지고 고민해? 들어가서 한 사람 붙잡고 물어보지 뭐."

"그게 그렇게 쉽게 될까?"

"어떻게든 되겠지."

"…낙천적이구나."

류미르의 허탈한 말에도 불구하고 처음으로 이런 일을 해보는 나는 굉장히 흥분해 있었다. 이런 걸 보면 나도 아직은 철부지인 것 같다. 그런데 흥분되는 건 나만이 아닌 것 같았다. 아까의 근심스럽던 표정은 다 어딘가로 사라진 류미르도 우리가 성에 점점 더 가까이 다가가자 나 못지 않게 흥분했다.

"와우~ 되게 흥분되는걸?"

"너도냐? 나두 무척 흥분돼. 하지만 좀 긴장도 되는걸?"

성에 도착한 우리는 성의 높은 층에 바깥으로 돌출되어 있는 테라스에 살짝 내려섰다. 안쪽으로 통하는 유리 문으로 불빛이 새어나오는 걸 보니 방 안에 누가 있는 것 같아서 류미르와 나는 안에 있는 사람들에게 우리의 존재를 들키지 않게 테라스 유리 문에 달려 있는—천장에서부터 바닥까지 늘어져 있는 데다 레이스까지 달려서 풍성한—커튼 안쪽 그늘 뒤로 몸을 숨기고 방 안의 상황을 살펴보았다.

방 안은 넓고 화려하게 꾸며져 있었는데 한쪽 벽을 다 채운 책장과 그 앞에 있는 커다란 책상, 그리고 그 앞쪽에 소파들이 놓여 있었다. 서재 같았다.

그리고 그곳에는 화려하게 차려 입은 30대 후반으로 보이는 여인이 화가 난 얼굴로 자신의 앞에 서 있는 사람들에게 소리치고 있었다.

가만히 보니까 묵묵히 서서 그녀의 화를 감당하고 있는 사람은 두 사람이었는데, 한 사람은 아까 나와 대치했던 그 마법사였고, 또 한 사람은 갑옷을 입고 옆에 검을 차고 있는 중년 기사였다.

그리고 한쪽에 놓여 있는 붉은 비단으로 씌운 소파에 앉아 사과를 와작와작 먹으면서 그 모습을 구경하고 있는 사람은 우리가 찾고 있던 영주 아들이었다.

"저 여자가 영주 부인인가 봐. 그럼 저 기사는 호위대 대장쯤 되려나?"

류미르가 낮게 나에게 속삭였다. 나는 류미르의 말에 동감하면서 그 뒤를 이어 덧붙였다.

"저 사람들, 우리를 못 잡아서 깨지고 있는 것 같은데?"

"여자가 되게 앙칼지게 말하는군. 꽤 미인인데 저러니까 되게 표독스러워 보인다."

"영주 부인쯤 되니까 예쁘겠지. 그나저나 운이 좋네. 찾기 힘들 줄 알았는데 오자마자 영주 아들을 발견하다니."

"이제 어쩔 거야?"

"글쎄, 우선 저 마법사랑 기사가 나가야겠지?"

"그럼 영주 부인은?"

"같이 혼내줄까?"

"찬성이야. 아들이 버릇없는 건 엄마 잘못도 크니까."

류미르의 말에 나는 피식 웃고는 유리 문 너머로 보이는 방 안 풍경으로 고개를 돌렸다.

"그럼 저 둘을 우선 잡아야지. 근데 류미르, 너 방음 결계 칠 수 있지?"

"응, 왜?"

"저 마법사랑 기사가 나간 뒤에 나는 재빨리 방문을 잠글 테니까, 넌 방음 결계를 방 안에 치도록 해."

"영주 부인이 가만히 있을까?"

"내가 방으로 들어가면서 저 둘에게 정지 마법을 걸게."

"그럼 마법사가 눈치 채지 않을까? 마나의 흐름이 느껴질 거 아냐?"

"아, 그건 그렇군."

"정령을 쓰는 게 어때? 정령을 불러서 저 둘을 잡고 있으라고 하지 뭐. 그러면 마법사도 눈치 못 챌 거야."

"좋은 생각이야. 너도 꽤 쓸모가 있군."

"하하하, 이 정도야 뭐, 보통이지."

우리는 훌륭한 계획을 세웠다고 득의양양했다. 이제 남은 건 기사랑 마법사가 나간 뒤 영주 부인과 영주 아들을 잡아서 혼내주는 일만 남았다고 생각했다.

하지만 일은 그렇게 간단하지 않았다.

우리가 계획을 세우느라 소곤거리다가 몰래 숨어 있다는 것을 깜박하고 소리를 높인 탓에 기사가 우리가 있음을 눈치 챈 것이다.

우리가 득의양양하면서 안쪽 상황을 살피려고 눈을 돌리는 순간, 기사가 테라스 유리 문을 몸으로 그냥 뚫고 뛰쳐 나왔다.

"꼼짝 마랏!"

그와 동시에 마법사가 마법 무력화 결계를 펼쳤다. 그는 우리가 마법을 쓰는 걸 알고 있었기 때문에 마법을 쓰지 못하도록 결계를 펼친 것이다. 아마도 마법을 쓰지 못하면 기사가 쉽게 우리를 제어할 수 있을 거란 생각이었을 것이다.

하지만 그들이 잘못 생각한 게 한 가지 있었는데, 그건 바로 그 마법사가 펼친 결계에 내가 영향을 받을 거라고 생각한 것이었다. 물론 그 마법사는 인간치고는 높은 실력을 가지고 있어서 4클래스의 마법까지 무력화시킬 수 있었지만 그건 나에게는 아무런 영향을 끼치지 못했다. 즉, 나는 전혀 아무런 제재를 받지 않고 마법을 쓸 수 있었던 것이다.

하지만 류미르는 달랐다.

"이런, 마법을 못 쓰게 됐어."

"너, 4클래스 마법밖에 못 쓰냐?"

"응, 마법은 아직 4클래스밖에 안 된단 말야."

위쪽에서 소란스러운 소리가 들리자 밑에 있던 병사들이 위쪽에 무슨 일이 생긴 걸 알았는지 달려오는 게 보이자 나는 다급해졌다.

"류미르, 넌 방문을 막아. 난 기사를 막을 테니까."

기사가 검을 빼어 들고 덤벼오자 나도 검을 들고 막아서며 말했고, 류미르는 내 말을 듣자마자 재빨리 깨진 유리 문을 통해서 방 안으로 들어갔다. 그러나 그 안에서는 마법사가 기다리고 있다가 그를 막아섰다.

힐끔 영주 부인과 아들을 보니까 그들은 마법사와 기사의 실력을 믿는 듯 태평하게 한쪽으로 물러나서 구경을 하고 있었다.

'어디 누가 최후에 웃는지 두고 보자.'

기사가 나를 향해 내려친 검을 정면으로 막자 양 손목이 저릿저릿했다. 이렇게 계속 막아내기에는 내 힘이 부족하다는 것을 본능적으로 안 나는 그의 검을 살짝 옆으로 흘려버리고 이내 방 안으로 뛰어들었다. 아무래도 좁은 테라스에서 싸우는 것보다는 넓은 공간에서 그를 상대하면 피할 공간이 많아지는 만큼 그의 검을 정면으로 받지 않고도 막아낼 수 있을 거란 생각에서였다.

하지만 그건 기사에게 더 유리한 조건을 가져다 주는 거였다.

좁은 테라스에서는 그도 나도 잘 움직이지 못하는 불리한 조건에서 싸우는 거였고 여차하면 난 정령을 불러내서 튈 시간을 벌면 되었지만, 서재 안은 넓어서 기사가 자유로이 움직일 수 있는 공간을 확보해 주었기에 그가 가지고 있는 모든 실력을 십분 발휘할 수 있었기 때문이다.

그걸 안 기사는 싱긋 웃으며 말했다.

"아직 초보로군."

그 말과 함께 검을 들고 내게 돌진했다. 같이 맞부딪치면 힘이 좋은 기사가 유리하기에 나는 정면으로 막지 않고 옆으로 물러섰고, 그걸 놓치지 않으려는 기사의 검이 나를 따라왔다. 재빨리 검을 들어 기사의 검을 막았지만 팔이 저릿저릿해 왔다.

"좋은 반사 신경과 빠르기다."

기사는 후배 상대하는 듯 여유를 가지며 나를 칭찬했다. 그리고는 발을 들어 내 복부를 차버렸다. 나는 뒤로 한 바퀴 구르고 난 뒤에야 겨우 일어설 수 있었는데 배가 무지 아파서 허리가 저절로 꺾여졌다.

"우씨, 장난이 아니게 아프군."

검으로만 상대할 수 없는 상대라는 걸 깨달은 나는 정령들을 불러냈다.

"카사, 실프!"

여긴 물이 없고 땅도 아니기에 노움과 운디네는 도움이 안 될 거라 생각한 나는 실프와 카사만 불러냈다.

내 주위에 카사와 실프가 나타나자 기사의 표정이 좀더 신중해졌다. 아마 그는 이들이 정령들이라는 것을 알고 있었나 보다.

기사도 나에게 섣불리 덤비지 못하고, 나도 기사의 실력을 알기에 덤비지 못하며 우리가 서로를 노려보며 대치하고 있을 때 문 득 좋은 생각이 떠올랐다. 그리고 재빨리 기사를 향해 외쳤다.

"정지!"

그러자 기사는 움찔하더니 검을 들고 나를 노려보던 그 자세로 멈춰버렸다.

"진작 마법을 쓸걸."

안도의 한숨을 내쉰 나는 류미르 쪽을 바라보았다. 그도 이미 마법사를 때려눕히고 서재 문에다 바리케이드를 쌓고 있었다.

"어라? 빨리도 쓰러뜨렸네?"

"마법을 쓰지 못하는 마법사는 일반 사람이랑 같으니까."

"아하, 아까 마법 무력화 결계 때문에 자신도 마법을 쓰지 못하 게 된 거군."

류미르는 서재 문 앞에 쌓인 바리케이드 위에 소파 의자를 하 나 더 쌓아놓더니 씨익 웃었다.

"흠, 이 정도면 쉽게 들어오지 못하겠지?"

"그럼, 이제 남은 건……."

우리는 씨익 웃으며 구석에서 부들부들 떨고 있는 영주 부인과 아들을 향해 돌아섰다. 그때 영주 부인이 앙칼지게 외쳤다.

"이게 무슨 짓이냐! 감히 우리가 누군 줄 알고 이러는 게냐?!"

그러나 류미르는 그런 그녀의 외침을 무시해 버린 채 나를 향 해 돌아섰고, 영주 부인은 자신의 말을 류미르가 무시해 버리자 화가 났는지 입을 앙다문 채 류미르를 노려보았다.

"흠, 아힌, 어떻게 할 거야?"

"글쎄, 아무리 못됐다지만 여자와 어린아이를 팰 순 없지 않겠 어?"

"그렇겠지?"

그러자 그 말을 들은 영주 부인과 아들의 얼굴에 안도하는 표정이 스쳐 지나갔다.

"하.지.만."

그러자 바짝 긴장하는 두 모자.

"이렇게 힘들게 들어왔는데 그냥 가긴 너무 섭하잖아?"

그때 류미르가 영주 부인을 훑어보더니 의미 심장한 미소를 띠었다.

"아힌, 저것 봐. 영주 부인이 하고 있는 거 다 보석 아니야?"

나는 류미르의 의도를 알아채고는 동조해 줬다.

"그치? 여기까지 왔는데 아무런 소득 없이 갈 순 없잖아?"

우리는 서로 마주 보고 씨익 웃었다. 그리고 재빨리 영주 부인에게 다가갔다. 류미르가 그녀에게 공손히 말했다.

"부인, 내놓으시지요."

그러자 그녀는 꼭 뭐 씹은 표정으로 우리를 쏘아보며 귀걸이랑 목걸이랑 팔찌랑 반지를 내놓았다.

"우와~ 여자 하나가 하고 있는 악세서리가 꽤 많구나~"

"흠, 이렇게 우리에게 선물을 주셨는데 보답이 없을 순 없겠지?"

류미르가 그녀에게 보석을 받아 챙기는 동안 난 뭘 저들에게 줄까 고민하다가 좋은 생각이 떠오르자 말했다.

"여러분께 아주 재미있는 마법을 걸어드리겠습니다. 우선 영주 부인, 부인의 너그러우신 마음에 감동하여 부인의 그 아름다운 코가 거짓말을 하면 조금씩 조금씩 길어지게 해드리지요. 일명 피노키오 저주라고 하는 마법입니다. 그리고 아~ 주, 아주 착한 영주 아드니이임~"

나는 아주 사악하게 미소를 지으면서 영주 아들에게 다가갔다. 그리고 말을 길게 길게 끌며 부르자 그는 흠칫하여 뒤로 물러났지만 책장이 가로막고 있어 더 이상 뒤로 물러날 수 없었다.

"당신에게는 타인을 때리면 그 아픔을 자신이 겪게 되는 저주를 걸어드리지요. 이건 그 명성도 드높은 슬레이어즈의 리나 양이 받은 저주랑 똑같답니다. 그런 유명한 레이디와 똑같은 저주를 받게 되었다는 걸 자랑스럽게 생각하셔도 좋습니다."

"누구?"

"아, 류미르. 그런 사람이 있어. 넌 몰라도 돼."

그때 문밖에서 쿵쿵! 하는 무언가 큰 물체가 문에 부딪치는 소리가 났다.

"호~ 결국 문을 부수려고 하는 것 같은데?"

문에 잔뜩 쌓아놓은 바리케이드가 흔들거리며 얼마 안 있어 무너질 것 같은 조짐을 보이자 나는 류미르를 잡아끌었다.

"그럼, 우리는 이만 가자. 남의 집에 오래 머물러 있는 것도 실례야."

류미르가 땅에 떨어진 사과 하나를 집으면서 씩 웃으며 내 말 뒤에 덧붙였다.

"우린 예의가 바르니까."

"참, 저 기사 양반 풀어드리고 가야지? 팔 무지 아플 거야."

류미르는 테라스로 나가 있고, 나는 기사에게 다가가서 주문을 풀려고 할 때였다. 갑자기 위에서 커다란 물체가 떨어져 류미르를 덮쳤다. 그 바람에 류미르와 그 위에서 떨어진 물체는 데굴데굴 굴러서 서재 안으로 다시 들어갔다.

"에구구, 이게 뭐야?"

몇 바퀴를 구른 류미르가 신음을 내뱉으며 말했다. 놀란 내가 달려가서 바라보자 어떤 소년 하나가 류미르와 엉겨서 쓰러져 있었다.

"류미르, 애가 떨어졌어."

"도대체 어디서 떨어진 거지?"

"하늘에서 떨어지던데?"

그때였다. 계속 쿵쿵거리며 문을 부수고 있던 것이 드디어 효과를 발휘한 듯 문이 쩍쩍 갈라지며 바리케이드가 더욱더 심하게 흔들리면서 위에 쌓아놓은 소파들이 떨어져 내렸다.

"안 되겠다. 우선 여길 나가고 보자."

"나 좀 일으켜줘. 이 녀석 때문에 일어설 수가 없어."

내가 류미르를 일으키려고 해도 그 소년이랑 이상하게 얽혀 있어서 도저히 류미르만 일으킬 수가 없었고, 그 소년과 떼어내려고 해도 뭐가 그렇게 심하게 엉켰는지 쉽게 떨어지질 않았다. 결국 다급해진 나는 검을 빼 들어 이 둘을 떨어지지 않게 꼭 붙잡고 있는 원인인 천을 잘라버리려고 했는데, 문을 부수는 소리가 더욱 커져 그쪽을 바라보니 문은 거의 다 부서졌고 바리케이드도 다 무너져 내려 곧 문이 열릴 것만 같았다.

"그냥 가자. 이건 나중에 풀고. 우선 이 녀석도 데리고 가자."

다급해진 나는 녀석들을 데리고 말이 있는 곳으로 이동해 버렸다.


"아, 그 기사 마법을 풀어주지 않고 그냥 왔다. 괜찮을라나?"

"거기도 마법사가 있으니 괜찮겠지. 그나저나 이 녀석 좀 풀어 줘."

"얜 도대체 뭐지?"

나와 류미르는 낑낑대며 녀석을 류미르에게로부터 풀어내려고 애를 썼다. 류미르와 그 소년을 떨어지지 않게 감싸고 있던 천은 그 소년이 입은 망토였는데, 정말 이상하게 휘감기고 꼬여 있던 덕분에 더 풀어내기가 힘들었다. 결국 소년의 망토를 벗겨내어 류미르와 소년을 떼어놓는 수밖에 없었다.

그리고 하도 그 아이를 주물러댄 덕분인지 류미르와 소년이 떨어지자마자 그 소년은 정신을 차렸다.

"어라? 애 깨어났네?"

"이봐, 정신이 들어?"

내가 소년에게서 떼어낸 망토를 그에게 던져 주며 말해도 그는 그걸 받을 생각도 안 하고 주저앉아서 아직 정신이 돌아오지 않는 듯 고개를 세차게 휘저었다. 그 바람에 등까지 내려오는 그의 긴 검은 생머리가 휘날렸다.

"여기가 어디지?"

"여기는 숲 속이야. 숲 이름은 나도 몰라."

그 소년은 멍하니 나를 올려다보면서 눈만 껌벅댔다.

그 소년이 나를 올려다보자 나는 그를 자세히 볼 수 있었다. 그도 정말 류미르 못지 않게 잘생겼다. 희고 티 하나 없는 피부에 가느다란 얼굴선. 그리고 너무나 깊어서 빠지면 헤어나지 못할 것 같은 검은 눈동자와 푸른빛이 도는 칠흑 같이 검은 머리.

류미르도 그 녀석의 외모를 알아봤는지 감탄사를 터뜨렸다.

"와~ 이 녀석도 꽤 미남이네. 야, 너 누구니?"

"나? 난 세이몬 카르테일 아벨리아. 고위 마족 아벨리아계의 서열 30위."

"아힌, 얘 마족이래."

"나도 들었어. 근데 마족이 원래 이런가? 마족은 그 뭐시냐 차갑고, 교만하고, 살육을 즐기고… 뭐, 이런 거 아니었어?"

"글쎄, 나도 마족은 처음 보는 거라……."

"이봐, 너 왜 하늘에서 떨어진 거냐?"

나는 단지 궁금해서 물어봤을 뿐인데 그 세이몬이라는 마족이 울먹울먹하더니 나에게 달려들어 덥석 안겨들어서는 엉엉 울기 시작했다.

"우왓! 이봐, 왜 이러는 거야?"

녀석은 정말 서럽게 울어댔다. 그리고 얼마나 눈물 콧물을 흘려 대는지 내 윗옷이 축축하게 젖는 게 느껴졌다.

"이봐, 왜 우는 거야? 안 때릴 테니까 그만 울어."

세이몬의 몸통 박치기를 당해 화가 나 있던 류미르는 세이몬이 울어대자 어쩔 줄 몰라 하며 당황했다. 그래도 우선은 울음을 그 치게 해야겠다고 생각했는지 옆에서 왔다갔다 안절부절못하면서도 달래기 시작했다. 하지만 류미르의 달래는 말을 들었는지 못 들었는지 세이몬은 더욱더 큰 소리로 울어 제꼈다.

"자자, 그만 울어. 착하지~ 뚝!"

결국 내가 나섰다. 나는 세이몬의 등을 토닥토닥 두드려준 뒤 똑바로 앉히고 수건을 꺼내서 눈물을 닦아주었다. 그러자 세이몬 의 울음소리도 작아졌다.

"에구, 착해라. 자, 코도 풀고, 흥! 해야지."

세이몬이 흥! 하고 코를 풀자 옆에 있던 류미르가 말했다.

"아힌, 그 수건 네가 빨아."

세이몬이 조금씩 울음을 그쳐 가자 류미르는 질문을 했다. 그러나 왠지 그의 목소리는 퉁명스러웠다.

"야, 너 마족이지? 마족이 그렇게 울어대냐?"

"마족은 울면 안 되냐?"

류미르의 말이 퉁명스럽자 세이몬도 훌쩍훌쩍대면서 퉁명스럽게 대답했다. 나는 말을 퉁명스럽게 만든 원인인 류미르를 째려봐서 조용히 시킨 뒤에 세이몬에게 부드럽게 물었다.

"세이몬이라구 했지? 그 성에 왜 간 거야?"

"일부러 거기로 가려고 한 건 아니었어. 훌쩍~ 그냥 어쩌다 보니까 훌쩍, 거기로 떨어진 거지 훌쩍~"

"어쩌다 보니까~ 아?"

류미르가 옆에서 끼어들었다.

"어쩔 수 없었단 말야. 흐끅, 마계에서 차원 이동을 하는데 흐끅, 너무 급하게 하느라구… 흐끅, 아무 데나 한 거라구… 흐끅."

"마계에서 왔다구?"

내가 놀라서 물었다.

"응, 흐끅, 아까도 말했지만… 흐끅, 난 고위 마족 아벨리아족이야… 흐끅."

"누가 널 고위 마족이라구 생각하겠냐?"

"누군 고위 마족으로 태어나고 싶어서 태어난 줄 알아? 훌쩍, 나도… 흐끅, 알구 있다구… 훌쩍, 내가… 흐끅, 고위 마족이… 흐끅, 될… 흐끅, 성격이 아니라는 거."

감정이 격해졌는지 다시 울려고 했다. 그래도 류미르에게 지기는 싫었는지 할 말은 다했다.

"헹, 잘 아네."

"그만 좀 해라, 류미르. 세이몬, 울지 마. 착하지? 근데 여기는 왜 온 거야?"

"흐끅, 난 서열이 제일 꼴찌인데 흐끅, 서열 높은 마족들이 훌쩍, 하아~ 나보고 아벨리아족 망신 다 시킨다고… 흐끅, 없애버릴려구 하잖아. 훌쩍, 쫓기다가 급해서 절벽에서 뛰어내리면서 흐끅, 하아~ 차원 이동을 한 거야."

"나라도 너 같은 게 친척이라면 창피했을 거야."

그러자 세이몬이 류미르를 노려보면서 말했다.

"엘프 주제에."

"뭐라구? 이래봬도 난 하이 엘프라구. 너 따위 멍청한 마족은 내 상대도 안 돼!"

"호오~ 류미르, 너 하이 엘프였니?"

욱 하는 바람에 평소에는 밝히기 꺼려하던 자신의 정체를 얼떨결에 밝혀버린 류미르를 실실 웃으며 바라보자 류미르가 헛바람을 삼켰다.

"허걱?! 아니, 아힌… 그게, 숨기려고 한 게 아니고… 그러니까, 저기……"

"됐어. 됐으니까 이거나 빨아와."

그러면서 난 세이몬이 눈물 콧물 다 닦아낸 수건을 내밀었다. 류미르는 처량하게 어깨를 축 늘어뜨리고 냇가를 찾아 터덜터덜 걸어갔다.

"이봐, 세이몬. 그럼 그 서열 높은 마족들이 너를 죽이러 여기로 올까?"

"그건 모르겠어. 어쩌면 절벽에서 떨어져 죽은 것으로 생각하지 않을까?"

"마족이 절벽에서 떨어졌다고 죽겠어?"

"그래도 혹시 나니까……."

"…그럴지도 모르겠군."

"어쩌면."

"글면 이제 어쩔 거야? 계속 인간계에 있어야겠네?"

"당분간은. 하지만 뭘 해야 할지는 모르겠어. 갑자기 이곳에 왔기 때문에… 여긴 처음 와보거든."

세이몬은 땅바닥에 주저앉아서 땅을 바라보며 말했다. 그의 그런 모습이 너무 처량하게 보였다.

"우선은 불부터 피워야겠다. 하도 정신이 없어서 몰랐는데 벌써 새벽이잖아. 새벽 공기가 꽤 쌀쌀하군."

나는 몸을 한번 부르르 떨어 찬 기운을 몰아내고 일어서서 마른 나뭇가지를 적당히 모아왔다. 그리고 땅을 파서 흙을 드러내게 하고 나뭇가지를 놓고 불을 붙였다.

"운디네, 미안하지만 여기에 물 좀 담아줄래?"

배낭에서 주전자를 꺼내 차를 끓이려고 보니 물이 없었다. 이럴 줄 알았으면 아까 류미르가 갈 때 같이 부탁할걸… 하는 후회를 하던 나는 내가 물 뜨러 가기는 귀찮아서 운디네를 불러내어 부탁했다. 운디네가 알았다는 듯 싱긋 웃자, 곧 공기 중에 떠돌던 물방울들이 모여들어 주전자 안으로 떨어졌다.

나는 물이 가득 담긴 주전자를 불 위에 올려놓고 아직도 저쪽에 주저앉아 처량하게 땅만 바라보고 있는 세이몬을 끌어다가 모닥불 가에 앉혔다. 그러자 빤 수건을 들고 류미르가 나타났다.

"이게 뭐야, 저 녀석 때문에……."

"류미르, 저 녀석 말야, 잘생겼지? 거기다가 고위 마족이면 실력도 있을 거고."

류미르가 의아한 듯 날 바라보다가 앗! 했다.

"뭐야, 아힌. 설마 너… 저 녀석을 우리 의적단에 끼워주자는 건 아니겠지?"

"바로 그 설마야."

"말도 안 돼. 저런 멍청한 녀석을 어디다 써먹어?"

"난 멍청하지 않아!"

그때까지 모닥불만 쏘아보고 있던 세이몬이 외쳤다. 그러자 류미르는 세이몬을 깔보는 듯한 눈초리로 바라봤고, 그 눈초리를 느낀 세이몬은 화가 나서 얼굴이 붉어졌다.

"둘 다 그만 해. 그리고 세이몬은 류미르 네가 말한 우리 의적단이 될 조건에 딱 맞잖아. 거기다 세이몬이 들어오면 네 부하가 생기는 거라고."

'부하'라는 말에 류미르는 생각해 보는 눈치였지만 세이몬은 즉각 반발했다.

"누가 저 녀석의 부하가 된대?"

나는 사~악하게 씨익 웃으면서 다정하게 물었다.

"세이모~ 온? 너 갈 데 있니?"

그러자 세이몬이 잠시 흠칫했지만 단호하게 말했다.

"그래도 저 녀석 부하가 되는 건 싫어."

"시끄러! 지금 네가 우리 의적단에 들어오면 신참이잖아. 신참을 부하 시키지 대장 시키는 게 어딨어?"

"그래도……."

"그럼 우리와 헤어질래?"

은근히 말 듣게 압력을 팍팍 넣는 말투. 아~ 난 역시 너무 사악해.

"아니, 그건 아니지만……."

"그럼 넌 됐고. 류미르, 넌 어때?"

지금까지 고민하고 있는 듯한 류미르에게 시선을 돌렸다.

"뭐, 저 멍청이를 교육시켜야 한다는 것이 걸리지만, 우리 의적단에 들어올 자격은 있는 것 같으니까."

"흠, 그럼 결정된 거다. 이로써 우리 의적단은 세 명이군."

그러자 세이몬이 놀란 표정으로 물었다.

"엑? 이게 다야?"

그러자 류미르 왈!

"멍청하긴, 우리 능력이라면 이 정도면 충분한 거야."

"아, 그렇구나."

"그럼 차 한잔씩 할까? 마침 물도 끓는데?"

제17화

# 산적 털기

# 산적 털기

"산적들을 뒤쫓자"

"…그러니까 한마디로 산적을 치러가자고?"

"No! 아니야. 우리가 어떻게 싸우니? 산적 털러 가는 거지."

새벽이 되고도 한참이 지나서 잠이 든 우리는 한낮이 다 되어서야 일어났다. 물론 내가 제일 먼저 일어나서 씻고 윗옷을 갈아입고—어제 세이몬이 내 옷에다 눈물 콧물 다 흘려서 젖은 상태였지만 그들 앞에서 갈아입지 못해 그대로 입고 자야 했다. 으~ 쩜쩜해—왔을 때까지 자고 있었다.

한 침낭에서 사이 좋게 자는 걸 보니 잠들 무렵에 투닥거린 일이 생각났다.

침낭 문제로 투닥거렸는데, 내가 가지고 있던 침낭이 두 개밖에 없다는 것이 문제였다. 하나는 내가 쓰고 나머지 하나는 여유 분으로 가지고 다니다가 류미르를 만나서 줬던 것이다. 그러니 당연하겠지만 세이몬이 사용할 침낭이 없었다(세이몬이 가지고 있을 리는 없고). 결국 난 둘에게 같이 자라고 했지만 그 두 녀석은 한사코 같이 자려고 하지 않았다.

나와 녀석들은 한참을 아웅다웅하고 있는데 류미르가 나와 세이몬이 같이 자는 게 어떻겠냐고 제안을 했다. 그러나 난 딱 두 마디로 거절해 버렸다.

"두목이 부하랑 자는 거 봤어? 부하끼리 자야지."

그래서 둘은 또 투닥투닥했고, 졸린 나는 거절하는 녀석은 불침번을 세운다고 협박해서 그제야 잘 수 있었다. 그러나 둘은 침낭에 들어가서도 투닥거리는 것 같았다. 하지만 상관하지 않고 그냥 잤다.

'애들은 싸우면서 크는 거야.'

라고 생각하면서…….


내가 일어난 뒤 한참이 지나도 그 둘이 깨어나지 못하는 걸 보면 꽤 투닥거리다 잔 것 같았다.

나는 피식피식 웃으며 그 둘이 일어나기 전에 아침을 준비하려고 냄비와 프라이팬을 꺼내 들었다.

'이것도 부하 시켜야 하는 거 아냐? 에이, 아무럼 어때. 힘든 것도 아니고 배도 고픈데, 저 녀석들 일어나길 언제 기다려?'

그런데 막상 요리하려고 보니까 재료가 없었다. 생각해 보니 마을에서 소동을 일으킨 덕분에 짐하고 말만 챙겨서 냅다 튀었던 것이다.

'이런이런, 아침 굶게 생겼잖아? 성에서 좀 가져올걸. 하는 수 없지. 다음 마을이 여기서 얼마나 멀지?'

지도를 펼쳐 보니 여기서 제일 가까운 도시까진 지금 출발해도 빨라야 한밤중이 되어서야 도착할 것 같았다. 그나마 상업이 번창한 나라여서 하루 달리면 도착할 거리에 마을이 있었지만, 그래도 굵고 갈 거리는 아닌 것 같았다.

"야, 일어나 봐. 류미르, 세이몬. 일어나라니까?"

결국 사냥을 해야겠다 싶어서 아직까지 자고 있는 류미르와 세이몬을 깨웠다. 한참 침낭을 흔들어댔더니 녀석들이 눈을 떴다. 너무 흔들어댔는지 류미르는 머리를 손으로 짚으며 일어났다.

"으음, 아힌, 그만 좀 흔들어. 깼단 말야."

그러나 세이몬은 그래도 졸린지 침낭 속으로 더 파고들었다.

"아, 졸려. 난 더 잘래."

하지만 그는 더 이상 잠을 자지 못했다. 내가 침낭 속에 파고들어 번데기처럼 되어버린 그를 발로 힘껏 찼던 것이다.

"이봐, 세이몬. 일어나라니까!"

"우씨, 왜 깨우고 그래?!"

"둘 다 빨랑 일어나. 지금 한낮이라구."

"그게 어때서? 어제 늦게 잤잖아."

세이몬이 눈을 비비고 일어나 앉으면서 말했다.

"여기서 하루 더 보낼 수는 없잖아? 그리고 우리 식량도 다 떨어졌단 말야."

"후아암~ 그럼, 마을에 가서 사 와야 하나?"

류미르가 하품을 하면서 건성으로 말했다.

"멍청한 소리하지 마, 류미르. 우리가 그 마을에서 도망쳤는데 다시 어떻게 가나?"

"아, 맞다. 잊고 있었다. 그럼 사냥을 해야 하나?"

"맞아. 그러니까 빨리 씻고 짐 챙겨. 사냥하러 가게."

계속 게으름을 피우는 세이몬을 닦달해서 우리는 짐을 챙겼다.

"사냥하러 가면 말은 어떻게 하지?"

세이몬이 말을 챙기는 나를 빤히 바라보더니 말했다.

"데리고 가야지. 여기다 놓고 갈 수는 없잖아? 어디로 갈지도 모르는데. 그리고 다시 여기로 올 수도 없으니까."

"숲으로 갈 텐데 말이 있으면 귀찮지 않을까?"

류미르가 걱정스럽다는 듯이 말했다.

"걱정 마. 말은 내가 데리고 있을 테니까 너희 둘이 **사냥을 해**. 그럼 되지?"

"엑?! 이 녀석이랑 나보고 사냥을 하라구?"

"왜, 뭐가 어때서? 류미르, 너 사냥 못 해?"

세이몬이 눈을 껌뻑껌뻑하며 물었다. 그러자 류미르는 그러는 세이몬을 째려봐 준 뒤 나에게 말했다.

"차라리 나 혼자 갔다 올게. 사냥 가면서 이 **녀석까지 어떻게** 챙겨?"

"무슨 소리야? 나도 사냥할 수 있어."

류미르가 혼자 갔다 온다는 말에 세이몬이 **발끈했다**.

"너, 사냥을 해본 적이 있기나 해?"

"이래봬도 마물을 여러 마리 사냥해 봤단 말야."

류미르의 말에 세이몬은 가슴을 펴면서 **자랑스럽게 대답했다**.

"해봤다잖아. 그리고 나도 같이 갈 거니까 너무 걱정 마."

"말을 돌본다며?"

"말을 끌고 가다가 사냥감이 나타나면 너희 둘은 잡고, 난 말을 지키고 있고."

"그게 뭐야?"

"뭐긴 뭐야, 그렇다는 거지. 이제 슬슬 출발하자. 이러다 사냥도 못 하고 날이 저물겠다. 류미르, 네가 앞장서."

류미르는 잘 보라는 듯 세이몬을 힐끔 보고는 바람의 정령을 불러내어 길을 안내케 했다. 그리고 자신이 앞장서서 정령을 따라 갔고 그 뒤로는 세이몬이, 그리고 맨 뒤로 내가 말들을 끌고 따라 갔다.

한참을 수풀을 헤치며 숲으로 들어가자 세이몬이 투덜거렸다.

"뭐야, 사냥감이 하나도 안 보이잖아? 이거 제대로 가는 거 맞아?"

"정령이 안내하는 거니까 제대로 찾아가는 게 맞을 거야."

류미르의 머리에 힘줄이 하나 솟아나자 나는 둘이 또 싸울까 봐 재빨리 말했다.

"근데 어떻게 지금까지 한 마리도 보이지 않지?"

"숲이 길 근처에 있어서 사람들이 자주 왔다갔다하니까 동물들은 깊은 곳에 있지 않을까?"

"아, 그렇구나."

그때 류미르가 발걸음을 멈추고 우리에게 낮게 말했다.

"사슴이다."

그러자 세이몬이 신나서 나섰다.

"저게 사냥감이야? 약하게 생겼네? 이제 내게 맡겨. 내가 마계에서 마물을 잡던 솜씨를 보여줄게."

그러며 자신있게 앞으로 나아갔다.

"아힌, 저거 그냥 뒤도 괜찮을까?"

"놔둬 보지 뭐. 솜씨도 볼 겸."

"불안해……."

류미르의 불안은 적중했다. 자신있게 앞으로 나선 세이몬을 눈치 채고 도망치는 사슴을 향해 세이몬은 강한 바람의 칼날들을 날렸고, 그 칼날들은 여지없이 도망치는 사슴에게로 날아가 조각 조각내 버림과 동시에 덤으로 그 옆에 서 있던 키 큰 나무들까지 베어버렸다.

사슴이 조각조각 분해된 데다가 그 위로 나무들까지 쓰러지자 황당해진 우리는 멍하니 바라보고만 있었다. 그런 우리를 돌아보며 세이몬은 눈까지 찡긋해 보이며 말했다.

"어때? 내 솜씨가."

나보다 먼저 정신을 차린 류미르가 대꾸해 주었다.

"이, 이 멍충아~!!"

무척 화가 나 보이는 류미르는 세이몬에게 척척 걸어가서 꿀밤을 한 대 먹였다.

"우씨, 왜 때려!"

머리에 예쁘게 볼록 솟아난 혹을 부여잡고 눈물이 그렁그렁 맺힌 눈으로 류미르를 노려보며 세이몬이 소리쳤다.

"이 멍청아! 그렇게 사슴을 조각조각낸 것도 모자라 주위 나무까지 쓰러뜨리면 사슴 고기는 어떻게 찾냐?! 그리고 사슴을 뭐 하러 저렇게 조각조각 절단낸겨? 그냥 간단히 죽일 수 있었잖아?!"

"저게 너무 약했단 말야. 그 정도로 저렇게 될 줄 누가 알았어?!"

그랬다. 세이몬은 마계에서 강한 마물들만 사냥해 보았기 때문에 이곳의 동물들이 마물들에 비해 얼마나 약한지 모르고 있었던 것이다.

"바보."

"우씨~ 몰랐단 말야."

"척 보면 모르냐?"

"마물들은 저만 해도 바람의 칼날 정도면 상처만 입는다구. 누가 저 정도로 약할 줄 알았어? 난 저런 것도 처음 본단 말야."

"아무것도 모르면 가만히나 있지, 나서기는 왜 나서?"

"우씨~"

둘이 투닥투닥이며 싸울 동안 나는 사슴이 분해된 지점으로 가봤다. 쓰러져 있는 나무들이 그리 크지는 않았지만 가지가 무성한 데다 대여섯 개가 쓰러져 있었고, 더욱이 사슴이 너무 조각조각 났기 때문에 거기서 고기를 얻을 수는 없을 것 같았다.

"다음 사냥물을 찾아야 할 것 같은데?"

내가 류미르를 바라보면서 말하자 류미르는 투덜투덜대면서 다시 앞장섰고, 그 뒤로 기가 죽은 세이몬이 따라갔다.

"괜찮아. 그런 거 보면 너도 꽤 능력이 있구나?"

너무 축 처진 게 안됐어서 말을 걸어줬다.

"이 정도는 마계에선 강한 축에도 못 껴."

"됐어. 거긴 마계고, 여긴 인간계니까. 여기선 너, 무척 센 거야. 그러니 다음부터 동물을 사냥할 때는 마력을 아주 약하게 해서 쓰도록 해. 그리고 만약 사람이랑 싸울 때면 내가 쓰라고 하기 전엔 마력은 쓰지 말도록 해. 쓰더라도 아주 약하게. 알았지?"

"응, 근데 사람이 뭐야?"

"사람? 아, 너하고 나처럼 생긴 생물을 사람, 혹은 인간이라구 해."

"오~ 우리처럼 생긴 생물을 인간계에선 사람이라구 하는구나. 근데 마족이랑 비슷하게 생겼는데 왜 인간이라구 하지?"

"마족은 마계에 살고, 인간은 인간계에 사니까."

"그렇구나."

"참, 그리고 인간은 대부분이 마력을 사용하지 못해. 단지 일부분이 사용할 뿐이지. 그런 사람을 마법사라고 해."

"으응."

"뭐, 또 여러 가지가 있지만 그건 나중에 천천히 배우고, 그러고 보니 넌 인간계엔 처음 왔지?"

"응."

그때 류미르가 또 뭔가를 발견한 듯했다. 그러나 이번에는 우리에게 여기서 기다리고 있으라는 뜻의 손짓만 하고 혼자 나서는 걸 보니 이번에는 직접 잡으려는 것 같았다.

"여기서 류미르의 솜씨나 보자구."

자기도 나서려는 세이몬의 어깨를 툭, 쳐서 저지하며 말했다. 류미르는 조심조심 앞으로 나아가더니 재빨리 숲 속으로 더 들어갔다. 덕분에 우리에게는 류미르가 나무와 덤불에 가려져 보이지 않았다.

"뭐야, 보이지 않잖아?"

세이몬이 투덜거렸다.

"어쩔 수 없지 뭐. 여기서 기다리라는데 기다려야지. 우리가 가까이 가면 사냥에 방해가 될 수도 있으니까."

그때 숲 안쪽에서 돼지 멱따는 소리가 크게 들렸다.

"저런, 멧돼지를 잡았나 보다."

그리고 잠시 후에 류미르가 성인이 된 지 얼마 안 된 그리 크지 않은 멧돼지를 들쳐 메고 나타나더니 우리 앞에 내려놓았다.

"이 정도면 한 끼는 해결되겠지?"

내려놓은 멧돼지는 정확히 턱 밑 목에 단검이 찔려 있었다. 그 이외에 별다른 상처가 없는 것을 보니 한 방에 보낸 것 같았다.

"칫!"

류미르의 의기양양한 표정을 보자 화가 났는지 세이몬이 칫칫 거렸다. 그러나 나는 그의 그런 모습을 무시해 버리고 류미르를 돌아보았다.

"얼른 구워먹자. 배고파 돌아가시겠다. 가만있자, 이 근처에 냇가가 어디 있지?"

"아, 내가 오면서 운디네에게 물어봤는데 저쪽으로 더 가면 있다던데."

"그래? 그럼 거기로 가서 구워먹자."

"내가 안내하지. 세이몬 이것 좀 들고 따라와."

"내가 왜?"

부루퉁한 세이몬이 대꾸했다.

"네가 가장 힘이 센 것 같으니까."

내가 부드럽게 대답하자 세이몬은 나를 한번 힐끔 보더니 더 이상 투덜대지 않고 손으로 멧돼지 앞다리를 하나 잡고 달랑 들었다.

우리는 류미르의 안내를 받아 냇가로 갔고, 류미르와 세이몬이 가죽을 벗기고 내장을 꺼내는 동안 나는 말들을 묶어놓고 나뭇가지를 모아 두 군데다 불을 지폈다. 그리고 냄비를 꺼내 물을 담고 한두 개 남아 있던 감자와 홍당무를 넣고 소금과 후추로 간을 한 다음 고기를 기다리는데 갑자기 류미르가 비명을 질렀다.

"으악~!"

"왜 그래? 무슨 일이야?"

황급히 그들이 있는 쪽으로 고개를 돌리니 세이몬이 뭔가를 먹으면서 영문을 모르겠다는 듯 류미르를 바라보고 있었고, 류미르는 그런 그를 마치 야만인을 본다는 눈초리로 보고 있었다.

"왜 그래?"

내가 다가가서 말하자 류미르가 세이몬을 손가락으로 가리키면서 말했다.

"이 녀석이 심장을 그냥 먹었어."

"뭐?"

그러자 세이몬이 의아한 눈초리로 나를 바라보며 말했다.

"왜 그래? 너희한테 주지 않아서 그러는 거야? 그럼 너희는 허파랑 간을 먹으면 되잖아?"

"그게 아니라 불에 익히지 않고 그냥 먹어서 그러는 거야. 그러다가 배탈나면 어쩌려구 그래?"

"우리는 그냥 먹었는데?"

"여기선 모두 익혀 먹어. 그러니까 너두 여기서는 익혀서 먹도록 해."

"그냥 먹어도 맛있는데?"

"우씨, 그냥 시키는 대로 해!"

계속 세이몬이 쩝쩝거리자 류미르가 소리를 빽 질렀다.

"괜히 소리지르고 그래. 알았어, 이제부터 익혀 먹으면 되잖아."

한숨이 푹 나왔다. 세이몬에게는 가르쳐야 할 것이 많구나, 라는 걸 새삼스레 느꼈다.

그리고 나서 나는 한쪽 불에는 멧돼지 수프를 끓였고, 나머지 한쪽 불에는 멧돼지 고기를 나무 꼬챙이에 꽂아서 불에 구웠다.

"아흰, 저 가죽은 어떻게 하지?"

류미르가 나에게 물었다.

"그냥 버려. 뭐, 우리가 어떻게 할 수 없잖아? 팔기도 그렇고."

"그렇지?"

류미르는 그렇게 대꾸하며 저쪽 수풀에다 가죽을 집어던졌다.

세이몬을 바라보니 멧돼지 고기가 익어가는 걸 바라보면서, 한편으로는 신기하게 쳐다보면서 입으로는 침을 꼴깍꼴깍 삼키고 있었다.

"저 녀석 이런 거 처음 보나?"

그런 세이몬을 바라보다가 피식 웃으며 류미르가 말했다.

"그렇겠지. 그러고 보니 이게 세이몬을 만나서 처음으로 같이 식사를 하는 거네?"

"그렇군. 만난 지 오래 된 것 같았는데 겨우 하루 지났군."

"음, 그런데 류미르?"

"왜?"

"그릇하고 숟가락이 하나씩 모자라."

"뭐?"

"그러니까 네가 나무 좀 깎아서 대충 만들어줘. 에휴~ 다음 도시에 가면 살 게 많군. 참, 컵도 없으니까 컵도 만들어."

"뭐? 어제는 우리 셋이 차를 같이 마셨잖아?"

"그땐 그릇에다 마신 거야."

류미르는 투덜거리며 굵은 나무를 구해와 세이몬 옆에 털썩 앉아서 깎기 시작했다.

"어? 류미르, 뭘 만드는 거야?"

"너 그릇이랑 숟가락."

"그릇? 숟가락? 그게 뭐야?"

"저기서 아힌이 끓이고 있는 수프를 떠먹는 거."

"아힌이 지금 만드는 게 먹는 거야? 음, 그렇구나. 그럼 이것도 먹고 저것도 먹어?"

"그래."

"호~ 나 이렇게 먹는 거 처음이야. 맛있어?"

"꽤. 아힌의 요리 솜씨는 괜찮지."

"요리?"

"이렇게 음식 만드는 걸 요리한다고 해."

"그렇구나. 그럼 류미르는 요리 잘해?"

"나? 난 잘 못해. 보통 요리는 아힌이 다 해."

"그럼 류미르는 뭐 해?"

"설거지. 우리가 음식을 먹을 때 사용하는 그릇이랑 숟가락 같은 걸 깨끗하게 씻지."

"음, 그럼 난 뭘 해?"

"너? 너두 나랑 같이 설거지해야지."

"그렇구나. 알았어. 음식 다 먹으면 하는 거지?"

"되게 신났구나."

"이런 거 처음 해보거든. 재밌어."

"그래? 그럼 네가 나중에 다 해라."

"왜? 류미르는 안 해?"

"너에게 기꺼이 양보할게."

"양보할 사람한테 양보해라. 할 줄 모르는 애한테 시키면 어쩌자는 거야?"

류미르의 얌체 같은 말을 들은 내가 한마디했다.

"재밌겠다는 애한테 시키는 게 어때서?"

"쟤가 제대로 씻을 수나 있겠어? 시키려면 제대로 가르치고나 시키든지."

"아, 그렇군."

"다 깎았냐? 수프가 거의 다 끓어가는데?"

"대충 깎으면 되는 거지? 다 됐어."

류미르는 정말 대충 깎아서 투박한 그릇과 컵을 내게 던져 주며 말했다.

"으이그, 좀 정성 들여 깎을 것이지."

"왜 그래? 어차피 도시에 가면 새로 살 거잖아?"

"그야 그렇지만……."

"한 끼 먹을 거 그 정도면 됐지 뭐."

난 쓴웃음을 지으며 수프를 떠서 세이몬과 류미르에게 건네주었고, 류미르는 다 익은 고기 꼬챙이를 집어서 세이몬에게 건네줬다.

세이몬은 '맛있다, 맛있다'를 연발하며 음식을 먹어댔고, 그런 그의 모습을 보며 류미르와 나는 빙긋 미소를 지었다.

"저 녀석 꽤 귀여운 구석이 있는걸?"

류미르가 살짝 나에게 귓속말로 말했다.

"동료 삼길 잘했지?"

"뭐, 그건 두고 봐야지."

식사를 끝내고 류미르와 세이몬은 설거지를 했다. 세이몬은 무척 재밌어 했지만 설거지를 잘하지 못했기에 다음 설거지도 류미르와 같이 하라고 했더니 류미르는 나에게 투덜댔다.

"역시 멍청해."

저녁을 다 먹고 치우자 날이 저물어 어두워졌기 때문에 우리는 여기서 하루를 더 보내고 내일 아침에 출발하기로 했다.

다음날 아침, 어제 남은 고기로 식사를 하고 출발했다. 말 역시 두 마리밖에 없었기에 한 마리에는 류미르와 세이몬이 같이 탔다. 류미르와 나는 말을 타는 것이 익숙해 있어서 무덤덤했지만, 세이몬은 말을 탄다는 것에 무척 신기해했다.

우리는 점심 먹을 것이 없었기에 사냥을 해서 먹기보다는 한 끼를 굶고 빨리 달려서 성에 도착하기로 결정하고 빠르게 말을 달렸다. 그리고 한 끼 굶은 보람이 있는지 그렇게 늦지 않는 저녁 때에 성에 도착할 수 있었다.

"배고파, 배고파, 배고파……"

세이몬이 무척 배가 고팠는지 배고파를 연달아 말했다. 지나가는 사람들이 세이몬의 이런 모습을 보며 킥킥대자 류미르가 얼굴을 붉히며 세이몬에게 한마디했다.

"너만 배고픈 거 아니니까 떠들지 마. 창피하게. 사람들이 쳐다보잖아."

"배가 고픈 걸 어떻게 해?"

"둘 다 그만 하고 여관이나 잡자고. 그럼 저녁을 먹을 수 있잖아."

나는 또 티격티격하려는 둘을 말리면서 저쪽으로 보이는 여관 겸 식당으로 앞장서서 갔다.

"어서 옵쇼."

"여기 새끼 통돼지 구이 하나하고 빵, 수프 3인분. 그리고 먼저 맥주 세 잔."

자리를 잡고 앉아 재빨리 주문부터 했다. 식사 먼저 하고 방을 잡으려는 생각이었다. 아직 그리 늦지 않은 저녁때여서 그런지 식당 안에는 사람들이 많았다. 대부분은 우리들처럼 여행객들로 보였지만, 식당에 있는 식탁 절반 넘게 차지하고 앉아서 술을 즐기는 대부분의 사람들은 용병으로 보이는 사람들이었다.

"이봐, 아힌. 왠지 용병으로 보이는 사람들이 많네."

"너도 그렇게 생각했어? 용병들이 꽤 많은 걸 보니 무슨 일이 있나 본데?"

"그게 무슨 말이야?"

우리 대화를 이해하지 못한 세이몬이 끼어들었다.

"자, 봐, 저 사람들. 옷들이 두껍고 간편하지만 낡아 있고 먼지가 많지? 그런 옷을 입은 사람들은 여행을 많이 다니는 사람들이라고. 모험가이기도 하지. 그런 사람들은 상금이 걸렸거나 아니면 보수가 많은 일을 찾아다녀. 저기 저 덩치 좋고 옆에 무기를 두고 있는 사람들 보이지? 저런 사람은 용병이라고 하는데 싸우는 기술로 먹고 사는 사람이야. 보통 모험에 참가하거나 아님 상인들 경호나 전쟁 같은 걸 해주고 먹고 살지. 이런 사람들이 이렇게 많이 모여 있는 걸 보면 이 마을에 저 사람들의 흥미를 일으킬 만한 일거리가 있다는 뜻이야. 그런 일거리라는 게 보통 험한 일이기 때문에 무슨 일이 있다는 뜻이 되는 거지."

처음으로 류미르가 세이몬에게 친절하고 자세히 설명해 주었기에 나는 눈이 뚱그레져서 류미르를 쳐다보았다. 물론 세이몬에게 친절하게 설명해 줬다는 것도 놀라운 일이었지만, 이렇게 논리적으로 추리를 해내는 류미르가 더욱 놀라웠다.

"호~ 류미르, 너도 인간 세상에 나오는 건 이번이 처음 아니었냐? 그런데 꽤 잘 아네?"

"인간 세상에 대한 책을 많이 읽었거든."

"그래? 엘프에게 인간 세상에 대한 책이 있나 보구나?"

"당연히 있지. 우리한테는 세상 모든 종족에 대한 자료가 있다고. 더욱이 인간이라면 자세히 알 만큼 있어."

"마족에 대해서는?"

세이몬이 냉큼 물어왔다.

"마족에 대해서는 별로 없어. 우리가 마계로 갈 것도 아니고, 마족이 또 인간계로 오는 건 극히 드물기 때문에."

그때 마침 점원이 맥주와 빵과 수프를 날라왔기에 나는 그에게 물었다.

"여긴 여행객이나 용병이 많군요?"

"아아, 산적 때문이에요."

"산적이오?"

류미르가 눈을 반짝반짝 빛내면서 물었다.

'저 녀석 무슨 생각을 하고 있는 거야?'

"여기서 퀠튼국으로 가는 길에 산이 하나 있는데, 한 일 년 전부터 그 산에 산적이 생겼지 뭡니까? 이 도시 시장님이 몇 번 토벌대를 보내긴 했지만 그때마다 번번이 실패했지요. 아, 놈들이 그만큼 숫자도 많고 실력이 뛰어나니까… 덕분에 이곳으로 오는 상인들이 점점 줄어들고 있어요. 그래서 이번에 산적들을 소탕하기 위해 시장님이 큰 상금을 내거셨지요."

"호오, 그래서 저 사람들은 이번 산적 소탕군에 참여하려고 모여든 거군요."

"그런 셈이지요. 이번에는 상금도 큰 데다, 또 모여든 용병들도 꽤 되고 실력도 높대요. 그래서 이번에는 기대를 걸고 있지요."

"언제 떠나나요?"

"이틀 뒤에 떠난다는군요. 이번엔 또 특별히 시장님이 사람을 보내서 마법사랑 기사를 모셔온대요. 그분들이 오셔야 떠난다는군요."

"그럼, 그 마법사랑 기사는 아직 도착하지 않은 거네요?"

"내일쯤 도착한다는군요."

"어? 마법사랑 기사가 자신들을 토벌하러 온다는 걸 산적들이 알면 그들을 가만두지 않는 거 아니에요?"

세이몬이 머리를 갸웃하면서 물어왔다.

'호~ 저런 생각도 할 줄 알고. 세이몬도 머리가 돌아가는걸?'

"가만두지 않으면 어쩌겠어요? 그분들 실력이 대단하다고 하던데."

점원이 가버리자 류미르가 말했다.

"나도 세이몬과 생각이 같아. 나라도 아무리 그들 실력이 뛰어나도 그들이 여기 와서 용병들과 같이 쳐들어오길 기다리는 것보다 그들이 여기 도착하기 전에 습격하겠는걸?"

"하지만 말야, 시장도 그걸 생각하지 못했을까?"

"뭐야, 그럼 딴 생각이 있다는 거야?"

"그건 나도 모르지. 단지 우리도 이렇게 쉽게 생각해 내는 걸 시장이 모를 리가 없다는 거지."

"그냥 새어나온 말일 수도 있잖아?"

"그 반대일 수도 있잖아? 일부러 소문을 내는 거. 그런 사람들은 있지도 않거나, 아니면 미리 와 있다거나, 또 아니면 그들이 모르는 다른 길을 통해서 오는데 일부러 산적들이 있는 길로 온다고 선전해서 산적들이 건들지도 못하는 실력자들로 선전을 한다거나 뭐 그런 거. 아님 저 사람 말대로 정말로 실력이 뛰어나서 당당히 산적들의 아지트 옆을 스쳐 지나도 무사하다거나."

그러자 옆에서 음식을 먹고 있던 세이몬이 말했다.

"하지만 실력이 그렇게 뛰어나다면 뭐 하러 다른 사람들을 모집해? 차라리 그 마법사하고 기사만 불러서 처리하면 되잖아?"

"그것도 그렇네. 그럼 일부러 소문을 내서 산적들을 겁먹게 하려는 거 아냐?"

"몰라. 근데 그게 우리랑 무슨 상관이야?"

하도 생각을 하다 보니 머리가 아파진 나는 퉁명스럽게 대꾸했다.

"무슨 상관이냐니? 우린 거기에 참석 안 할 거야?"

류미르가 놀란 눈으로 나를 바라보며 말했다.

"우리가? 왜?"

나는 류미르를 황당해서 쳐다보았다.

"왜냐니? 산적을 소탕한다잖아."

"그게 우리랑 무슨 상관이야?"

"그게 무슨 소리야? 산적은 나쁜 사람들이잖아? 그런데 이런 일을 우리가 그냥 지나쳐?"

"마법사에 기사, 그리고 저 많은 용병이면 충분하지 않아? 그리고 난 단체로 가서 싸우는 건 질색이야."

"그럼 그냥 갈 거야?"

"어떻게 그냥 가? 산적 소탕 끝나고 가야지. 가다가 산적 만날 일 있어?"

그 뒤로도 류미르가 뭐라구뭐라구 말을 해댔지만 나는 무시해 버리고 앞에 놓인 음식을 먹기만 했다. 나중에 제풀에 지친 류미르는 나를 째려보면서 한마디했다.

"그러고도 의적이냐?"

그래서 나도 한마디해 줬다.

"의적이 산적 소탕하는 거 봤냐?"

그러자 류미르는 입을 다물었다. 하긴 의적도, 산적도 다 비슷한 종류의 직종이니까.

식사 후에 우리는 방을 세 개 구하려고 했지만 산적 소탕한다고 용병들이 많이 모여들어서 방이 하나밖에 없었다. 그것도 침대가 하나인 방. 그래서 어쩔 수 없이 그 방을 얻은 우리는, 나는 침대에서 자고 류미르와 세이몬은 바닥에 침낭을 깔고 잤다.

다음날 아침을 먹고 우리는 세이몬의 물건을 사러 나갔다. 세이몬의 말과 그릇, 그리고 침낭을 사려고 돌아다니는데 거리가 씨끌씨끌했다.

슬쩍 말을 들어보니 어제 그 점원이 말했던 마법사와 기사 일행이 새벽에 도착했다는 거다.

"흠, 무사히 도착했네? 그럼 내일 산적 소탕하러 떠나겠군."

내가 중얼거리자 세이몬이 물었다.

"그럼, 우리는 언제 떠나?"

"우리는 산적 소탕한 다음날쯤 떠날 거야."

"그것도 산적 소탕이 성공한다면 말이지만."

류미르가 내 말에 덧붙여 말했지만 난 그의 말을 부정했다.

"아냐, 성공 못 하더라도 갈 거야. 여기 있어봤자 돈하고 시간만 낭비하는 거잖아."

"뭐야, 그럼 오늘 떠나도 되잖아?"

"류미르, 왜 오늘따라 머리가 그렇게 안 돌아가냐? 오늘 가면 산적들이 자기네 소탕하러 오는 사람들을 대비해 잔뜩 준비하고 있을 텐데, 그럼 귀찮아지잖아. 차라리 성공하든 못 하든 산적 소탕한 다음이면 그들도 전력이 떨어졌을 테니 그때 가는 게 낫지."

세이몬의 물건을 사고 도시 구경을 하면서 시장에서 점심을 사 먹다가 저녁때쯤에나 여관으로 돌아왔다. 여관에는 어제보다 더 많은 용병들이 보였다. 아마 용병들이 오늘 더 왔나 보다.

"우와~ 어제보다 사람이 많아졌잖아?"

세이몬이 그 많은 사람들을 보며 감탄했다.

우리는 식당에 자리가 없어서 방으로 올라가서 식사를 했다.

"애들아, 세상에서 제일 재밌는 게 쌈 구경이겠지?"

내가 불쑥 말하자 류미르가 의아한 눈초리로 쳐다보았다.

"무슨 소리를 하고 싶은 거야?"

내가 산적 소탕에 끼지 않는다고 해서 별로 감정이 좋지 않던 류미르가 퉁명스럽게 말했다. 그런 류미르는 쳐다보지도 않고 나 는 세이몬에게 말했다.

"세이몬, 우리 내일 산적 소탕하는 데 뒤따라가서 싸우는 거 구 경하지 않을래? 너도 인간들이 싸우는 거 한번도 못 봤잖아."

"응, 구경하고 싶어."

세이몬이 고개를 열렬히 끄덕이며 대답하자 류미르가 말했다.

"야만인들. 도와주지는 않을 망정 그 잔인한 광경을 구경하러 가겠다고?"

"류미르, 싫으면 말아. 나랑 아힌이랑 갔다 올게."

신이 나서 눈이 반짝반짝한 세이몬이 류미르를 쳐다보지도 않 고 말하자 류미르가 삐졌다.

"칫!"

"그렇게 삐지지 말고 너도 따라나서. 너, 내일 할 일 있어? 도시 구경은 오늘 했겠다, 내일 너 혼자서 뭐 할 거야? 괜히 고고한 척하지 말고 같이 가. 너 날나리 엘프인 거 다 아니까."

"누가 날나리라는 거야?"

"날나리가 뭐야?"

류미르에게 한마디 더 말해 주려다가 세이몬이 중간에 순진하게 물어오자 뭐라고 할 수가 없었다. 그래서 대신 친절하게 설명해 줬다.

"엘프답지 않은 구석이 많다는 거야."

"흠, 그럼 나도 날나리 마족인가?"

그러자 류미르가 한마디했다.

"넌 날나리가 아니라 멍청이 마족이야."

"우씨~"

"자, 둘 다 그만 하고. 류미르, 갈 거지?"

"그래, 알았어."

류미르는 하는 수 없다는 듯 대답해서 쬐께 기분은 안 좋았지만 어쨌든 나도 처음 집단 싸움 구경하러 간다는 생각에 흥분이 되어서 잠이 안 왔다.

'흐, 영화나 TV로만 보던 싸움 구경할 수 있게 생겼네.'


다음날 아침 애들을 깨워서 식당에 밥 먹으러 내려가려 했다가 사람이 많을 것 같아서 아직 자고 있는 녀석들을 그냥 두고 나 혼자 방으로 갖다 달라고 부탁하려고 내려갔는데, 식당 안에 사람은 거의 없고 점원들은 부지런히 식탁 위를 치우고 있었다.

"어라? 사람들이 없네?"

그러자 한 점원이 날 아는 체했다.

"이제 내려오세요?"

"사람들이 거의 없네요?"

"아, 벌써 아침 드시고 가셨어요. 왜, 오늘 출발하잖아요? 아침 일찍 집합이라서 일찍 가셨거든요."

"그래요? 그럼 잠시 후면 출발하겠군요?"

"예, 손님도 어서 드시고 구경하러 가세요."

"그럴게요."

나는 다시 도로 올라가서 류미르와 세이몬을 데리고 아래로 내려왔다. 벌써 점원이 우리 몫의 음식을 식탁 위에 갖다 놓고 있었다.

"언제 봐도 세 분은 정말 잘생기셨군요? 여기 있는 동안 아무 일 없어서 다행이에요."

"아무 일?"

세이몬이 영문을 모르겠다는 듯 고개를 갸웃거리자 옆에서 류미르가 설명해 줬다.

"용병들은 거친 사람들이잖아. 그런 사람들 중에는 웃긴 놈들도 있어서 우리처럼 자알~ 생긴 애들을 보면 괜히 찝쩍거리는 녀석들이 있거든. 그걸 말하는 거야."

점원은 류미르의 말이 맞다는 듯 고개를 끄덕이면서 거기에 덧붙였다.

"세 분은 정말 잘생기셨어요. 우리 식당 여점원들 사이에 얘기가 벌써 퍼졌는걸요. 산적 토벌대 일만 아니었으면 소문이 쫙 퍼졌을 거예요."

나는 피식 웃으며 음식을 먹기 시작했고, 류미르와 세이몬도 음식을 먹기 시작했다.

"빨리 먹고 가보자. 아침에 출발한다더군."

내가 속삭이자 세이몬이 흥분해서 말했다.

"글면 우리도 따라가는 거야?"

"아니야. 그들이 출발한 다음에 좀 있다가 뒤따라갈 거야. 말들은 여기다 두고 가야겠지?"

류미르가 끝에는 나에게 묻는 듯 나를 쳐다보며 말했다.

"그래야겠지. 아무래도 구경하는 데 말이 있으면 귀찮아지잖아."

류미르가 작게 중얼거렸다.

"정말 이래도 되는 건지……."

"그만 해. 결정된 일이잖아."

"그래도……."

아침을 다 먹고 점원이 가르쳐 준 출발 장소인 도시 중앙의 광장으로 갔다. 그곳에는 벌써 많은 사람들이 바글바글 모여 있어서 중앙에 모여 있는 산적 토벌대는 보이지도 않았다.

"뭐야, 이거. 하나도 안 보이잖아!"

"사람이 너무 많아서 그래. 하늘로 올라가서 볼까?"

"아서라. 여기서 그렇게 하다간 눈에 띌 거야. 차라리 성문 쪽으로 가자. 그러면 지나갈 때 볼 수 있잖아."

나는 세이몬과 류미르를 데리고 성문 쪽으로 향했다. 거기도 벌써 사람들이 몰려들어서 떠나는 산적 토벌대를 보기 위해 기다리고 있었다.

사람들이 별로 없는 쪽까지 가다 보니 우리는 성문 근처까지 갔다.

"사람들이 많기도 하네."

세이몬이 놀랍다는 듯 한마디했다. 그러자 이어지는 류미르의 설명.

"이건 별거 아냐. 여기보다 더 큰 도시 같은 데는 큰 행사가 있으면 그 도시 사람 말고도 타지방 사람들도 오기 때문에 정말 엄청난 숫자의 사람들이 몰려들지."

"헤~ 사람들은 같이 모여 있기를 좋아하나 보지?"

이번에는 내가 설명했다.

"사람은 혼자서는 살아가지 못한다고 해. 항상 모여서 살아야 하지. 그래서 모이는 걸 좋아하는 걸 거야."

사람에 대해서, 그리고 세상에 대해서 여러 가지 이야기가 좀더 오가는데 갑자기 저쪽에서 환호성이 울렸다.

"오나 보다."

우리는 곧장 환호성이 들려오는 쪽으로 고개를 돌렸다. 저쪽에서 한 무리의 사람들이 오는 게 보였다.

"앞에 있는 게 마법사와 기사겠지?"

"말을 타고 있어."

"몇 명뿐일 거야. 저 많은 용병들에게 누가 말을 대주겠어?"

"이쪽으로 온다."

우리 말고도 옆의 사람들이 대화하는 말을 듣고 이해한다는 듯 세이몬이 고개를 끄덕였다. 그 모습을 본 류미르와 나는 미소를 교환했다.

앞장서서 오는 말 탄 사람은 모두 세 명이었다. 가운데 사람은 마법사인 듯 갈색의 마법사 로브를 입고 있었다. 키가 작고 비쩍 마른 중년 남자였는데, 엄숙한 표정을 한다고 하곤 있었지만 엄숙하기보단 오히려 우스웠다. 하지만 사람들은 그게 더 믿음직스러워 보이는 모양이었다. 그 마법사를 향해 정말 열렬히 환호해 댔다.

"이봐, 류미르. 저 마법사 마력이 어느 정도인 것 같아?"

"나랑 비슷한데? 한 4클래스까지 마스터했나?"

"꽤 하겠네?"

"엑? 4클래스가 꽤 하는 거야?"

"이봐, 세이몬. 여긴 마계랑 다르다고 했잖아. 인간은 기껏해야 100억 명 중에 한 명 정도 정말 특출난 사람이 겨우 9클래스까지 마스터할 수 있고, 천재라고 듣는 사람은 겨우 7, 8클래스야. 보통 4, 5클래스 정도면 인간으로선 대단하다구."

류미르가 옆에서 작은 소리로 설명해 줬다. 그러자 세이몬의 한 마디.

"류미르, 너도 4클래스지?"

그러자 류미르의 고개가 푹 숙여졌다.

"호, 저 사람들이 기사인가 봐?"

내가 작게 속삭이자 류미르와 세이몬도 고개를 들고 그들을 바라봤다.

"덩치는 크군. 힘은 좋겠어."

"잘생기지는 않았다."

"류미르, 너 지금 소설책에 나오는 정의의 기사 생각하고 있었지?"

"……."

선두의 마법사와 기사 뒤로 대여섯 명 정도의 기사들이 더 말을 타고 지나갔고, 그 뒤로 이 도시의 병사들이 열을 지어 지나갔으며, 그 뒤에는 용병들로 보이는 사람들이 떼를 지어 지나갔다.

"숫자가 꽤 많은걸?"

"도대체 산적들이 얼마나 많길래 저렇게 많이 보내는 거지?"

"아마 저 정도가 되어야 이길 정도겠지."

"우린 언제 갈 거야?"

세이몬이 나를 보고 물었다.

"놀다가 점심 먹고."

산적 소탕대가 성문을 거의 다 나서는 모습으로 보며 심드렁하게 대꾸했다.

"그렇게 늦게?"

"가자마자 싸우겠어? 좀 신경전을 벌이다가 싸우겠지. 아마 우리가 갈 때쯤에 한창 싸우고 있을 거야. 뭐, 끝났으면 더 좋겠지만."

류미르의 대꾸에 세이몬이 나를 향해 말했다.

"뭐야, 아힌. 끝나버리면 재미없잖아?"

"세이몬, 저 정도의 숫자가 가는데 금방 끝나겠어? 걱정 마, 싸움 구경은 실컷 할 수 있을 거야."

서서히 흩어지는 사람들과 함께 나는 류미르와 세이몬을 데리고 시장으로 갔다.

"아힌, 시장에는 왜 또 가는 거야? 살 건 어제 다 사지 않았어?"

류미르가 의아한 듯 물었다.

"구경할 때 배고프면 안 되잖아? 간식거리라도 준비해야지."

내가 씨익 웃으며 말하자 세이몬이 좋은 생각이라는 듯 고개를 끄덕였다. 단지 류미르만.

"우리가 놀러가냐?"

"뭐 어때? 좋게 생각하자구. 무슨 일이 있을지 모르잖아? 준비해서 나쁠 건 없지."

세이몬과 나는 갖가지 음식을 구경하며 고르느라고 신나게 돌아다녔고, 그 뒤로 류미르가 고개를 설레설레 저으며 쫓아왔다.

이 정도면 됐다 싶을 정도로 음식을 샀을 무렵 대충 정오가 다 되었기에 우리는 간단히 점심을 시장에서 사 먹고 출발했다.

세이몬이 너무 다급하게 가자고 졸라댔으므로 우리는 싸움이 있을 거라 예상되는 장소로 빠르게 이동해 갔다. 비록 말은 타지 않았지만 마법으로 날아갔기에 얼마 후에 간간이 마법이 터지고 싸우는 소리가 들려오는 곳에 도착할 수 있었다.

"저쪽으로."

우리는 싸움에 말려들지 않기 위해 크고 높은 나무 위로 올라갔다.

이미 싸운 지 오래 된 듯 사상자가 많이 있는 데다 여기저기 큰 구덩이가 파여 있는가 하면 나무가 뿌리째 뽑혀 있고, 새카맣게 탄 흔적이 있는 것으로 보아 마법사가 꽤 마법을 난사한 모양이었다.

"마법사랑 기사는 어디 있지?"

류미르가 아래를 내려다보며 말했다.

"흠, 병사들은 몇 명 보이지 않네?"

여기저기서 싸우는 사람들을 보니 한쪽은 산적이고, 또 한쪽은 용병인 건 분명한데 양쪽 다 옷차림이나 생김새나 엇비슷하게 생겨서 누가 누군지 분간이 안 갔다.

"호~ 용병 못지 않게 잘 싸우는군. 그러니 산적 소탕에 그렇게 애를 먹었겠지."

"아, 저기 기사가 있다. 그럼 같이 싸우는 사람은 산적 두목쯤 되려나?"

그러고 보니 류미르가 가리키는 쪽에 한 명의 기사가 보였다. 그와 같이 대치하고 있는 산적은 덩치가 기사보다 더 커 보였고 투핸드 소드를 사용하고 있었다.

산적은 정말 무식하게도 검을 휘둘러댔다. 그가 검을 휘두를 때마다 바람이 불었고 주위의 작은 나무들이나 풀들이 잘려져 날아올랐다. 그 검에 한 방 맞으면 저 세상으로 갈 것처럼 보였다. 하지만 그 상황에서도 기사는 이리저리 잘 피하면서 간간이 검으로 공격도 하고 있었다. 하지만 산적도 만만치 않은 듯 기사는 산적 두목에게 큰 상처를 입히지 못하고 있었다. 기사도, 그 산적도 막상막하였기에 쉽게 승패가 날 것 같진 않았다.

"이게 인간들이 싸우는 모습이군. 이것도 꽤 재미있는데?"

세이몬과 나는 흥미롭다는 듯이 지켜보며 말했고, 류미르는 나머지 기사들과 마법사를 찾느라고 계속 두리번거렸다.

"그만 좀 두리번거려라. 마법사는 저기 저쪽에 있네. 병사들 몇하고 기사 둘이랑 같이 있는데? 근데 마법을 너무 써서 지쳐 보인다."

류미르는 내가 가리킨 쪽으로 고개를 돌렸다. 그곳에는 지쳐 보이는 기색이 역력한 마법사를 기사 두 명과 몇 명의 병사들이 둘러싸고 산적들과 대치하고 있었다. 기사 두 명은 그럭저럭 산적에게 버티고 있었지만 병사들은 자꾸 흐트러지며 하나하나 쓰러지고 있었다.

"저런! 병사들은 산적한테 상대도 안 되는군. 그나마 저 기사하고 용병들이 있으니 이 정도라도 유지했지."

"마법사가 없었으면 이 정도도 힘들었겠지. 산적 중에는 마법사가 없나?"

"아마도 없는 것 같아. 근데 산적이 얼마나 많길래 이 정도 마법을 맞고도 저 정도야?"

"그러니 시장이 골머리를 썩었겠지. 아, 드디어 마법사가 일어났다. 마법을 쓰려나 봐."

류미르와 내가 쑥덕대고 있는 동안 병사들이 하나둘 쓰러져 마법사를 감싸고 있던 벽이 위태롭게 되자 마법사가 힘겹게 일어나더니 손을 들었다. 그 모습을 본 산적들은 주춤주춤 뒤로 물러났다.

"하지만 저렇게 지쳐 있는데 큰 마법은 쓰지 못할 것 같은걸?"

류미르가 걱정스럽다는 듯 말했다.

"그래도 산적들한테 겁은 줄 수 있겠지."

갑자가 강한 바람이 휘몰아쳤다. 마법사가 마법을 쓴 것이었다. 마법사 가까이 있던 산적들은 갑자기 강한 바람이 불어오자 몸을 지탱하지 못하고 쓰러졌다. 그리고 근처에서 싸우고 있던 용병들과 산적들도 강한 흙먼지가 일어나자 싸움을 멈추고 몸을 사리기에 급급했다.

"호~ 지친 상태에서 구현한 마법치곤 대단한걸?"

세이몬이 감탄했다는 듯 고개를 끄덕였다.

"필사적이었겠지. 이렇게 되면 우선 후퇴하겠는걸?"

류미르의 말대로 용병들은 조금씩 조금씩 마법사가 있는 쪽으로 후퇴했다.

"이것으로 산적 소탕은 또 실패했군. 저 산적들 정말 대단한 녀석들일세."

"아힌, 넌 저 산적들한테 감탄한 거냐?"

"너무 그렇게 화내지 마, 류미르. 어쨌든 구경 한번 잘했잖아?"

내가 생글생글 웃으며 말하자 류미르는 고개를 절레절레 젓더니 물었다.

"이제 어쩔 거야?"

"나, 저 산적들에게 호기심이 생겼어. 도대체 어떤 녀석들이길래 저 정도인지."

"어떻게 하려구?"

"산적들을 뒤쫓자."

그러자 류미르와 세이몬이 나를 쳐다봤다.

"쫓아가서 뭐 하게?"

"글쎄, 그건 나도 몰라. 하지만 저 정도의 녀석들이 어떤 녀석들인지 궁금하기도 하고, 한번 붙어보고도 싶고. 또 저 정도의 실력이 있는 녀석들이 재물을 얼마나 모아놨는지 궁금하기도 하고."

나는 세이몬과 류미르를 돌아보며 씨익 웃었다.

"녀희들은 안 궁금하니?"

류미르가 피식 웃으면서 말했다.

"그러니까 한마디로 산적을 치러가자고?"

"No! 아니야. 우리가 어떻게 싸우니? 산적 털러 가는 거지."

그러자 멍해진 세이몬이 한마디했다.

"뭐 하러 몰래 훔쳐? 저 정도 녀석들이면 한 방에 보낼 수 있는데."

"난 쓸데없는 살상은 싫거든. 하지만 털러 간다고 해서 싸우지 않는다는 보장은 없겠지?"

"어이구~ 살상을 싫어하는 애가 싸움 구경은 좋아하냐?"

"류미르, 네가 몰라서 그러는데, 세상에서 제일 재밌는 게 싸움 구경이랑 불 구경이야. 어쨌든 너희들 갈 거지?"

세이몬이 재빨리 먼저 말했다.

"난 찬성."

"류미르, 넌?"

그러자 류미르가 피식 웃으며 말했다.

"결정은 벌써 난 거 아냐?"


"푸하하하! 어리석은 녀석들, 우리에게 덤비다니."

두목같이 생긴 녀석이 나서서 거드름을 피우는 걸 보니 슬슬 흩어져 각자의 본거지로 갈 것 같았다.

"류미르, 넌 저 산적들을 따라가서 저 녀석들의 본거지가 어디인지 알아봐. 나랑 세이몬은 도시로 돌아가서 말하고 짐을 챙겨올게. 나중에 여기서 다시 만나자."

류미르는 고개를 끄덕이고 우리가 있던 나무 위에서 옆의 다른 나무 위로 날쌔게 옮겨갔다. 그리고 나와 세이몬은 병사들과 용병들이 움직이기 전에 공간 이동을 해서 도시로 돌아왔다.

여관으로 돌아오자마자 짐을 챙겨 말을 끌고 다시 나왔다. 그리고 밖으로 나와서는 슬슬 돌아다니면서 만일을 대비해 요리 재료를 더 사면서 병사들과 용병들이 돌아오길 기다려 도시를 빠져나왔다.

"왜 저들을 피해서 나오는 거야?"

세이몬이 의아한 듯 물었다.

"우리가 이쪽으로 가려는 걸 알면 분명히 이상하게 생각할 거 아냐. 자기들이 산적한테 져서 돌아오는데 그곳을 많이도 아니고 단둘이, 그것도 기사가 아닌 아직 어린 소년들이 가려고 하니까.

그래서 그래. 의심을 사면 저들에게 붙들릴 수도 있으니까 쓸데없는 일은 사전에 피하는 게 좋은 거야."

우리가 류미르와 만나기로 한 장소로 돌아왔을 때 류미르는 아직 와 있지 않았다. 그리고 사람들도 하나도 없었고 단지 싸움의 흔적을 보여주는 듯 여기저기 흘려 있는 핏자국과 뭉개진 공터가 있을 뿐이었다.

"나중에 말들은 여기다 놓고 가는 게 좋겠다. 얼마간 아무도 여기 오려고 하지 않을 것 같으니까."

말들도 기분이 나쁜지 푸르릉거리는 걸 달래서 나무에 매어놓고 쓰러져 있는 나무에 걸터앉았다. 세이몬도 내 곁으로 와서 걸터앉았고, 우리는 류미르가 올 때까지 할 일이 없었으므로 간식을 꺼내어 나누어 먹었다.

시간이 꽤 지나 날이 어둑어둑해질 때야 류미르가 왔다.

"왜 이렇게 늦은 거야?"

기다리다 지쳐 잠이 들었던 세이몬이 일어나서 힐책하듯 말했다.

"아, 미안. 될 수 있는 한 자세히 알아보려고 이것저것 살펴보다 보니 늦었어."

나는 류미르에게 샌드위치와 우유가 들어 있는 물통을 던져 주며 물었다.

"그래, 산적 본거지는 여기서 멀어?"

"좀 거리가 있던데? 저쪽 골짜기 사이에 있더군. 근처에 냇가가 있고, 또 넓은 공터가 절벽을 뒤로하고 바위와 수목으로 둘러싸여 있어서 야영하는 건 잘 보이지도 않고 방어하기도 좋던데? 물론 나름대로 방어 체제를 구축해 놓고 있긴 하더라."

"자세히 살펴보았구나. 그런데 그들은 지금 뭐 하고 있어?"

"파티를 벌이려고 분주하더라. 공터에 자리를 잡고, 멧돼지를 통째로 굽고, 술도 갖다 놓는 걸 보면 자축 파티라도 하는 것 같았어."

류미르는 샌드위치를 한입 베어먹으며 말했다.

"파티를 하고 있다면 털기에 딱 좋군. 그럼 슬슬 가볼까?"

말들이 너무 불안정해 보였기에 우리까지 떠나면 어떻게 될지 몰라 나는 말들을 재워버렸다. 그리고 피 냄새를 맡고 올 짐승들을 대비해 말 주위에 방어 결계를 쳤다.

"류미르, 대충 다 먹었으면 안내해."

류미르는 고개를 까닥이고는 물통 안에 남아 있던 우유를 한입에 다 털어넣은 뒤 일어났다.

"이쪽이야."

류미르를 따라 세이몬과 나는 수풀을 헤치고 산적 본거지로 향했다. 날이 완전히 어두워져 캄캄했지만 불은 켤 수 없었다. 그러나 나나 세이몬이나 류미르는 어둠 따위가 시야를 별로 방해하지 않았기에 별 문젠 되지 않았다.

한참을 나무와 수풀을 헤치고 올라가자 류미르가 조용히 하라고 손짓하면서 조심스레 다가갔다. 저 멀리서 불빛이 보였고 왁자지껄한 소리도 들렸다. 그와 함께 고기 굽는 냄새도 났다.

"한창 파티 중인가 본데?"

"그래도 조심해야지."

세이몬과 나는 소곤거리면서 류미르를 따라 계속 조심스레 걸어갔다.

류미르가 우리를 안내한 곳은 산적 소굴 한쪽을 막아서고 있는 가파른 절벽 중간쯤 나 있는 바위 틈새였다. 그곳에서는 좀 위험하긴 했지만 틈새 위에 돌출되어 있는 부분 때문에 생긴 그늘에 가려져 눈에 잘 띄지도 않고 산적 본거지가 잘 보였다.

"저쪽으로 동굴이 보이지? 그리고 그 주위로 천막들이 보이고. 아마 저 동굴이 보물을 숨겨놓은 곳인 것 같아. 저렇게 경비병이 있는 걸 보면."

류미르가 가리킨 곳엔 성인 남자가 겨우 서서 들어갈 만한 크기의 동굴이 보였고, 그 입구에는 산적 두 명이 지키고 서 있었다. 그리고 입구 양쪽에는 화톳불이 활활 타오르고 있었다. 그리고 그 앞쪽으로는 천막들이 여러 개 늘어서 있었고, 그 천막 앞에는 공터가 있어서 그 공터에서 산적들이 파티를 벌이고 있었다.

우리가 있는 쪽에서 보이는 정면에는 단상이 있었는데, 그곳에는 아까 산적 토벌대를 이기고 거드름을 피우던 산적 두목이 앉아 있었고, 그 옆에는 산적으로 보이지 않는 어떤 사람이 앉아 있었다.

그는 보통 산적들처럼 근육이 나 있지 않았고 오히려 야위었다 싶을 정도로 빼빼 마른 중년인이었다. 그러나 입고 있는 옷은 꽤 고급스러워 보였고, 눈에는 외알 안경까지 쓰고 있었다.

"아힌, 저 사람도 산적이야?"

세이몬도 이상하게 느꼈는지 나에게 물어왔다.

"아닌 것 같아. 이상한걸? 잠깐만 뭐라고 이야기하는 것 같은데 멀어서 안 들리잖아?"

나는 음성 증폭 마법을 써서 단상 위에 있는 두 사람의 대화가 잘 들리도록 했다.

"껄껄껄, 수고하셨소이다. 이번에도 당신들이 승리하셨군요."

"푸하하하! 이게 다 당신 덕분이 아니겠소? 당신이 미리 토벌대의 능력과 숫자에 대해서 알려주고, 또 마법을 빗나가게 하는 주문이 걸려 있는 방패를 구해주지 않았다면 우린 이기지 못했을 것이오."

"당연히 최선을 다해 도와야지요. 당신이 이김으로써 당신이나 나, 둘 모두가 이익이니까요."

"푸하하하, 누구도 생각지 못했을 거요. 그 도시의 가장 큰 상인이 나와 손잡고 있을 줄은."

"쉿! 목소리가 너무 큽니다."

"푸하하하! 걱정도 팔자요. 누가 우리 대화를 듣는다는 거요? 여긴 모두 다 내 부하들뿐이고, 그 토벌대는 엉망이 되어 도시로 겨우겨우 돌아갔을 텐데."

"어쨌든 이걸로 당분간은 또 잠잠하겠지요. 이제 조금만 더 있으면 켈튼 쪽과의 운송은 모두 내가 독점을 할 겁니다. 그렇게 되면 두목께도 섭섭지 않게 드리겠습니다."

"푸하하하, 기대하고 있겠소."

"아, 오늘도 승리를 축하하는 뜻에서 약소하나마 조그마한 선물을 가지고 왔습니다."

그 빼빼 마른 중년인이 손짓을 하자 한 남자가 큰 케익 상자만 한 상자를 들고 단상 앞으로 나왔다. 그리고 중년인의 손짓을 보고 뚜껑을 열었다. 그곳에는 금화가 가득 들어 있었다. 그 금화를 본 모든 산적들은 입을 떡 벌렸고, 두목은 그걸 보고 흡족하다는 듯이 고개를 끄덕였다.

"당신이 이렇게 좋은 대우를 해주니 우리 관계는 앞으로도 계속될 거요."

"그럼 전 이만 돌아가겠습니다. 잠시 동안은 저도 조심해야 하니까요."

"그러시오. 이봐!"

두목이 소리쳐 부르자 대여섯 명의 산적이 앞으로 나왔다.

"이분을 성문 근처까지 모셔다 드리도록."

"그럼 안녕히! 다음에 또 뵙지요."

"잘 가시오. 멀리 안 나가겠소."

그리고 그 빼빼 마른 중년 상인은 산적들의 호위를 받으며 산 밑으로 내려갔다.

"호, 그랬군. 그래서 산적 토벌대들이 매번 실패했던 거였어."

"아힌, 저 상인 말야. 꽤 나쁜 사람 같아."

"세이몬, 네가 그걸 알다니, 가르친 보람이 있구나. 아힌, 어쩔 껴? 이대로 보고 있을 거야?"

"물론 아니지. 그냥 이것만 보고 갈 거면 애초에 여기 오지도 않았다. 아, 저기 금화를 옮긴다. 아마 보물 창고로 가는 모양인데? 쫓아가자."

나는 하늘로 높이 날아올라 산적들에게 들키지 않게 금화를 옮기는 산적들 뒤를 쫓았고, 내 뒤로 류미르와 세이몬도 곧 쫓아왔다.

"역시 저 동굴로 들어가는군."

류미르의 말대로 금화 상자를 든 산적들은 천막 뒤쪽에 있던 동굴 쪽으로 가서 입구를 지키고 있던 산적들과 뭐라고 하더니, 입구를 지키던 산적 한 명이 화톳불에서 횃불 하나를 집어 들고 앞장서며 곧 나머지 금화 상자를 들고 왔던 두 명의 산적도 동굴 안으로 사라졌다.

"세이몬, 저 입구에 서 있는 놈 좀 맡아라."

내 말을 듣고 세이몬은 입구에 홀로 서 있던 놈 뒤쪽으로 조용히 내려서더니 목을 단숨에 꺾었다. 난 그를 벽에 잘 세워 놔 그냥 보면 서 있는 것처럼 보이게 하고 동굴로 들어갔다.

동굴은 그다지 깊지 않았다. 얼마 들어가지 않아서 금화 상자를 놓고 나오는 녀석들과 마주쳤다. 나는 재빨리 맨 앞에서 횃불을 들고 오던 놈의 목을 베었고—허걱?! 드디어 내가 살인을 했습니다—다른 한 놈은 세이몬이 처리했다. 그리고 맨 뒤에서 오던 놈은 류미르가 재빨리 잡아서 목에 단검을 들이댔다.

"자, 아저씨? 동굴 안내 좀 해주시겠어요?"

나는 땅에 떨어졌으면서도 아직 꺼지지 않은 횃불을 집어 들어 잡힌 산적에게 다정하게 웃어 보이며 정중히 요청했다. 하지만 그런 나의 요청에도 그가 움직이려 들지 않자 류미르가 그의 검을 빼앗아 들고는 단검으로 등을 쿡 찔렀다. 그 산적은 어쩔 수 없다는 표정으로 다시 동굴 안쪽으로 들어가면서도 협박하는 걸 잊지 않았다.

"이대로 무사할 거라고 생각하나?"

그래서 난 아주 친절하게 대꾸해 주었다.

"모르긴 몰라도 아저씨도 무사하진 않겠지요?"

얼마 지나지 않아 작지 않은 방이 나왔다. 자연적으로 생긴 게 아니라 사람이 깎아서 만든 듯싶었다. 그리고 그동안 받은 게 꽤 되는 듯 한쪽 벽을 가득히 메우고 있는 상자가 보였다.

세이몬이 가서 열어젖히자 그곳에는 금화뿐만 아니라 비단을 비롯하여 향유가 들어 있는 도자기로 만든 아름다운 항아리 등, 그밖에도 검을 비롯한 무기들이 잔뜩 들어 있었다. 그리고 맨 구석에 있는 몇 개의 작은 상자 속에는 보석들이 잔뜩 들어 있었다.

"호~ 꽤 되는걸?"

우리가 서로 마주 보며 싱글벙글 웃자 끌려온 산적이 비웃었다.

"어리석기는, 이걸 다 어떻게 들고 가려고 하느냐? 겨우 조금밖에 못 가지고 갈걸? 괜히 욕심부리다가 목숨을 잃게 될 거야."

"참내, 이 아저씨 말이 많으시군. 류미르, 좀 조용히 시켜라."

그러자 류미르가 산적의 뒤통수를 때려 기절시켰다. 그리고 세이몬과 나는 보물을 챙기기에 바빴다. 무기나 깨지기 쉬운 항아리들은 빼놓고 보석이랑 금화, 그리고 비단을 챙겼다. 별로 어려울 건 없었다. 세이몬이 보물 상자를 잘 닫은 다음 번쩍 들어 내 마법 주머니에 넣으면 끝이었다. 시간도 오래 걸리지 않았다.

나는 류미르와 세이몬을 돌아보며 씨익 웃었다.

"왜 그렇게 웃는 거야? 너 또 무슨 짓을 하려구?"

류미르가 그런 나를 보며 불안하다는 듯 물었다.

"호~ 류미르는 눈치가 빠르군. 그냥 이대로 가면 너무 시시하지 않아?"

나는 동의를 구하듯 세이몬을 보며 말했다. 그러자 세이몬은 고개를 끄덕이며 동의했다.

"맞아. 너무 시시해."

"그럼, 우리 쬐끔만 녀석들을 놀래켜 주지 않을래? 녀석들도 매운 맛을 봐야 하잖아?"

그러자 류미르의 불안해진 얼굴이 풀리면서 미소까지 띤 채 말을 받았다.

"처음부터 그럴 작정 아니었어? 새삼스럽게 물어보긴."

"저 녀석들에게 한 방 먹여줄 거야?"

세이몬도 신나 하면서 물어왔다.

"그럼 이렇게 있을 순 없지 않겠어? 가자구!"

동굴 밖으로 나올 때까지도 들어갈 때 벽에 세워뒀던 놈이 여전히 그대로 있는 걸 봐서 아직 우리가 여기 온 것을 들키진 않은 것 같았다. 류미르와 난 저번에 영주 성에 침입했을 때의 실수를 되풀이하지 않기 위해 이번에는 무작정 쳐들어가기로 했다.

천막 너머로 아직도 요란한 소리가 들려와 파티가 계속되고 있다는 걸 알려주었다.

천막 사이를 조용히 지나와 파티가 벌어지고 있는 공터로 나오자마자 나는 놈들에게 마법을 한 방 날렸다.

"버스트 프레아!"

수십 개의 파이어 볼이 공터 중앙에 떨어지면서 폭발했고, 커다란 소리와 함께 큰 불꽃이 솟아올랐다. 그와 동시에 류미르는 내 오른쪽에서, 세이몬은 내 왼쪽에서 내달리며 놀라 우왕좌왕하는 산적들 틈으로 뛰어들었다. 그리고 나는 두목에게 뛰어들었다. 그는 역시 두목답게 벌써 무기를 들고 주위를 둘러보고 있었다.

난 낮에 녀석의 실력을 봤기 때문에 달려갈 때 벌써 정령들을 불러놓고 있었다. 그리고 두목이 보이자마자 몸을 날려 위에서부터 그를 향해 검으로 내려쳤다. 그는 침착하게 검을 들어 내 공격을 막았지만, 쳐들어온 녀석이 아직 어린 소년인 것을 보고 놀란 것 같았다. 그리곤 곧 불같이 화를 냈다.

"이 쥐새끼 같은 놈이!"

그는 검에 힘을 주어 나를 힘껏 밀어냈다. 그리곤 덤벼들 자세를 취했다.

"카사!"

그러나 녀석이 공격하기 전에 내가 카사를 불렀고, 카사는 놈의 옆구리에 불꽃을 날렸다.

"우아악! 이게 뭐야?!"

갑자기 옆구리에 불꽃이 일자 그는 당황하면서 한 손으로 옆구리의 불을 껐다. 그때를 틈타 나는 녀석의 손목을 노렸으나 내가 공격하는 걸 눈치 챈 놈이 손을 뒤로 돌리며 내 옆으로 슬쩍 비키더니 내게 몸통으로 부딪쳐 왔다. 나는 재빨리 속력을 더해 앞으로 구르면서 카사와 실프를 불렀고, 그 둘이 합세해서 날린 바람을 타 더욱 거세진 불꽃이 산적 두목에게 정면으로 부딪쳐 갔다.

"우아아악~!"

갑자기 몸에 불이 일자 산적 두목은 바닥을 구르면서 몸에 붙은 불을 껐다. 그러나 그때 내가 운디네를 불러서 바닥을 구르고 있는 산적 두목에게 찬물을 끼얹게 했다.

온몸에 뜨거운 화상을 입은 데다 갑자기 찬물을 뒤집어쓰자 두목은 정신을 차리지 못했다. 그때 내가 뛰어들어 그의 어깨를 찔러 검을 떨군 후에 노움에게 그를 가슴까지 땅에 파묻게 했다.

그리고 그제야 정신을 차리고 검을 들어 내게 덤비는 나머지 산적들을 처리해 갔다.

그들은 숫자는 많았지만 대부분이 술에 취한 데다가 아까 내가 한 방 먹인 마법에 화상을 입거나 놀라 완전히 정신을 못 차린 놈들이 많아서 상대하기는 쉬웠다.

한참 신나게 이리 뛰고 저리 뛰고 한 뒤, 슬슬 지칠 때가 되자 주위를 둘러보았다.

류미르는 단검을 들고 정령들을 불러내어 같이 싸우고 있었고, 세이몬은 주먹 하나 들고 상대하고 있었는데 그의 한 방 한 방에 산적이 한 명씩 뒤로 날아갔다.

'하긴, 마물에 비하면 인간을 상대하는 것쯤이야 쉽겠지.'

대충 산적들을 쓰러뜨린 것 같자 나는 류미르와 세이몬을 불렀다.

"얘들아, 그쯤하고 이만 가자. 조금 있으면 성에서 무슨 일인가 알아보려고 올 거야. 그러니까 여길 뜨자구."

우리가 말을 매어둔 곳으로 돌아오는데 성 쪽에서 여러 마리의 말들이 달려오는 소리가 들렸다. 아마 성의 병사들일 것이었다. 그들과 마주치지 않기 위해서 그들이 우리를 스쳐서 산적 소굴로 간 뒤에 말들을 깨워서 다른 도시 쪽으로 달렸다.

몇 시간 달리자 동쪽 하늘이 뿌옇게 밝아왔다.

"음~ 상쾌하다. 오랜만에 신나게 놀았는걸?"

재밌었다는 나.

"조금 더 패줄 수도 있었는데."

아쉬워하는 세이몬.

"그런 녀석들은 쓴맛을 보여줘야 해."

당연하다는 듯이 고개를 끄덕이는 류미르.

우리는 다음 도시를 향해 떠오르는 태양빛을 받으며 신나게 달렸다.

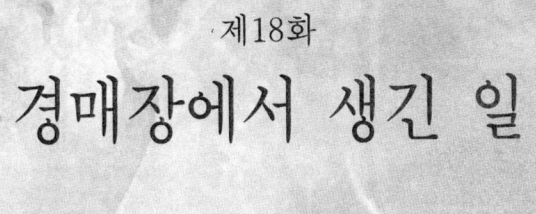

제18화

# 경매장에서 생긴 일

# 경매장에서 생긴 일

그래, 처음 부터 만들 때의 정신 상태가 틀렸 는걸.

다시 만들 어볼 거야. 이것 보다 더 아름 답게.

그래, 나도 아름 답게 한번 만들 어봐야지. 이런 아름 다운 보석 을 나도 만들 어낼거야.

　

우리는 몇 주를 더 달려 드디어 켈튼에 도착할 수 있었다.

켈튼은 켈튼 연합국의 중심이 되는 국가 이름이자 그 국가의 수도 이름이기도 했다.

앞서 소개했듯이 연합국은 약 20여 개의 소국가로 이루어진 국가이다. 말이 소국가지 각 나라에서도 독립국임을 자처하지만 현실상으로는 각각의 나라가 다른 큰 국가의 지방 영지만했다. 중심이 된다는 켈튼국만 해도 서너 개의 큰 도시와 몇 개의 마을로 이루어졌을 뿐이고, 하물며 연합국에서도 작은 국가는 수도인 도시 하나와 몇 개의 마을로 이루어졌을 뿐이다.

이런 연합국이 타 국가와 나란히 설 수 있었던 이유는 비록 각각의 국가가 작지만 상업이 타 국가보다 크게 발달하였고, 또한 각각의 국가마다 확실한 돈벌이가 되는 그 무언가를 가지고 있었기에 나라 크기에 비해 무척이나 부유했다. 더욱이 그들이 각각

개인으로 행동했다간 타 국가에게 쉽게 흡수될 수 있다는 것을 자신들이 제일 잘 알고 있었기에 연합국의 결속력은 보기보다 단단했다.

예전에는 이 연합 국가도 하나의 커다란 나라였다. 바다를 접하고 있는 데다 여러 나라의 중심점에 위치했기에 무역이 빨리 발전하였고, 그와 더불어 상업이 크게 번창하였다.

그러나 그런 태평성대 시기가 계속되자 부패한 귀족들이 생기게 되었고, 때를 맞추어 왕궁에서는 여러 명의 왕비와 많은 후궁들이 낳은 왕자들의 왕위 다툼이 크게 일어났기에 왕실은 매우 혼란스러워졌다.

왕실이 혼란스럽자 지방에 대한 간섭과 견제는 할 수가 없었고, 이때를 틈타 재정적으로 탄탄해진 지방 영주와 귀족들이 반란을 일으켰다. 그중 힘없는 영주나 귀족들은 힘있는 영주에게로 흡수되거나 그들에 의해 소멸당하고 왕실은 무너져 버렸다.

결국 마지막까지 살아남거나 자신의 세력을 넓힌 영주 및 귀족들은 스스로를 왕이라 칭하고 자신의 영토가 독립국임을 선포하였다.

이것이 현재의 켈튼 연합국이었다. 이들 연합국 대부분의 이름은 그 나라의 국왕이 자신이 원래 보유하고 있던 영지나 도시의 이름을 그대로 사용하였다.

`켈튼국도 마찬가지로 켈튼 영주가 세운 국가 이름을 원래 영지 이름을 따서 켈튼국이라고 하였다.

그러나 이들 국가는 워낙 교류가 활발했기에 굳이 여기부터 네 나라, 저기부터 내 나라라고 선을 긋거나 따지지는 않아 국경선이라고 병사들이 지키거나 따로 보초가 있는 건 아니었다. 단지 성이나 도시 자체에서 자신들의 성이나 도시의 치안을 담당하였다.

물론 각 나라의 영토나 경계선은 확실히 있었지만 그건 어디까지나 왕실끼리 정해놓은 거였고 일반 국민들은 전혀 따지지 않았다. 또 실제로 작은 국가이다 보니 국가에서도 따로 국경선을 지키는 것보다는 각자 도시나 성을 자체적으로 치안 유지하는 것이 훨씬 경제적이었기에 별로 신경 쓰지도 않았다.

연합 국가끼리는 상호 불가침 조약을 맺었기 때문이기도 했지만 각 나라가 작다 보니 전쟁해 봤자 침략하는 쪽과 침략당한 쪽만 손해라는 것 때문에 유지될 수 있는 현상이었다.

그랬기에 지명을 말할 때도 나라 이름을 별로 쓰지 않았다. 예를 든다면 내가 '켈튼'이 어디 있냐고 물어본다면 사람들은 '켈튼 국'을 알려주는 게 아니라 '켈튼'이라는 도시를 알려준다는 것이다.

음, 이야기가 너무 옆으로 샜는데 다시 돌아와서… 그런 켈튼에 우리가 드디어 도착한 거였다. 처음 여행을 떠날 때 내가 최초로 정한 목적지가 바로 켈튼이였으니 목적지에 도착한 기쁨은 꽤나 감격스러워야 했겠지만 전혀 그렇지가 못했다. 켈튼 도시로 들어선 우리는 도시의 어마어마한 크기와 번화함에 입을 다물지 못했기 때문에 감격을 느낄 겨를이 없었던 것이다.

도시의 널찍한 대로는 평평한 돌들이 쫙악 깔려 있었고, 5층은 되어 보이는 으리으리한 건물들이 내 시야를 꽉 채웠다.

길거리에는 온갖 마차와 짐을 잔뜩 싣고 있는 수레들이 지나다니고 가지각색의 옷을 입은 사람들은 뭐가 그리 바쁜지 정신없이 뛰어다니고 있어 너무나 복잡했다.

"와우, 정말 크군."

"정신이 하나도 없어."

"길 잃어버리기 쉽겠다."

도시에 들어서자마자 거리 풍경에 정신을 빼앗겨 버린 우리들은 막상 어디로 가야 할지 몰라서 한동안 성문 근처에 엉거주춤하게 서 있기만 했다.

"아힌, 어디로 가야 해?"

세이몬의 물음에 나는 겨우 정신을 차렸다.

"아, 우선은 여관부터 잡자. 그리고 나서 생각하자구."

내가 이들을 이끌고 켈튼으로 왔지만 나도 켈튼은 처음 와보는 거고, 또 인간 세상을 돌아다니면서 이렇게 커다란 도시는 처음 와보는 거였기에 당황스러웠다.

하지만 잠시 후 나는 쓴웃음을 지었다.

이 세상으로 오기 전 내가 살았던 곳은 이곳 켈튼보다 훨씬 더 크고, 더 복잡하고, 사람도 더 많았다는 것을 깨달았기 때문이다. 500년이라는 오랜 세월 동안 이곳에 살면서 점점 그곳을 잊어버리고 있었나 보다. 이제는 그곳에서 알던 사람들도 반 친구들 얼굴이나 이름도 가물가물했다. 하지만 새엄마나 아빠의 얼굴은 여전히 뚜렷하게 떠올랐다. 그리고 내가 살던 집이랑 항상 지나다녔던 골목길, 학교 갈 때 타던 전철, 학교, 그리고 놀러갔던 놀이 공원 등은 아련히 떠올릴 수 있었다.

'아마 오랫동안은 잊어버리지 않겠지.'

오랜만에 예전 생각을 하자 기분이 가라앉았다.

"왜 그래, 아힌?"

류미르의 물음에 퍼뜩 정신을 차렸다. 아마 내 표정이 이상해지자 류미르가 말을 걸어온 것 같았다. 고개를 흔들어 생각을 떨쳐 버렸다.

'현재 나는 여기에 있고, 여행을 즐기러 온 거야. 그것만 생각하자. 여행을 시작한 지 얼마 되지도 않았는데 이러면 안 되지.'

마음을 추슬러 새롭게 다잡고 기분도 팍팍 낼 겸 지나가는 사람들에게 물어물어서 세이몬과 류미르를 도시에서 가장 크고 고급스러운 여관으로 인도했다.

그 여관은 척 보기에도 정말 비싸 보일 정도로 대저택 못지 않은 크기와 화려함을 자랑하며 당당히 서 있었다. 입구 쪽에는 말을 관리하는 사람들이 있었는데 우리가 말에서 내리자 그들이 와서 말고삐를 받아쥐고는 번호표 세 개를 주었다. 나중에 말을 찾아갈 때 이 번호표를 보고 찾는 건가 보다. 말에서 짐을 내려서 ―나는 보물들만 마법 주머니에 넣었기 때문에 배낭이 따로 더 있었다. 류미르와 세이몬도 자신들의 짐을 가지고 있었으니까―안으로 들어갔다.

안도 겉 못지 않게 휘황찬란했다. 들어가자마자 넓은 홀이 나왔는데 맞은편에는 위로 올라가는 넓고 우아한 계단이 있었고, 옆쪽으로 카운터가 보였다. 천장에는 크고 화려한 샹들리에가 햇빛에 반짝이고 있었다.

"아힌, 무지 비싸 보이는데 괜찮겠어?"

류미르가 내 망토를 살짝 잡아끌며 낮게 속삭였다.

"괜찮아, 괜찮아. 우리도 꽤 부자라구. 걱정하지 마."

나는 류미르를 안심시키고 어깨를 펴고 당당하게 카운터로 다가갔다.

"어서 오십시오. 뭘 도와드릴까요?"

카운터 뒤에 서 있던 제복을 입은 남자가 나에게 정중히 물어왔다.

"여기서 며칠 묵으려고 하는데요?"

"특실과 일반 A, B, C실이 있습니다. 어디로 하시겠습니까?"

"특실로, 침대가 세 개 있는 방으로 주세요."

"하루에 1존드입니다. 선불로 하루치 먼저 계산해 주십시오."

그가 나에게 장부를 꺼내며 말했고 나는 그에게 금화 하나를 건네주었다.

'정말 무지 비싸군.'

라고 생각하면서.

"여기에 사인해 주시겠습니까?"

그는 나에게 숙박계와 펜을 건네며 말했고 나는 그곳에 본명을 쓸 수 없어서 '아힌 슈타인 시피르'라고 적었다. 적고 보니 과학자 이름이었지만 일부러 그런 건 아니다. 내 가명과 할아버지 가명을 섞다 보니 그렇게 된 거지.

"짐을 들어드릴까요?"

"됐어요. 얼마 많지도 않으니 우리가 들고 갈게요."

그러자 어느새 내 옆에 나타났는지 같은 제복, 단지 바지 대신 긴치마를 입은 여인이 나를 향해 고개를 살짝 숙여 보이고 카운터의 남자에게 열쇠를 건네받자 나에게 말했다.

"이쪽으로 오시겠습니까?"

나는 세이몬과 류미르에게 따라오라는 손짓을 한 뒤 그녀를 따라갔다.

우리 방은 3층이었다.

문을 열자 고급스러운 가구로 꾸며진 넓은 거실이 나왔고, 거실로 들어가자 거기에 딸린 문이 네 개나 보였다. 세 개는 거실 못지 않게 화려한 침실이었고 하나는 공용으로 쓰는 욕실이었다. 그러나 베란다는 없는 것을 보니 아마 3층에서 밖을 보는 경치는 그저 그런 것 같았다.

그녀가 나에게 열쇠를 건네고 나가자 세이몬은 거실의 푹신해 보이는 소파로 뛰어들었다.

"우와~ 기분 좋다. 이것 봐, 푹 파묻히는걸?"

그러나 류미르는 세이몬과 달리 걱정스럽다는 얼굴로 나를 돌아봤다.

"이렇게 사치해도 되는 거야?"

"걱정 말라니까. 저번에 영주 부인에게 받은 걸로도 며칠은 이곳에서 있을 수 있다고. 아참, 그거 돈으로 바꿔야지!"

그거 말고도 내가 원하는 정보도 있다는 것이 생각났다. 그래도 뭐 급할 건 없으니 오늘은 이만 쉬고 내일 나가자는 데 합의를 본 우리는 각자 방을 정하고 그날 하루는 푹 쉬었다.

다음날, 아침을 먹고 여관을 나섰다.

우리가 제일 먼저 찾아간 곳은 커다란 보석상이었다. 그곳에서 전에 영주 부인에게 얻은 악세서리를 돈으로 바꿀 계획이었다.

그곳 지배인으로 보이는 사람이 우리를 맞더니 내놓은 목걸이, 귀걸이, 팔찌를 돋보기로 자세히 살펴본 뒤 말했다.

"흠, 보석이 흠이 없고 깨끗하기는 하지만 원석이 그리 좋은 건 아니군요. 가공도 그다지 나쁘지는 않지만 그렇다고 좋지도 않구, 더욱이 세공도 뛰어나지 않군요. 이러면 세공 값은 많이 쳐드리지는 못하겠고 거의 보석 값만 드릴 수밖에 없는데요?"

"그게 얼만데요?"

"흠, 목걸이의 세 개, 귀걸이의 각각 한 개씩, 그리고 팔찌의 두 개에다가 세공 값을 조금 쳐드리면… 그래도 5존드밖에 못 드릴 것 같군요."

"뭐, 그 정도면 됐어요. 그다지 돈이 궁하지도 않고, 그게 맘에 안 들어서 처분하려고 했을 뿐이니까."

"그럼 5존드로 할까요?"

지배인은 일어서더니 상점 안쪽으로 들어갔다. 아마 돈을 꺼내오려는 모양이었다.

그때 세이몬이 내 옆구리를 쿡쿡 찔렀다.

"아힌, 이것 좀 봐. 보석 경매가 있대. 경매가 뭐야?"

세이몬이 가리키는 쪽을 보니 벽에 보물 경매를 한다는 벽보가 붙어 있었다.

"물건을 갖다 놓고 살 사람끼리 서로 가격을 말해서 제일 비싸게 부른 사람이 그 물건을 사는 걸 말해."

"흠, 보물 경매라. 내일 한다는데, 우리도 한번 가볼까? 난 경매하는 데 한번도 가본 적이 없거든?"

류미르도 흥미를 가지고 벽보를 바라보며 말했다.

"어디 보자. 세계 3대 보석 목걸이 중 하나인 테아칸 왕비의 목걸이가 나온다고 써 있는걸? 세계 3대 보석 목걸이가 뭐야?"

"그건 말입니다."

상점 안쪽으로 들어갔던 지배인이 우리 말을 들었는지 나오면서 설명해 줬다.

"이 세상에서 가장 비싸고 아름답다고 일컬어지는 세 개의 목걸이를 말하지요. 테아칸 왕비의 목걸이, 에스라 공주의 목걸이, 그리고 레스틴 여왕의 목걸이가 바로 그 3대 목걸이랍니다. 그중 하나인 테아칸 왕비의 목걸이가 이번 경매에 나온다는군요. 그래서 사람들의 관심이 무척 높답니다."

"호~ 모두 다 나라의 이름이 붙여 있군요. 테아칸, 에스라, 레스틴."

류미르가 고개를 갸웃거리며 말했다.

"하하, 그야 예전에는 그만큼 아름다운 목걸이를 가질 수 있는 사람이 왕족이나 귀족들밖에 없었으니까 그렇지요. 지금이야 대부호가 많이 생겨서 그들도 비싼 보석들을 지닐 수 있었지만, 어디 옛날에야 그럴 수 있었나요? 그러니 유명한 옛날 보석들은 다 왕실에서 나온 것들일 수밖에요. 뭐, 현재 그런 것들은 왕실만 소유하지 않고 일반 대부호 손에 들어간 것도 많지만요. 아마 왕실보다 더 많이 가지고 있을지도 모르지요. 자, 여기 돈이 있습니다."

"아, 고맙습니다."

우리는 돈을 받자마자 보석상을 나왔다.

"이제 어디로 갈 거야?"

"이봐, 아힌. 저기 책방이 있다. 한번 가보지 않을래? 인간들의 책방은 어떤 곳인지 궁금하거든?"

류미르가 길 건너편에 있던 책방을 발견하자 흥분해서 말했다.

"그러자. 뭐, 이제 특별히 갈 곳은 없으니까."

그곳 책방은 예전에 내가 있던 서점이랑 크게 다를 바가 없었다. 사면 벽에 천장까지 닿는 책꽂이가 있었고, 그 책꽂이에는 온갖 종류의 책이 꽂혀 있었다. 그리고 그걸로도 책꽂이가 모자라서 책방 중앙에는 커다란 낮은 탁자가 놓여 있었고 그 위에 온갖 책이 즐비하게 꽂혀 있었다.

나는 그곳에서 세계 지리서와 큰 지도를 고르고 책들을 쭉 둘러보고 있는데 그중 '세계의 100가지 보물' 이라는 제목의 책이 눈에 띄었다. 책을 들어 훑어보니 거기에는 세계에서 유명한 보물 100가지를 적어놓았는데 그 보물의 그림과 함께 모양과 가격, 유래 등을 소개하고 있었다. 그곳에 세계 3대 보석 목걸이 소개도 나와 있길래 자세히 살펴보았다.

테아칸왕비 목걸이는 백금 줄과 연결된 진주 가루를 뿌려 멋을 낸 백금으로 만든 각이 진 초승달 모양의 판에, 작경 2인치짜리의 다이아몬드를 작은 사파이어들이 둘러싼 다섯 개의 펜던트를 각각 백금 사슬로 양결로 연결해 놓아 특이한 멋을 부린 목걸이. 특별히 정교한 조각을 한 것은 없으나 목걸이에 달린 다이아 하나만 해도 구하기 힘든 크기의 보석이며, 또한 그 목걸이는 보석의 조화를 최대로 살린 목걸이로 알려지고 있다. 이 목걸이는 옛날 테아칸왕국의……

'어라? 이거 어디서 들어봤던 말인데? 어디서 들어봤더라. 책에서 읽은 건 아니구… 누구에게서 들었는데 엄마는 아니구, 할아버지가 보석 이야기를 해주실 리는 없구, 할머니도 아닌 것 같구, 그럼 누구지? 보석에 대해 말해 준 드래곤이… 아, 칸 크제나. 맞아, 칸 크제나가 나한테 선물로 주면서 말해 줬지. 잠깐만! 받은 게 무슨 목걸이였지? 우씨, 기억이 안 나.'

열심히 머리를 굴리고 있는데 누군가 뒤에서 어깨를 탁 쳤다. 깜짝 놀라 뒤를 돌아보니 류미르가 나를 바라보고 있었다.

"뭐 해? 책 아직도 못 골랐어?"

"응? 아아, 아냐. 다 골랐어. 넌 어때?"

"나? 난 이걸 골랐지."

류미르가 나에게 내민 책을 보니 '초보 여행자를 위한 기본 상식'이라고 쓰인 책이었다.

"역시, 류미르. 이게 처음으로 하는 여행이지?"

"쳇, 그러는 넌 아니냐? 뭐, 피차 다 아는 사실을 새삼스럽게."

류미르는 책을 얼른 가져가며 말했다.

"세이몬은 뭘 고른 거야?"

"아아, 아직 이 세상 일을 잘 모를 것 같아서 내가 영웅 소설책 몇 권을 골라줬어."

"영웅 소설책? 그거 영웅이 일행이랑 모험하다가 뭐, 마왕이나 악룡을 만나서 물리친다는 이야기?"

"응, 맞아."

"그럼 거기 악당이 마왕이야?"

"응, 공포의 암흑 마왕. 예전에 내가 재밌게 읽은 거지."

"그런데 류미르, 혹시 마왕은 마족 아니냐?"

"당연하지. 마왕이 마족인걸 뭐. 새삼… 힉? 에구구~ 이런!"

류미르는 허겁지겁 세이몬이 있는 쪽으로 달려갔다. 다행히 세이몬은 여관에서 책을 읽는다고 아직 읽지는 않고 있었다. 그래서 류미르와 나는 마왕이 아닌 못된 마법사가 악당으로 나오는 책을 골라줬다. 처음에 류미르는 악룡이 나오는 걸로 골라주려고 했지만 내가 딴 걸로 골라주었던 것이다. 그리고 그것 말고도 '재미있는 세계 건국 전설 모음집'이란 책도 골라서 같이 샀다.

여관으로 돌아와서 우리는 각자가 사 온 책을 들여다보기 시작했다. 여행하면서 책 읽을 시간은 따로 찾기 힘들기 때문에 시간 있을 때 미리미리 읽어둬야 하기 때문이었다.

나는 내가 고른 '세계의 100가지 보물'이란 책을 펼치다가 서점에서 칸 크제나가 준 목걸이가 뭔지 떠오르지 않았다는 것이 기억났다. 그래서 마법 주머니를 열고 크제나가 준 보석 상자를 꺼냈다.

내가 책을 읽다 말고 마법 주머니에서 어떤 상자를 꺼내자 류미르와 세이몬도 책을 읽다 말고 흥미를 보였다.

"그게 뭐야, 아힌?"

"아, 지난 내 생일날 받은 선물이야."

"그걸 갑자기 왜 꺼내는 거야?"

"아니, 뭔가 좀 이상해서."

나는 상자를 탁자 위에 올려놓고 뚜껑을 열었다. 뚜껑이 열리면서 나타난 아름다운 목걸이에 류미르와 세이몬은 넋을 잃고 바라보았다.

"우와~ 아름답다."

"영주 부인 것과는 비교도 안 되겠는걸?"

류미르와 세이몬이 감탄사를 터뜨렸지만 나는 목걸이를 보고 당황할 수밖에 없었다.

그건 바로 책에 나와 있던 그 삽화와 똑같이 생긴 테아칸 왕비의 목걸이였던 것이다.

"류미르, 세이몬. 이게 무슨 목걸인 줄 알아?"

"선물 받은 거라며?"

"내가 어떻게 무슨 목걸인 줄 알겠냐?"

"이거 테아칸 왕비의 목걸이야."

"그래? 무지 비싸 보이는데? 아힌, 너네 부자인가 보다."

"왕비 목걸이라잖아. 그래서 이렇게 화려한 거군."

"이 멍청이들아~! 아까 보석상에서 벽보 읽은 것도 기억 안 나냐? 내일 경매에 이 목걸이가 나온다잖아!"

나의 이 외침에 어떻게 된 일인지 알아챈 류미르는 놀라서 눈이 동그래졌지만 세이몬은 아직도 뭐가 뭔지 모르는 듯 태평하게 목걸이만 보면서 고개를 끄덕였다.

　"아, 그게 이 목걸이야?"

　"세이몬, 그렇게 감탄하고 있을 때야? 아힌, 이게 왜 너한테 있냐?"

　"선물 받은 거라고 했잖아. 아는 할머니가 생일 선물로 준 거란 말야."

　"그럼 내일 경매에 나오는 건?"

　"가짜겠지. 이건 진짜라구. 아님 이게 모조품이거나. 하지만 이 보석은 진짜란 말야."

　"똑같은 보석으로 만든 걸 수도 있잖아."

　"내 말이 바로 그거야. 하지만 어느 게 진짜인지 알 수는 없잖아? 난 이거 받을 때 처음 본 거라구. 그분이 주실 때도 테아칸 왕비의 목걸이라구 하셨고."

　"만약 이게 진짜라면 경매에 나오는 건 가짜겠네? 그럼 그 사람들은 그게 가짜라는 걸 모를까?"

　"우~ 머리 아파. 나도 몰라. 어쨌든 내일 그 경매에 가서 확인해 봐야겠어."

　류미르와 내가 심각하게 대화하고 있을 때 세이몬이 물끄러미 목걸이를 바라보다가 말했다.

　"근데 아힌, 남자가 생일 선물로 이런 목걸이를 받아?"

　그러자 류미르가 나를 수상하다는 듯이 바라보았다.

　"맞아. 그러고 보니 누가 남자애한테 이런 걸 생일 선물로 주냐?"

나는 그 모습을 보다가 한숨을 폭 내쉬고 말했다.

"얘들아, 내가 언제 내가 남자라고 한 적 있어?"

"허걱?! 아힌, 너… 그럼……."

류미르가 갑자기 벌떡 일어나며 외쳤다.

"그래, 난……."

"호모?"

"윈디!"

류미르는 갑자기 생성된 강한 바람에 의해 뒤로 떠밀려 넘어져 버렸다.

"이 멍청아! 거기서 왜 호모가 나와? 난 여자란 말야!"

"헤, 아힌, 너 여자였어? 남자인 줄 알았는데."

옆에 앉아 있던 세이몬이 놀랍다는 듯 말했다.

"왜 숨긴 거야?"

뒤로 넘어지는 바람에 바닥에 뒤통수를 박은 류미르가 머리를 한 손으로 감싸쥐며 일어나면서 물었다.

"누가 언제 숨겼냐? 너희들이 물어보지 않았잖아? 난 남자인 척한 적 없어."

"칫, 여자라니."

"류미르, 내가 여자라서 기분 나쁜 거 있어?"

"아니, 뭐, 그런 건 없지만……."

류미르는 나를 힐끔 바라보며 말을 이었다.

"가슴이 없으니 정말 남잔지 여잔지 구분이 안 가는군."

"아이스 미사일!"

"우아아아~ 악!"

"근데 여자라면서 왜 치마를 입지 않은 거야?"

"생각해 봐, 세이몬. 치마 입고 여행을 다니면 얼마나 불편하겠냐? 귀찮아서 그냥 바지 입고 다니는 거야."

세이몬이 알았다는 듯 고개를 끄덕끄덕했다.

"어쨌든 내일 그 경매장에 가보자. 그럼 어느 게 진짜인지 알게 되겠지."

다음날 아침 우리는 일찍 일어나서 여관을 나섰다.

여관 종업원이 해준 말에 의하면 이 보석 경매는 1년에 한 번씩 열리는데 그 경매에 나오는 보석들 대부분이 비싸고 화려한 것들이어서 구입 희망자는 물론 구경하는 사람들도 많이 몰린다고 한다. 게다가 그 경매가 시작되면 경쟁이 보통 치열한 게 아니라서 아침부터 시작해서 저녁때까지 계속되기 때문에 경매에 참가하지 않는 한 제대로 좋은 곳에서 구경하려면 일찍 가서 자리를 차지해야 한다고 했다.

그래서 우리 딴에는 일찍 오느라고 왔는데 다른 사람들은 우리보다 더 부지런했는지 구경하는 자리 중 의자는 벌써 꽉 찼고 그 뒤에도 몇 겹으로 사람들이 둘러싸고 있었다.

"우와~ 엄청난 사람들. 이 사람들이 다 구경하러 온 거야?"

여관을 나설 때는 잠이 덜 깨서 몽롱한 채로 류미르에게 끌려와야 했던 세이몬이 구경하러 모인 많은 사람들을 보자 잠이 확 깬 듯했다.

"어쩌지? 자리가 없네. 아침을 먹지 말고 올 걸 그랬나?"

"그래도 소용없었을걸? 저것 봐, 사람들이 도시락까지 싸가지고 왔잖아."

아무리 눈 씻고 찾아봐도 적당한 자리가 보이지 않았다.

주위를 계속 훑어보면서 자리를 찾고 있는데 저쪽에 안쪽으로 들어가는 길을 만들어놓은 게 보였다. 그리고 그 길 입구에 어떤 사람이 책상 앞에 앉아 있었는데, 그 책상 반대편에는 세 명의 사람이 줄을 서고 있었다.

내가 그쪽을 보고 있자 류미르가 내 시선을 쫓아오다 그걸 봤는지 나에게 물어왔다.

"어라? 저긴 뭐 하는 거지?"

"글쎄, 한번 가볼까?"

"뭐 하는 건지도 모르고 그냥 무조건 가면 어떻게 해?"

"뭐 어때? 여기 있어봤자 자리도 없잖아. 뭐 하는 건지 가보자고."

내가 앞장서서 가자 류미르가 따라왔다. 그리고 잠시 후 세이몬이.

"야, 너희끼리만 가면 어떻게 해?"

라고 소리치며 뛰어왔다.

알고 보니 책상 앞에 앉은 사람은 경매 참가 신청을 받고 있는 사람이었다.

보통 경매는 전날까지 참가 신청을 받지만 이 경매는 멀리 타국에서도 참가하러 오기 때문에 자칫 늦을 수도 있는 사람들을 위하여 경매 한 시간 전까지 참가 신청을 받는다고 했다.

"얘들아, 우리도 경매에 참가하자."

내 갑작스런 제안에 류미르가 눈을 크게 떴다.

"경매에? 왜? 그거 사려구?"

"아니, 그게 아니라 자리가 없잖아. 경매에 참가하면 편한 자리에 앉아서 구경할 수 있잖아. 뭐, 이쁜 거 있으면 살 수도 있고, 어때? 좋은 생각이지?"

그러자 세이몬이 적극적으로 찬성했다.

"하자하자. 나 그거 하는 거 한번 보고 싶어."

"아힌, 그러다가 돈 다 쓰면 어쩌려구?"

"내가 넌 줄 알아, 돈을 다 쓰게? 걱정 마. 우리 중 내가 제일 금전 감각이 뛰어나니까."

"헹, 금전 감각이 뛰어난 사람이 그런 고급 여관에서 묵냐?"

"어때서 그래? 너도 좋으면서. 아힌, 빨리 신청이나 하자."

"세이몬, 경매할 때 네가 갖고 싶은 거 나오면 말해. 너, 경매하게 해줄게."

"에? 나 할 줄 몰라."

"괜찮아, 괜찮아. 내가 옆에서 가르쳐 주면 되잖아."

"정말? 류미르, 너도 할 거야?"

"난 그런 거 관심없어."

"류미르, 입에 침이나 바르고 말해라. 너도 보석 좋아하잖아."

뜨끔해하는 류미르를 뒤로하고 나는 참가 신청을 했다.

"여기 번호표가 있습니다. 100번이시군요. 하긴, 오늘은 테아칸 왕비의 목걸이가 경매에 나와서 그런지 보통 때보다 참가자가 두 배는 늘었어요. 구경하는 사람들도 더 늘고. 아, 경매 참가자는 이쪽으로 들어가세요. 이제 한 시간 후면 경매가 시작됩니다. 수행원은 두 분까지 참석 가능하니까 유념해 주세요."

경매 시작 시간이 한 시간밖에 남지 않아서 뭘 하기에는 어중간했기에 그냥 들어가서 있기로 했다.

줄을 따라 들어가자 사람들에게 가려서 아까는 보이지 않았던 경매장이 보였다. 앞쪽 높은 단상에는 사회자가 서는 자리와 경매

물품을 올려놓는 탁자가 있었고, 단상에서 조금 떨어진 곳에 경매 참가자들이 앉는 의자들이 나란히 정렬되어 있었다. 그 뒤로 이쪽 끝에서 저쪽 끝까지 경매장 안을 횡대로 줄이 가로질러 있었는데 그건 아마도 구경하는 사람들과 참가자들을 구분하기 위한 경계 선인 것 같았다.

그런 경매장에 들어와서 내가 어디에 앉아야 하는지 몰라 두리 번거리고 있을 때 안내자인 듯한 사람이 와서 정중히 말했다.

"번호표를 보여주시겠습니까?"

내가 번호표를 보여주자 그는 번호표를 보더니 우리를 맨 뒷줄 의 끝에 있는 의자로 안내했다. 아마 내가 거의 마지막 참가자였 던 모양이다.

뒤에 구경하는 사람들은 벌써 꽉꽉 들어차 있었지만 경매 참가 자들이 앉는 의자들은 거의 텅 비어 있었다. 단지 내 앞줄에 몇 명이 앉아 있을 뿐이었다. 그러나 시간이 지남에 따라 사람들이 속속 들어와서 자리를 메꾸어갔다.

정말 가지각색의 남녀노소들이 왔는데 공통점은 모두 다 매우 값비싼 옷을 입고 수행원을 하나둘씩 데리고 있다는 점이었다.

"역시 부자들만 모여드는군."

류미르도 그걸 알았는지 낮게 중얼거렸다.

내 옆에도 어떤 뚱뚱한 남자가 자리를 잡고 앉았다. 값비싼 실 크로 된 옷을 입고 목에는 금 사슬을 여러 줄 매고 있었다. 그리 고 그의 뒤에는 비서로 보이는 약간 마른 중년 남자와 경호원으 로 보이는 우락부락한 근육맨이 버티고 섰다.

사람들이 다 자리를 잡고 앉았을 때 단상으로 어떤 나이 지긋 하고 좋은 옷을 입고 있는 인상 좋아 보이는 한 신사 분이 올라왔다.

"신사 숙녀 여러분, 오래 기다리셨습니다. 이제부터 올해 보석 경매를 시작하겠습니다."

그가 나무 망치를 들어 단상을 두 번 내려치자 경매가 시작되었다.

처음 올라온 물건은 머리 장식이었다. 진주로 꽃을 만들어 달고 그 주위로 백금으로 만든 잎으로 둘러싼 무척 아름다운 거였다.

"호, 역시 이름 높은 보석 경매다운걸? 초반부터 저런 걸 내놓다니."

류미르가 머리 장식에 감탄하면서 고개를 끄덕였다.

"류미르, 맘에 들어? 사주랴?"

"내가 저걸 어따가 쓰냐?"

"머리 장식할 때 쓰지. 너한테 잘 어울리겠는걸?"

"헹, 나보다는 너에게 더 잘 어울리는 거 아냐?"

"그럼 나 사줄래?"

"내가 돈이 어딨냐?"

"왜 없어? 나한테 있잖아. 모자르면 내가 돈 빌려줄게. 걱정 말고 나에게 사줘."

류미르와 내가 실없는 대화를 나누고 있을 때 머리 장식에 대한 경매가는 계속 올라갔고, 세이몬은 정신없이 경매하는 것을 지켜보고 있었다. 처음 보는 거라 무척 신기했나 보다.

결국 그 머리 장식은 어떤 부잣집 마나님께 4존드에 넘어갔다.

다음 경매 물품으로 올라온 것은 팔찌였다. 너비가 5cm쯤 되어 보이는 황금으로 만들어진 팔찌였는데 팔찌 양끝이 더 두껍게 황금으로 테가 둘려 있었고, 그 사이에는 옆으로 누인 'S' 자 모양의 곡선이 팔찌를 한 바퀴 휘감고 있었다. 그리고 그 둥근 곡선 사이사이에 파란 사파이어가 하나씩 박혀 있었다.

"우와, 예쁘다."

여기저기서 감탄사가 터지는 가운데 내 옆에서도 감탄사가 터져 나왔다. 세이몬이었다.

"세이몬, 저게 맘에 들어?"

"응, 류미르는 안 예뻐?"

"비싸 보이긴 하지만, 내가 보기엔 족쇄 같아."

"그래? 난 예쁘기만 한데."

"세이몬, 저게 맘에 들면 사줄까?"

"정말? 사줄 거야, 아힌?"

"그러엄~ 세이몬이 맘에 들어하는데 하나 사주지 뭐. 경매장에 왔으니 뭔가 하나는 사야 하잖아?"

그때 벌써 여기저기서 사람들이 가격을 부르고 있었다.

"1존드 50."

"2존드."

"2존드 30."

"2존드 50."

"2존드 70."

"2존드 80."

"3존드."

……

"3존드, 3존드까지 나왔습니다. 더 없으십니까?"

어떤 귀족처럼 보이는 중년 남자가 3존드까지 불렀을 때 더 이상 가격을 부르는 사람이 없자 사회자가 소리 높여 물었다. 그래도 대답이 없자 사회자는 망치를 들어 단상을 내려치려고 했다.

망치를 두 번 내려치면 그 팔찌는 3존드를 부른 귀족 남자에게로 넘어갈 것이다.

"3존드 30."

사회자가 망치로 단상을 내려치기 직전에 내가 재빨리 가격을 외쳤다. 그러자 그 귀족 남자가 고개를 돌려 나를 한번 힐끔 쳐다보더니 다시 가격을 올려 불렀다.

"4존드."

"4존드 50."

나도 질세라 50셀을 더 올려 외쳤다.

"4존드 70."

"5존드."

나는 귀족 남자가 더 부를 것이라 예상하고 6존드까지 부를 각오를 했는데 예상외로 그는 가만있었다. 아마 포기한 모양이었다.

"5존드, 5존드까지 나왔습니다. 더 없으십니까?"

사회자가 주위를 둘러보며 외쳤지만 더 가격을 부르는 사람은 없었다.

"예, 그럼 이 황금 세공 팔찌는 5존드에 100번 참가자님께 넘어갔음을 선언합니다."

"우와~"

그가 망치를 두 번 내려치며 선언하자 세이몬은 팔짝팔짝 뛰며 좋아했다.

"쳇, 기껏 영주 부인에게 얻은 5존드가 세이몬에게 그냥 넘어갔군."

"삐지지 마, 류미르. 너한테도 하나 사줄게."

"누가 삐졌다고 그러는 거야?"

그 뒤에도 경매는 계속되었고 정오가 되어서야 점심 식사 시간 겸 한 시간 휴식에 들어갔다. 그때까지 경매 열기는 점점 뜨거워져 갔고 경매에 참여하는 사람뿐 아니라 구경하는 사람들까지 조마조마하면서 경쟁을 지켜볼 정도였다. 그러나 휴식 시간이 될 때까지도 테아칸 왕비의 목걸이는 나오지 않았다. 아마 유명한 것이니만큼 나중에 나오려는 듯했다.

휴식 및 점심 시간이 끝나고 다시 경매는 계속되었다.

그런데 그때쯤에 나는 자꾸 걸리는 게 하나 있었는데 그것은 바로 류미르의 태도였다.

세이몬에게 팔찌 하나를 사줘서 류미르에게도 하나 사줬으면 좋겠다 싶어서 괜찮은 물건이 나오면 류미르에게 어떠냐고 물어봤지만 물어보는 물건 모두 맘에 들어하지 않는 거였다.

이유도 가지가지였다. 세공이 맘에 안 든다느니, 너무 커서 무거워 보인다느니, 보석이 안 예쁘다느니, 노땅 스타일이라느니 등등… 자기가 언제부터 그렇게 안목이 높았는지 류미르가 맘에 든다고 하는 물건은 하나도 없었고 죄다 류미르에겐 하나씩 흠이 보이는 것뿐이었다.

결국 난 맘에 드냐고 묻는 것을 포기해 버렸지만, 류미르에게 뭔가 하나 사줘야 할 것 같다는 생각이 계속 내 머리 속을 자극하고 있었다.

그렇게 시간은 계속 지나가고 이제 경매도 막바지에 이르렀을 즈음 새로 물건이 하나 올라왔다. 황금으로 된 서클릿이었다. 디자인이 단순, 깔끔하면서도 우아해 보였고 세공도 꽤 고급스럽게 된 서클릿이었다. 앞쪽이 'V' 자 모양을 하고 있었는데 그 뾰족한 부분에 푸른 에메랄드가 하나 박혀 있어서 눈과 머리카락이 푸른 류미르가 하면 꽤 잘 어울릴 것 같았다(참고로 말하자면 우리 셋은 머리카락과 눈동자 색이 동일했는데, 류미르는 푸른색, 나는 붉은색, 그리고 세이몬은 검은색이다).

그러나 이번에도 류미르에게 맘에 드냐고 물었다간 또 무슨 이유를 대면서 맘에 안 든다고 할 것 같아서 내가 그냥 사서 나중에 주기로 결심했다. 그때.

"3존드 50. 3존드 50까지 나왔습니다. 더 없으십니까?"

라고 외치는 사회자의 목소리에 정신이 번뜩 들었다. 내가 생각에 빠져 있는 동안 벌써 서클릿의 가격이 대충 결정되어 가고 있었던 것이다.

"4존드!"

내가 사려는 걸 남에게 빼앗기기는 싫어서 나는 재빨리 소리쳤다.

"예, 4존드 나왔습니다."

"4존드 20!"

"5존드!"

누군가 나보다 더 가격을 올려 부르길래 경쟁하기 귀찮은 나는 가격을 왕창 올려서 불러버렸다.

"아힌, 저걸 네가 하려구? 너한텐 안 어울리겠다."

"류미르, 네가 언제부터 그렇게 안목이 높았냐?"

"이건 누구나 보면 다 안다구. 왜 저걸 사려구 하는 거야?"

"예쁘잖아."

내 한마디에 말문이 막혀버린 류미르는 더 이상 말을 잇지 못했다. 하긴 예쁘니까 사지, 안 그러면 왜 사겠어?

결국 나보다 더 높은 가격을 부르는 사람이 없었기에 그 서클 릿은 내 차지가 되었다.

그리고 드디어 마지막이자 가장 관심이 집중되어 있던 '테아칸 왕비의 목걸이'가 나왔다.

올라온 그 목걸이를 보자 나는 깜짝 놀랐다. 내가 가지고 있는 목걸이와 정말 똑같을 뿐 아니라 보석들도 모두 진짜였던 것이다.

여기저기서 여느 때보다 사람들이 감탄하는 소리가 크게 나왔다. 구경하는 사람들뿐만 아니라 경매에 참가한 사람들까지 모두 크게 술렁거렸기에 사회자가 망치를 두드려서 조용히 시켜야 할 정도였다.

"아힌, 어떻게 된 거야? 네 거랑 똑같이 생겼잖아?"

세이몬이 당황한 목소리로 속삭였고 그 목걸이를 주의 깊게 관찰하던 류미르도 황당하다는 듯 속삭였다.

"보석들도 진짜야. 이렇게 되면 정말 어느 게 진짜인지 알 수가 없겠군."

"동감이야, 나도 그렇게 생각해. 하지만 할머니가 나한테 가짜를 주실 리가 없는데."

"네 것도 진짜잖아."

"그렇지. 보석도 진짜고, 모양도 저거랑 똑같아."

"혹시 테아칸 왕비 목걸이가 원래 두 개가 아니었을까?"

"그렇진 않을 거야, 세이몬. 만약 그렇다면 세계 3대 목걸이가 아니라 세계 4대 목걸이라구 했을걸? 그리고 정말 두 개를 만들었어도 이렇게 똑같이 만들었겠어?"

"그런가?"

"우와! 저것 좀 들어봐. 딴 물품이랑 가격부터 차이가 큰걸? 벌써 10존드까지 나왔어."

"세계 3대 목걸이잖아. 50존드까지 나와도 당연하다고 생각해."

경쟁은 정말 치열했다. 누군가 가격을 부르면 그에 질세라 또 다른 누군가가 가격을 올려 불렀고, 그러면 또 다른 누군가는 더 올려서 불렀다.

"불꽃이 튀는데?"

세이몬도 놀라운지 한마디 던졌다.

근데 그때 내 옆에서 누군가 터져 나오려는 웃음을 억지로 참고 있는 듯한 소리가 들렸다.

소리가 나는 쪽으로 고개를 돌리니 내 옆자리에 앉아 있던 그 뚱뚱한 중년 남자가 뭐가 그리 좋은지 입이 귀밑까지 찢어져 있었다. 그래도 참으려고 통통해서 살짝 건드려도 터질 것 같은 손으로 입을 틀어막았지만 그 손에도 틈새가 있었는지 바람이 새어 나오는 건 어쩔 수 없었다. 그런데 더 이상한 건 그의 뒤에 서 있던 비서 같은 중년 남자의 얼굴이 침통해 보인다는 것이었다. 경매장에서 가격이 치솟는 걸 보며 좋아하는 남자와 침통해하는 그의 수행원. 정말 묘한 관계였다.

이제 가격은 아까보다 훨씬 높아져 50존드를 넘어서고 있었다. 포기한 사람도 몇몇 나오고 있었지만 그래도 아직까지는 치열하게 경쟁하는 사람이 더 많았다. 그걸 보며 내 옆의 뚱뚱한 남자는 입이 더 벌어졌고 그의 수행원의 얼굴은 점점 더 어두워져 갔다.

"저 뚱뚱한 남자가 이 경매장의 주인인가 보군."

류미르도 보고 있었는지 나에게 낮게 속삭였다.

"그런데 그의 수행원은 왜 저러지?"

"나도 모르겠어. 정말 묘하지 않아? 고용주가 저리 좋아하는데 우울한 표정이라니. 뭔가 이상해."

내 말에 류미르도 고개를 끄덕였다.

경매 가격은 점점 높아져 이제 100준드 가량 되었다. 이제는 서서히 포기하는 사람들이 늘어갔다. 하지만 그때까지도 포기하지 않고 있는 사람들은 계속 가격을 높여나갔다.

"정말 어마어마한 금액인걸?"

"그만큼 테아칸 왕비의 목걸이가 탐나는 거겠지. 그러고 보니 할머니가 이걸 주며 말씀하시길 테아칸 왕국에서 재정이 모자라 이걸 처분했는데 어떤 상인이 이거 하나 사려구 전 재산을 모조리 내놨다구 하더라. 진짜인지 아님 과장된 건지 모르지만 그만큼 매력있다는 소리겠지?"

"근데 아힌, 나 네 목걸이와 저 목걸이하구 다른 점을 알아냈어."

계속 경매를 지켜보고 있던 세이몬이 갑자기 뚱딴지 같은 소리를 해서 류미르와 대화하고 있던 나는 세이몬에게로 시선을 돌렸다.

"다른 점? 저렇게 똑같이 생겼는데?"

"똑같이 생기긴 했지만, 네 건 무척 오래되어 보였는데 저 목걸이는 새것같이 반짝반짝거려. 안 그래, 류미르?"

"어? 그러고 보니 정말 그렇네? 이봐, 아힌. 테아칸 왕비의 목걸이는 오래 된 거 아냐?"

"응? 아, 맞아. 몇백 년 전 거라고 했으니 오래 된 거지."

"그런데 그렇게 오래된 목걸이가 저렇게 새것처럼 반짝거릴 수 있니?"

"글쎄, 깨끗이 닦아서 그렇지 않을까? 왜 보석 닦는 방법이 있 잖아?"

"그래도 새것처럼 깨끗하게 닦이진 않지."

우리 대화에 갑자기 누군가 다른 목소리가 끼어들었다. 놀라서 주위를 둘러보니 사방이 조용해져 있었고 시선이 전부 우리 쪽으로 쏠려 있었다. 그리고 아까 그 목소리가 다시 한 번 말했다.

"그래, 맞아. 몇백 년 전의 목걸이가 새것처럼 반짝일 리가 없 지."

이제는 사람들이 웅성웅성거리기 시작했다. 단상 위의 사회자는 어쩔 줄 몰라 했고, 내 옆의 뚱뚱한 남자는 경직되어 버렸다.

"여러분, 조용히! 우리 보석 경매장은 품질을 엄격하게 심사하 여 진품만을 내놓습니다."

사회자가 소리 높여 외쳤다. 그러자 누군가가 물었다.

"그럼, 몇백 년이나 된 목걸이가 마치 새것처럼 반짝거리는 이 유가 뭐요? 당신들만의 특별 세척 방법이라도 있는 거요?"

그리고 또다시 터져 나오는 말.

"저건 진짜가 아니야!"

경매장은 그 말 한마디로 인해 완전히 소란스러워졌다. 그리고 화가 난 경매 참가자들은 제각기 일어나서 나가버리느라고 주위 는 정신이 없을 정도였다. 그러나 그 순간에도 내 등골을 오싹하 게 하는 살기 어린 시선이 느껴져 그 시선의 근원지를 찾아가 보 니 내 옆에 있던 그 뚱뚱한 남자가 나를 죽여버릴 것처럼 노려보 고 있었다.

"이~ 쥐새끼 같은 놈들이……."

"얘들아, 왠지 여기 있으면 안 될 것 같지 않니?"

나는 류미르와 세이몬을 데리고 재빨리 일어나서 입구로 다가갔다. 그러나 사람들이 너무 많이 몰려 있어서 나가기가 그리 쉽지만은 않았다.

그때 뒤에서 들려오는 청천 날벼락 같은 소리.

"저놈들을 잡아!"

그러자 경매장 내에 있던 경호원들이 우리에게로 우르르 달려들었다.

잘못한 건 없었지만 왠지 잡히면 안 될 것 같은 예감이 들었다.

"흩어져. 나중에 여관에서 만나자구."

우리 셋은 달려드는 경호원들을 피해 사방으로 흩어졌다.

나는 입구가 막혀 도저히 나가지 못할 것 같아 구경하는 사람들과 경매 참가자들을 가로지르는 경계로 돌진했다. 경계가 줄 하나였기에 그걸 뛰어넘어 밖으로 나가려는 생각이었다.

그러나 그곳에도 많은 사람들이 아직 밖으로 나가지 못하고 있었기에 나는 꼼짝없이 경매장 안에 있어야 했다.

보아하니 류미르와 세이몬도 별 좋은 상황은 아니었기에 나는 도망갈 생각은 포기하고 정면으로 맞붙어 나갔다.

"흥! 날 잡으시겠다구? 어디 잡아보시지!"

나는 나에게 달려드는 경호원들에게 파이어 볼을 한 방 날리고 그 뚱뚱한 남자가 있는 쪽으로 달려갔다. 그를 인질로 잡아 경호원들을 막을 생각이었다. 하지만 그 뚱뚱한 남자 옆에는 근육맨이 버티고 있다는 생각을 미처 하지 못했다.

뚱뚱한 남자 뒤에 서 있던 근육맨은 나를 보자 천천히 앞으로 걸어오며 느긋하게 검을 뽑아 들었다.

'우씨, 되게 여유만만이네.'

상대방이 너무 느긋하게 있자 나는 내심 긴장하면서 내 검을 뽑아 들고 신중하게 노려보았다. 그런데 그 근육맨은 싱글싱글 웃기만 할 뿐 덤벼들 기미를 보이지 않았다.

'뭐야? 왜 저렇게 웃기만 하는 거지? 어유, 기분 나빠. 내가 그렇게 약해 보이나?'

나는 바쁜데 상대방이 덤빌 생각을 안 하자 내가 먼저 공격했다. 여차하면 재빨리 튈 수 있게 급소를 노리지 않고 팔목을 노렸다. 내가 공격하면 그쪽도 공격할 것이라고 예상하면서.

내가 찔러 들어오자 근육맨은 정말 실력이 뛰어난지 거의 몸을 움직이지 않은 채 내 검을 피해냈다. 하지만 그것뿐이었다. 몸을 피한 뒤 공격할 거라 생각했는데, 그는 그냥 피하기만 했을 뿐 공격하려는 움직임을 보이지 않았다.

'왜 공격을 안 하지?'

나는 뻗었던 검을 크게 원을 그려 다시 뒤로 돌리면서 이번엔 그의 다리를 노렸다. 그러나 이번에도 그는 손을 약간 움직여 검을 이동시켜 내 검을 막고는 그냥 싱긋 웃을 뿐이었다.

정말 되게 기분 나빴다.

다시 공격하기 위해 검을 회수하며 뒤로 빠지다가 근육맨과 같이 있던 그 뚱뚱한 남자의 또 다른 수행원과 눈이 마주쳤다. 그런데 그는 매우 다급한 눈짓으로 내 뒤를 가리켰다.

얼른 뒤를 돌아보니 거기는 어느새 왔는지 경호원 대여섯 명이 버티고 서 있는 것이었다.

"이런, 포위를 당했군. 그러길래 주위를 잘 살폈어야지."

그 근육맨은 이걸 노리고 있었는지 나한테 씨익 웃어 보이면서 검을 거두고는 친절한 충고 한마디도 해주었다.

재빨리 경매장 안을 둘러보니 아직 경매장 안은 미처 사람들이 다 빠져 나가지 못한 데다 류미르와 세이몬도 빠져 나가지 못한 상태에서 경호원들에게 쫓기고 있었다.

다급해진 내가 사람들이 다치는 것도 다 무시해 버리고 큰 마법을 날릴까 고민하고 있을 때, 마침 경매장 건물의 벽이 눈에 들어왔다. 2층 높이에 위쪽에는 커다란 유리창이 있어서 경매장 안으로 햇빛이 잘 들어올 수 있게끔 되어 있었다.

내 주위를 다시 살펴보니 뚱뚱한 남자는 아직도 화가 나 있는지 얼굴이 벌개져 씩씩대고 있었고 근육맨은 느긋한 표정으로, 그리고 그 옆의 다른 수행원은 초조한 얼굴로 나를 바라보고 있었다. 그리고 나를 포위한 경호원들은 한 발 한 발 나에게로 다가오고 있었다.

나는 그들을 향해 한번 씨익 웃어주었다. 그리고.

"윈드 플로우!"

강한 바람이 내 주위에서 일어나 사방으로 휘몰아쳤다. 내게로 다가오던 경호원들이 쓰러지고 의자들이 휩쓸려가고 사람들이 넘어지고 여기저기서 비명 소리가 났다. 덕분에 혼란스러웠던 경매장 안이 더욱더 아수라장이 되었다.

이때를 틈타 나는 벽을 향하여 평소에 사용하는 것보다 두 배 더 강력한 '버스트 프레아'를 날렸다. 수십 개의 강력한 파이어볼들이 벽과 충돌하여 폭발하면서 커다란 구멍을 만들었고, 아직 강력한 바람에 경호원들이 일어서지 못하는 틈을 타 재빨리 구멍을 통해 밖으로 달려나갔다.

원래는 창문으로 도망치려고 했는데 그 뚱땡이의 얼굴을 보는 순간 무고한 나를 잡으려는 그가 미워져서 조금이라도 더 손해를 입히려고 벽을 부숴버린 것이었다(나도 참 못됐지).

그런데 내가 밖으로 나오자 건물 안을 휩쓸던 바람이 멈췄는지 물건들이 와장창 떨어지는 소리가 들렸고 그와 함께 그 뚱땡이가 소리치는 게 들렸다.

"이 멍청이들아, 뭘 하고 있는 거야! 벌써 밖으로 나갔잖아. 빨리 잡아와!"

살짝 뒤를 돌아보니 근육맨과 몇 명의 경호원들이 구멍을 향해 달려오는 게 보였다.

"허걱?!"

이번에 잡히면 정말 큰일날 것 같아서 나는 마침 옆으로 나 있는 골목을 따라 재빨리 도망쳤다. 처음 보는 골목을 지리도 모르면서 이리저리 뛰어다니다가 서서히 지칠 때쯤, 다음 모퉁이를 도는 순간 나를 놓쳐서 두리번거리고 있는 경호원들과 딱 마주쳐 버렸다.

"우씨, 이게 웬 날벼락……."

"여기 있다—!"

자기 동료들을 부르며 달려오는 경호원들을 뒤로하고 재빨리 왔던 길로 되돌아갔다. 그러나 길을 잘못 들었는지 이럴 때면 꼭 도착하는 막다른 골목으로 들어가게 되었다.

앞으로 나가면 다시 경호원들과 마주칠 것 같고, 이대로 기다리고 있자니 그 근육맨과 싸울 것 같고 해서 날아오르려고 할 때였다(왜 미리 날 생각을 못했나 몰라).

"이쪽이야."

누군가가 나를 불렀다. 소리가 난 쪽으로 고개를 향하니 아까 근육맨과 같이 있던 그 뚱땡이의 또 다른 수행원이 골목을 막고 있는 담벼락 위에서 나에게 손을 내밀고 있었다.

"빨리 이쪽으로."

나는 그의 손을 잡고 담벼락을 넘어가 그가 안내하는 대로 어느 집의 지하로 들어갔다.

그가 그 뚱땡이의 수행원이라 걱정되기도 했지만 한참 신나게 쫓기느라 지쳐 있었고, 또 아까 경호원들이 날 포위할 때 눈짓으로 가르쳐 준 것도 있기에 믿기로 했다.

그가 안내한 지하 방은 환기를 위한 조그마한 창에서 들어오는 햇빛이 전부였기에 방 안은 어둑어둑했다. 그가 곧 초를 가져와 불을 밝히자 방 안이 환해졌는데 작업실인지 여기저기 작업대 위에 본 적도 없는 공구들이 흩어져 있었다.

"미안하게 됐군."

그가 나에게 의자를 권하고 자기도 의자에 앉으면서 제일 먼저 꺼낸 말이었다.

영문을 몰라 멀뚱멀뚱 쳐다보자—원래는 내가 먼저 고맙다고 해야 하는 게 정석 아닌가?—그는 피식 웃더니 '하아~' 하고 한숨을 내쉬었다.

"이번 일은 나 때문에 벌어진 거야."

"예? 무슨 일이요?"

"너와 네 친구들이 쫓기게 된 거 말야. 그 테아칸 목걸이가 가짜라는 걸 눈치 채는 바람에 이렇게 쫓기게 되었잖아."

"아, 그거야 그 뚱땡… 아니, 그 뚱뚱한 남자가 잡으려고 해서 그런 거잖아요."

"하하, 그는 그 경매장의 주인이지. 그리고 내 고용주이기도 하고."

"짐작은 했어요. 우리가 그 목걸이가 가짜라는 걸 눈치 채서 그는 크게 손해를 보겠지요?"

"그렇겠지. 경매장의 명성에 흠이 갔으니 이제 그의 경매장은 망한 거지. 하지만 그가 벌어들이는 거에 비하면 경매장이 망한 거야 새 발에 피겠지."

"그가 그렇게 부자예요?"

내가 약간 과장되게 놀라며 묻자 그는 고개를 끄덕였다.

"그래, 엄청난 부자지. 그는 보석 상인이야. 그러다가 어느 정도 자리가 잡히자 10년 전부터 보석 경매를 시작했지. 비싸고 좋은 것들만 골라서 경매를 하다 보니 인지도가 높아진 거야. 그러다가 욕심이 생기는 바람에 실종되거나 사라진 유명한 보석들을 똑같이 만들어서 팔기 시작했지. 그냥 보석보다는 유명하거나 사연이 있는 보석이 몇 배 더 비싸게 팔리거든."

"그게 아저씨랑 무슨 상관인데요?"

그가 나를 쳐다보았다. 아무 말도 않고 한참이나 쳐다보기만 해서 오히려 내가 점점 당황하기 시작했다.

그러나 나를 더욱 당황하게 만든 건 처음에는 무표정했던 얼굴이 점차 어두워지더니 급기야는 침울해져 버린 그의 표정 때문이었다.

"…그 가짜 목걸이를 만든 게 바로 나야. 그것 말고도 여러 개를 더 만들었지만 오늘처럼 가짜라는 걸 들킨 건 처음이지."

"에구, 그러면?"

놀란 나는 벌떡 일어나서 여차 하면 마법을 날릴 생각으로 긴장하고 있었다.

"아니야. 너한테 무슨 짓을 하려는 게 아니라, 난 너희에게 정말로 감사하고 있어. 그 목걸이가 가짜라고 밝혀줘서 정말 고맙게 생각해."

그는 정말 나를 해할 생각이 없다는 것을 보여주려는 듯 손을 휘휘 내저으며 부정했다.

하지만 그의 그런 말과 태도에 나는 의아할 수밖에 없었다.

"왜요? 가짜인 게 밝혀져서 아저씨도 곤란한 거 아녜요?"

그러자 그는 힘없이 피식 웃었다.

"그래, 네 말이 맞아. 나도 그걸로 꽤 큰 돈을 벌고 있었으니까. 그리고 내가 가짜를 만들었다는 게 밝혀지면 시에서도 가만 놔두지 않겠지."

그리고 나는 다시 바라보면서 미소 지었다. 그런데 그 미소가 환하고 편안해 보이는 미소였다.

"하지만 말야, 언젠가는 밝혀질 거라고 생각하고 있었어. 단지 그게 언제인지 몰라서 항상 맘을 졸이고 있었지. 이제 밝혀져서 오히려 속이 후련해. 이젠 맘 편히 살 수 있게 되었다고나 할까?"

나는 엉거주춤 다시 의자에 앉았다.

"그렇게 마음 졸이며 살 거 뭣 하러 첨부터 그런 일을 했어요?"

"변명 같지만, 난 정말 그런 일을 하고 싶지 않았어. 처음에 그 보석 상인이 나를 속여서 만들게 한 거지."

"에? 어떻게 속여요? 가짜를 만들어 달라고 해서 만들어줬을 거 아녜요?"

"난 애초부터 모조 보석을 만들어서 파는 사람이었어."

"에?"

"속여서 파는 게 아니라 이건 가짜라고 당당히 말하면서 파는 거 말야. 왜 시장이나 길거리에서 파는 모조품 가게 있지? 그런데

서 파는 걸 만들었다구."

"그랬군요. 근데 왜 하필 모조품을 팔아서 만들었어요? 가짜 보석을 만들어서 팔 정도면 보석을 세공할 줄 안다는 거 아니에요? 그럼 차라리 모조를 만들지 말고 보석 세공을 하실 것이지……."

"하~ 그것도 능력있는 사람이나 할 수 있는 거야. 무조건 보석을 세공해서 악세서리로 만들어서 내놓는다고 다 사 가는 줄 알아? 것두 예쁜 거나 독특한 게 팔릴 뿐인걸. 하지만 난 그렇게 내가 독창적으로 예쁘게나 독특하게 만들 센스가 없었어. 어쩌겠어? 아무리 노력해도 안 되는걸. 그래서 포기하고 다른 직업도 찾아보려구 했지만 다른 직업은 도저히 못 하겠더라구."

"왜요?"

"난 보석을 무지 좋아했거든. 계속 보석을 다루는 직업을 갖고 싶더라구. 그렇다고 보석 상인이 되기에는 상술이 없구. 그러니 그만둘 수가 없더라구. 그래서 생각한 게 모조품 만들기였지. 난 딴 사람이 만들어놓은 걸 그대로 만들거나, 아님 그걸 다르게 만들어보는 건 무지 잘했거든. 그래서 보석 세공을 그만두고 모조품을 만든 거였어. 그리고 이왕 만드는 거 아주 유명한 것들을 만들어보고 싶었지. 아니면 그것들을 내 맘대로 바꿔보기도 하고 말야. 처음부터 유리 같은 모조 보석으로 만들었으니 뭐라고 하는 사람들도 없구, 내 맘대로 바꿨다고 나무라는 사람도 없었어. 그리고 내 적성을 살릴 수 있기도 했어."

그는 내가 묻지도 않은 말들을 늘어놨다. 어떤 유명한 목걸이는 자신이 디자인을 살짝 바꾸어봤는데 그게 더 잘 팔렸다든지, 자신이 만든 모조품이 진품 못지 않게 똑같아서 사람들이 감탄했다든지, 정말 그의 입은 쉴새없이 움직이며 이야기를 해나갔다.

처음에 말할 때는 침울한 표정으로 머뭇머뭇 말하더니 자신이 만드는 모조품 이야기가 나오자 언제 그랬냐는 듯 환한 표정에 하하 웃어가면서 나에게 모조품 모양을 디자인한 것까지 보여주면서 신나게 말해 주는 거였다. 그가 너무 신나게 말해서 비록 나에게는 별로 재미없는 말들이었지만 그래도 나는 그의 말을 끊지 않고 인내를 가지고 끝까지 들어주었다. 그런데 그의 표정이 갑자기 다시 침울해졌다.

"하아~ 그땐 정말 행복했는데. 세상에 부러울 것 하나 없었구. 그때 그 보석 상인만 만나지 않았더라면……"

"그 보석 상인이 왜요?"

"어느 날 그가 찾아왔더라구. 그때 내가 '인어의 눈물'이라는 목걸이를 똑같이 만들어서 판 적이 있었는데 그걸 가지고 왔더라구. 정말 똑같이 잘 만들었다구 감탄하면서 자신이 진짜 보석을 줄 테니 그걸 똑같이 만들어 달라구 부탁하더라고. 자신이 하나 갖고 싶어서 그런다면서 남에게는 가짜라고 말할 테니 걱정하지 말라고 하더라고. 난 그걸 믿었지. 내가 만든 가짜가 진품과 구분을 못 한다는 것이 은근히 자랑스럽기도 했고, 또 그런 유명한 걸 진짜 보석으로 한번 만들어보고 싶었거든."

"그런데 그걸 경매로 팔았군요?"

"그래. 나중에 그걸 알고 따지러 갔더니 그는 화를 내며 따져드는 나를 비웃었어. 나보고 뭘 할 수 있냐고 하더라고. 내가 그걸 만들었으니 나도 공범자가 되었다면서. 하아~ 그때 그냥 자수하고 끝내야 했었는데."

"그때 끝내지 못해서 계속 가짜를 만들었군요. 들킬까 봐 조마조마하면서."

"그래도 남들이 진품과 구별을 못 할 정도였으니 조금은 기뻤지. 내 실력이 그 정도이구나 하고 말야. 하지만 그렇게 되니 그건 내가 만든 작품이 아니더라구. 단지 똑같이 흉내를 낸 것뿐이었지."

"하지만 모조품을 만들 때도 똑같이 만드는 거잖아요."

"그렇지 않아. 모조품을 만들 때는 똑같이 만들어서 내놓는 것도 있지만 내가 내 나름대로 다르게 바꿔서 만들어내기도 했단 말야. 그 작품에 나의 생각이, 내 아이디어가 들어갔단 말야. 그게 얼마나 큰 차인지 알아? 새로운 것을 개발해 내는 창의성을 가지지 못한 나는 다른 사람의 작품을 빌려와서라도 내 생각이 들어간 작품을 만들 수 있다는 게 얼마나 기쁜 일인데."

그가 열정적으로 자신의 생각을 토론했지만 내가 전혀 이해한 표정이 아니었던지 그는 쓴웃음을 지었다.

"하긴, 네게 내 생각을 이해해 달라는 게 무리일 수도 있지."

"이제 어쩌실 거예요?"

"자수할 거야. 그 목걸이가 가짜라는 게 밝혀졌으니 나도 무사하지 못할 거고, 또 내가 자수한다고 해도 그가 날 어쩌진 못할 테니. 그리고 그 뒤에 죗값을 치르고 나서 또다시 모조품을 만들어야지."

"모조품 만드는 게 그렇게 좋아요?"

"그래, 난 예쁜 보석들을 하나하나 모아서 새로운 개체를 만들어내는 작업이 좋을 뿐이야. 보석 하나하나도 예쁘지만 그걸 조화시킨 아름다움은 그 무엇과도 비교할 수 없거든. 또 그걸 내가 만들었다는 기쁨을 느끼는 건 너무 짜릿하지. 난 단지 그걸 느끼고 싶을 뿐이야."

"하하, 이해하긴 어렵지만 아저씨가 원하는 대로 이루어지길 바래요."

"정말 아쉬운 건, 내가 진품을 실제로 본 적이 한번도 없었다는 거야. 뭐, 사라진 것들이니 누구도 볼 수는 없겠지만, 그래도 한번은 꼭 보고 싶어. 그림으로 보는 것과 실제로 보는 것은 어떻게 다른지 알고 싶기도 하고, 또 내가 정말 똑같이 만들었는지 알고 싶기도 하고."

그의 너무나 애절한 표정을 보자 나는 마음이 흔들렸다.

'뭐, 죽는 사람 소원도 들어준다는데 산 사람 소원이야 못 들어줄까. 더욱이 날 도와준 사람인데 목걸이 하나 보여주는 것쯤이야. 보여준다고 닳는 건 아니니까.'

라고 생각하면서 난 주머니에서 테아칸 목걸이가 들어 있는 상자를 꺼냈다.

내가 뭔가를 꺼내자 멀뚱멀뚱 쳐다보고 있던 아저씨는 상자가 열리면서 보이는 테아칸 목걸이를 보고 눈이 크게 떠졌다. 한동안 그 목걸이를 뚫어져라 쳐다보던 아저씨 눈에서 눈물이 주르륵 흘러내렸다.

"하하… 이게 진짜구나. 그래, 이런 게 바로 진짜였어. 정말 아름답구나. 네가 이걸 가지고 있었니? 그래서 내가 만든 게 가짜라는 걸 알았구나?"

"아니에요. 첨엔 나도 놀랐어요. 정말 똑같았거든요."

"아니야, 그렇지 않아. 내가 만든 거와 이건 차원이 틀려. 그래, 처음부터 만들 때의 정신 상태가 틀렸는걸. 다시 만들어볼 거야. 이것보다 더 아름답게. 그래, 나도 아름답게 한번 만들어봐야지. 이런 아름다운 보석을 나도 만들어낼 거야."

아저씨는 넋이 나간 듯 계속 목걸이를 하염없이 바라보다 고개를 끄덕이다, 다시 목걸이를 바라보다 고개를 끄덕이는 일을 반복했다. 그리고 조그맣게 혼자 계속 중얼거리는 것이었다.

꼭 정신이 나간 듯한 아저씨의 행동에 내가 잘했는지 오히려 의심스러울 정도였다.

'하지만 뭐, 얼굴은 저렇게 환하니 나쁜 짓을 한 건 아니겠지.'

아저씨는 계속 정신을 차리지 못했다. 그러더니 순간 벌떡 일어나서 작업대 쪽으로 걸어가더니 종이를 꺼내 뭔가를 열심히 그리기 시작했다. 완전 꿔다놓은 보릿자루 신세가 된 나는 아저씨의 뒷모습을 보다가 슬며시 미소를 지었다. 그리고 조용히 공간 이동 시동어를 외웠다.


여관으로 돌아오니 잠시 후에 류미르와 세이몬도 헥헥거리며 돌아왔다.

우리는 서로 약속이나 한 듯이 자신의 짐을 챙겨 들고 서둘러 여관을 나와 도시를 빠져 나갔다.

"그 경매장 주인 꽤나 열 받았을 거야."

류미르가 킥킥거리며 말했다.

"그래도 그렇지, 왜 죄없는 우리가 이렇게 도망쳐야 하는 거야?"

경매장에서 쫓긴 것도 모자라 짐까지 챙겨 도망치듯 도시를 빠져 나온 게 못마땅했는지 세이몬이 툴툴거렸다.

"뭐, 어때? 그 경매장 주인도 꽤나 손해를 봤을걸 뭐. 그러면 된거지. 아~ 그나저나 나한테는 아무 이득도 없이 고생만 했군."

나는 말의 고삐를 살짝 놓고 두 손을 뒤로 깍지껴 하늘을 바라보았다. 파란 하늘에 뭉게 구름이 두둥실 떠가는데 하늘색이 참 예뻤다. 그리고 오늘따라 하늘은 테아칸 목걸이의 보석보다도 더 아름다워 보였다.

"글쎄 말야."

세이몬은 계속 툴툴거렸다. 그러면서 한 손으로는 품속을 뒤적 뒤적거리더니 뭔가를 꺼내서 자신의 왼쪽 손목에 턱하니 찼다. 그 모습을 본 나는 눈이 동그랗게 커졌다.

"어라? 세이몬, 그거 경매장에 있던 팔찌 아냐? 언제 챙겼냐?"

"이건 아힌 네가 사준 거잖아. 그러니 내 거 아냐? 당연히 챙겨 야지."

"야! 난 아직 돈 안 냈어."

"뭐 어때. 그런 나쁜 놈들은 손해 좀 입어야 해."

옆에서 류미르가 세이몬을 편들어 주면서 자신도 품속을 뒤적 거리더니 뭔가를 꺼내 나에게 던졌다. 얼결에 받으니 그건 내가 류미르에게 사주려던 서클릿이었다.

더욱더 황당해진 나는 류미르를 바라보았다.

"류미르, 너도 챙겼니?"

"경매장 안에서 도망칠 때 단상 쪽으로 도망치게 되었는데 거 기서 몇몇 사람들이 경매 물품을 황급히 챙기고 있더라구. 뭐, 그 렇게 많은 데서 하나쯤 가져오는데 어때서? 세이몬도 챙긴 줄 몰 랐지만."

"난 내 걸 챙긴 거야."

나는 고개를 설레설레 저었다. 하지만 웃음이 계속 삐져 나오는 건 참지 못했다.

"푸하하하, 역시 너희들은 의적단이야."

나는 내가 들고 있던 서클릿을 다시 류미르에게 던졌다.

"받아!"

류미르는 서클릿을 받아 들고 영문을 모르겠다는 듯 나를 바라보았다.

"뭐야? 이걸 왜 나에게 주는 거야?"

"그거 원래 너 주려고 그랬던 거야. 세이몬과 마찬가지로 너도 네 물건 챙기는 데 일가견이 있나 보구나?"

"아, 그랬던 거였어?"

류미르는 당황한 듯이 서클릿을 만지작거리더니 곧 기분 좋은 듯 씨익 웃으며 머리에 서클릿을 착용했다. 황금 테두리 사이에 반짝이는 푸른 에메랄드가 류미르의 머리와 참 잘 어울렸다.

"흠, 역시 내 생각대로 잘 어울리는걸?"

내가 고개를 끄덕이며 감탄하자 류미르가 피식 웃더니 물었다.

"이젠 어디로 갈 거야?"

"보석 모으러 가야지. 다음 타깃은 사랑과 평화의 여신상이야."

제19화

# 세이몬, 납치되다

# 세이몬, 납치되다

"정말 계속 있어야해. 딴 데로 가면 안 돼, 알았지?"
나는 어린 애처럼 뛰어가는 세이몬이 불안해 보여
한번 더 당부하고 싶었지만, 뭐 별일 있으랴싶었다.

류미르가 변했다.

"변했어."

"확실히 변했지?"

"느물느물해졌어."

"느끼하게시리."

"하지만 대신 소득은 많잖아?"

"그건 그렇지."

세이몬과 나는 과일 가게에서 과일을 사 가지고 나오는 류미르를 보며 수군댔다.

켈튼을 떠나 다음 목표가 있는 라크네라는 도시로 향한 지 벌써 일주일이 지났다. 그러고 보니 내가 세이몬, 류미르와 함께 여행을 한 지도 벌써 한 달 하고도 2주가 더 지나 있었다.

그동안 인간 세상을 처음 여행하는 세이몬과 류미르, 그리고 성룡이 되어 처음 여행을 다니던 난 이제 꽤 익숙하게 지도를 보고, 길을 찾고, 여관에 묵고, 필요한 물건을 구입할 수 있었다. 그러면서 우리도 조금씩 변했겠지만—한 달 동안 여행해도 변하는지는 모르겠지만—그중 류미르는 상당히 많이 변했다는 것을 느낄 수 있었다.

뭐, 여행하면서 변할 수 있겠다고 생각은 하지만 세이몬과 나는 때때로 류미르의 변화에 깜짝 놀라거나 감탄하곤 했다.

우리 셋은 남들이 보기에 정말 뛰어난 미소년들이었다(난 여자지만 남장을 했으니까).

그러다 보니 서로 머리 색과 눈 색이 틀려도 종종 형제로 오인받곤 했다. 그런데 우리 중 류미르가 키가 제일 크다 보니까 사람들은 류미르를 큰형으로 생각하곤 했다(참고로 우리 셋 중 내가 제일 키가 작다).

처음에는 주로 내가 여관에서 방을 예약하고 식사를 주문하고, 물건을 사곤 했는데, 가끔 류미르가 큰형으로 오인받다 보니 그런 일을 점점 류미르가 맡아서 하게 된 것이다.

여관에 가거나 가게에 들어가면 대부분의 사람들은 세이몬과 나를 가리키면서 동생이냐고 묻기도 하고 3형제가 다 잘생겼다고 감탄하면서 류미르에게 주문하기를 요구하는 것이었다.

그러다 보니 나는 점점 류미르에게 그런 일을 맡기게 되었고, 또 의외로 류미르가 나보다 더 꼼꼼했기에 류미르가 하는 것이 더 좋을 정도였다.

하지만 뭐, 그것 가지고 변했다고 그러는 건 아니다. 그런 일은 누구나 그 상황이 되면 할 수 있을 테니까.

그럼 뭘 가지고 그러냐구? 흠, 그건 말이지…….

처음 류미르가 가게나 여관 같은 데서 주문하길 요구받으면 당황하기도 하고 머뭇머뭇거리는 바람에 내성적이라느니 수줍음을 많이 탄다는 소리를 들었고, 또 그 정도가 되면 내가 옆에서 나서야 했었다.

그러다가 점차 익숙해지면서 자연스레 할 수 있게 되었는데 그러던 어느 날, 어느 빵 가게에서 빵을 살 때 류미르가 포장된 빵을 받으면서 건네주는 소녀—그 가게 주인 딸내미였다—에게 미소를 지어주었는데 그 소녀가 그걸 보고 뿅~ 가면서 덤으로 빵을 왕창 더 주었던 것이다. 물론 그 전에도 가끔씩 덤을 받기는 했지만 어색해하던 류미르에게 반해서 그런 것 같지는 않았으니까.

그 일이 있은 뒤로는 류미르는 어떤 가게에서 어떤 물건을 사든지—어떤 아주머니의 표현을 빌리자면—아찔한 미소를 보여주면서 지불한 돈으로 산 양보다 더욱더 많은 양을 받아왔던 것이다.

그런 거 보면 류미르도 생긴 거완 다르게 엄청난 짠돌이었다.

게다가 이제는 어디서 배워왔는지 모르겠지만 한 단계 더 발전해서 닭살 돋는 아부성 발언까지 살짝살짝 곁들어 가면서 더욱더 수입을 늘려나갔다.

이젠 대표로 나서는 건 전부 류미르의 차지가 되었고, 세이몬과 나는 그의 뒤에서 그의 나날이 발전해 가는 솜씨를 보며 감탄만 하고 있게 되었다.

"대단해, 류미르."

"타고났다니까."

역시나 이번에도 사과 여섯 개, 오렌지 세 개를 사는데 덤으로 사과 다섯 개를 더 받고 싱글벙글하면서 돌아오는 류미르에게 세이몬과 나는 칭찬을 아끼지 않았다.

"후후, 이 정도쯤이야. 하지만 오늘은 옆에 남편이 같이 있는 바람에 많이 얻지는 못했어."

'이구, 그럼 저 가게 안은 지금쯤 찬바람이 쌩쌩 불겠군.'

우리가 지금 있는 도시는 세키나라고 하는 도시로 켈튼보다야 작긴 하지만 그래도 꽤나 번창했고 큰 도시에 속한다. 그리고 오늘부터 3일 간 축제 기간이어서 다른 때보다 더욱더 사람들로 붐벼댔다. 물론 우리도 축제가 있다기에 축제를 구경하고 떠나기로 결정하고 지금 구경나온 것이다.

축제는 정식으로 오늘밤부터라고 하지만 벌써부터 거리에는 자리를 깔아놓고 물건을 파는 사람들과 묘기를 부리는 사람들이 가득했고, 또 우리들처럼 구경나온 사람들로 거리는 복잡하기도 했지만 활기가 넘쳐 즐거웠다.

특히 인간 세상에 와서 축제를 처음 보는 세이몬은 무척이나 들떠 있었다.

'그러고 보니 류미르도 축제는 처음 보는 거지?'

류미르도 세이몬과 같을 거라고 생각한 나는 그를 힐끔 쳐다보았지만 의외로 세이몬처럼 들떠 보이지는 않았다. 하지만 눈치를 보면 꽤나 즐기는 것 같았다. 그 모습을 본 나는 피식 웃었다. 이 녀석은 큰형 대접을 받더니 어느 사이엔가 진짜 큰형처럼 나와 세이몬을 챙겨주곤 했다. 아마 지금도 축제 분위기에 즐거워하면서도 자신이 큰형인 양 세이몬과 나를 보살펴주려고 흥분을 참고 침착성을 유지하는 것 같았다.

'참내, 대장은 난데 말야.'

그때 여러 사람들이 한꺼번에 웃는 소리가 들렸다. 그곳을 바라보니까 꽤 많은 사람들이 둘러서서 뭔가를 구경하고 있었다.

"가보자!"

잔뜩 들떠 있던 세이몬이 제일 먼저 달려갔고 나와 류미르도 세이몬을 뒤따라갔다. 거기에는 한 중년 남자와 이제 20살쯤 되어 보이는 어여쁜 아가씨가 원숭이 한 마리를 데리고 재주를 뽐내고 있었다. 놀라운 것은 그 아가씨가 정령사인 듯 카사 한 마리를 불러내어 원숭이와 재미있는 장면을 연출하고 있었다.

"와~ 저게 뭐야?"

세이몬이 신기하게 원숭이를 쳐다보자 류미르가 친절하게 설명해 주었다. 하긴 동물에 대해선 류미르만큼 잘 아는 이도 드물 것이다.

"저건 원숭이라는 동물이야. 지능이 꽤 높아."

나는 원숭이가 재주를 부리는 것보다는 그 아가씨가 정령과 원숭이에게 같이 묘기를 부리게 하는 게 더 신기했다. 그리고 류미르도 그게 신기한 듯 호기심을 가지고 그 아가씨를 바라보았다.

"호~ 저 아가씨가 정령사인가? 정령하고 묘기 부리는 건 처음 보는데?"

"류미르, 넌 묘기 부리는 것 자체를 첨 보는 거 아냐?"

"맞아. 이 묘기라는 거 말야 동물들을 고되게 훈련시켜서 사람들의 눈요기로 만드는 거잖아. 그래서 별로 좋게 생각하지 않았는데 의외로 재밌네. 저 원숭이도 그렇게 싫어하는 것 같지 않고. 흠, 이래서 사람들이 동물들을 훈련시키는 건가?"

"푸하하하, 저 녀석 되게 웃긴다."

나야 예전에 원숭이과의 동물들이 묘기 부리는 건 많이 봤었기 때문에 거기에 정령이 추가되었다고 해도 별루 재미는 없었지만,

사람들과 류미르, 세이몬은 정말 재미있는지 연신 웃어댔다.

"푸하하하, 어? 아힌, 넌 안 웃기냐?"

"별루."

"그래? 그럼 딴 데로 갈까?"

류미르의 그 말이 나오자마자 세이몬은 다급하게 말했다.

"갈 거야? 잠깐만 기다려. 이거 아직 안 끝났잖아. 이거 끝나구 가."

"그래그래, 너두 재밌게 보는데 끝나구 가. 그렇게 재미없는 것 두 아니니까."

세이몬이 너무 애처롭게 말하자 나도 매정하게 가자고 할 수가 없어서 그냥 보기로 했다. 우리가 그렇게 잡담하는 사이 공연이 끝나서 원숭이가 모자를 들고 사람들 앞을 한 바퀴 돌았고, 사람들은 그 모자 속으로 저마다 동전을 던져 넣어주었다. 원숭이가 우리 앞으로 다가오자 세이몬도 류미르도 각자 자신의 주머니 안에서 동전을 꺼내어 던져 주었다.

그들이 공연이 끝났음을 알리고 자신들이 늘어놨던 도구들을 주섬주섬 챙기자 그곳에 모인 사람들은 저마다 갈 길로 흩어졌고, 우리도 사람들 사이를 헤치고 길거리를 따라 걷기 시작했다.

"아, 재밌었다."

아까 구경할 때 거의 움직이지 않고 한 자세로 계속 구경했기에 온몸이 굳어져 있던 세이몬이 기지개를 쭉 펴면서 말했다.

"이제 어디로 갈까?"

류미르가 주위를 둘러보며 우리에게 묻자마자 세이몬은 하늘을 향해 올리고 있던 손을 재빨리 내리면서 류미르에게 매달렸다.

"또 이런 거 구경하자."

"세이몬은 이런 게 재밌나 봐?"

류미르에게 매달리는 세이몬의 모습이 너무 어린애 같아 귀여워서 피식 웃음이 나온 나는 세이몬에게 부드럽게 묻자 세이몬이 고개를 끄덕끄덕했다. 그 모습이 더욱더 귀여워 보였는데 류미르도 나와 같은 생각인지 피식 웃으며 말했다.

"처음 보는 거잖아."

평소 류미르에게 지는 것을 싫어하던 세이몬은 지금도 역시나 류미르가 자신을 애처럼 보자 그에게 매달리고 있던 팔을 확 놓아버리면서 뾰로통해졌다. 하지만 그래도 끝까지 자신의 주장을 펼치는 걸 잊지 않았다.

"류미르, 너도 이런 거 처음 보잖아? 그러니까 우리 또 이런 거 보자."

"그러지 뭐. 아, 저기서도 묘기를 하나봐. 가볼까?"

내가 류미르와 세이몬을 돌아보며 말하자 세이몬은 벌써부터 눈이 반짝반짝해져선 고개를 열렬히 끄덕였다.

"풋! 세이몬, 그러니까 꼭 강아지 같다. 귀여워."

"어리다니까."

"내가 어디가 어때서 어리다는 거야? 그러는 넌 다 컸냐?"

"어린애일수록 자신이 어리지 않다는 것을 증명하고 싶어하는 법이지."

"류미르, 너어~"

"자자, 둘 다 그만 하고, 구경 안 할 거야? 길거리에서 이러지 말고 가자구."

나는 류미르와 세이몬 사이에 끼어들어 그 둘을 이끌고 다른 묘기를 선보이고 있는 곳으로 걸어갔다. 그런데 그때 어떤 사람이 지나가면서 류미르와 부딪치고는 사과도 안 하고 힐끔 우리를 보더니 그냥 가버렸다.

"웃기는 사람이네. 부딪쳤으면 사과를 해야 할 거 아냐? 예의도 없는 사람 같으니라구."

세이몬이 투덜거렸다.

"호~ 세이몬, 네가 많이 컸구나. 예의 운운할 줄도 알고. 기특하기도 하지."

"우씨, 류미르. 자꾸 그럴 거야?"

"둘 다 그만 하라니까. 근데 류미르, 너 잃어버린 거 없어? 아까 그 사람이랑 부딪쳐서 뭔가 떨어뜨렸을 수도 있잖아?"

왠지 그 사람이 일부러 그런 것 같은 생각이 든 나는 류미르에게 물었다.

"응? 아, 뭐 그렇게 세게 부딪친 것도 아니고, 들고 있는 거라고 해봐야 이거밖에 없는걸?"

류미르는 그러면서 세이몬에게 자신이 들고 있던 과일 봉지를 넘겨주고는 자신의 몸 구석구석을 점검하더니 순간 멈칫했다.

"야? 왜 그래? 뭘 잃어버렸어?"

류미르가 멈칫하다가 다시 부지런히 자신의 몸을 뒤적거리자 불안해진 나는 재차 물었다.

"없어. 어디 갔지? 이상하다."

"왜 그러는데? 뭐가 없다는 거야?"

세이몬도 뭔가 이상했는지 류미르를 다그쳤다.

"돈주머니가 없어졌어. 분명히 허리띠에다 매어뒀는데."

"그럼 아까 그 부딪친 사람이 소매치기였단 말야?"

'설마 했었는데 이런 일을 또 당할 줄이야.'

"흥, 이놈은 잘못 걸린 거야. 감히 이 류미르님의 돈을 훔쳐? 내가 그 주머니에다 추적 마법을 걸어놓은 건 몰랐을 거다."

류미르는 그렇게 중얼거리곤 말릴 새도 없이 재빨리 아까 그 소매치기가 사라진 쪽으로 뛰어갔다.

"뭐야? 류미르, 어디 가는 거야?"

사람들 사이로 사라져 가는 류미르를 보며 세이몬이 황당해하며 물었다.

"아마, 아까 그 사람이 가져간 류미르 돈주머니를 찾으러 가는 걸 거야. 우리도 가보자."

나도 류미르가 사라진 방향으로 걸어가는데 세이몬이 따라오는 기척이 느껴지지 않았다.

의아해서 뒤를 돌아보니 세이몬은 아까 그 자리에서 머뭇머뭇거리며 서 있었다.

"아힌, 나도 따라가야 해?"

"응? 세이몬, 넌 안 따라올 거야?"

"그깟 놈 하나 처리하는데 류미르 혼자서 충분하잖아?"

"딴 놈들이 있을지도 모르잖아?"

"그래도……."

"왜 그래? 아하~ 너, 저거 보려구 그러지?"

지금 한창 묘기를 선보이는지 사람들의 감탄사가 쏟아져 나오자 세이몬의 시선이 자꾸 그쪽으로 쏠리자 세이몬이 왜 그러는지 눈치 챈 나는 그에게 친절을 베풀었다.

"그러면 세이몬 넌 여기서 저거 구경하고 있어. 내가 류미르 데리고 다시 여기로 올게."

"정말? 그래도 돼?"

세이몬은 내 말에 너무 좋아하면서 물었다. 그 모습에 나는 피식 웃음이 나오면서 그렇게 말하길 잘했다는 생각에 가슴이 뿌듯해져 왔다.

"류미르 실력으로 별일이야 있겠어? 그러니까 넌 여기서 있어. 내가 갔다 올게. 대신 딴 데로 가면 안 돼, 알았지?"

"응, 그럼 빨리 갔다 와."

세이몬은 신나 하면서 묘기를 구경하는 사람들 쪽으로 다가갔다.

"정말 여기 계속 있어야 해. 딴 데로 가면 안 돼, 알았지?"

"알았어."

나는 어린애처럼 뛰어가는 세이몬이 불안해 보여 한번 더 당부하고 싶었지만, 뭐 별일 있으랴 싶었다. 그래서 왠지 스멀스멀 피어오르는 불안감을 지워버리고 아까 뛰어간 류미르가 또 걱정되기도 해서 류미르가 사라진 쪽으로 발걸음을 옮겼다.

하지만 사람들 사이로 사라진 류미르가 금방 눈에 띌 리는 없었고, 또 류미르가 어디로 갔는지 모르기에 나는 사람들이 없는 으슥한 골목으로 들어가 하늘로 날아올랐다.

그리고는 실프를 불러내었다.

"실프, 미안하지만 류미르 좀 찾아줄래? 류미르 알지?"

류미르와 같이 동행하면서 무슨 일이 일어났을 때 여러 번 정령들을 불러냈었기에 나와 계약을 맺은 정령들은 류미르를 알고 있었다.

실프가 고개를 끄덕이고는 류미르를 찾으러 간 사이, 나는 어두운 밤하늘에서 거리를 내려다보았다. 축제여서 그런지 밤이 점점 깊어감에도 불구하고 거리는 여전히 사람들로 북적거렸고, 여기저기 상점들이나 길거리에 내걸린 등에서 나온 불빛들로 인하여 거리는 환했다.

"호오, 제법 볼 만한걸? 서울의 야경 못지 않게 멋있어."

그러고 보니 이런 멋진 야경을 본 건 이곳에 와서 처음이었다. 예전에 내가 사람이었을 때는 밤에, 특히 여름밤에 아파트 옥상에 올라가서 야경을 바라보곤 했었는데.

내가 이렇게 밤거리를 바라보면서 한참 옛 생각에 잠겨 있을 때 실프가 돌아왔다.

"주인님!"

"아, 그래. 실프, 찾았어?"

실프는 그렇다는 듯이 고개를 끄덕이고는 앞장서서 날아갔고 나는 잠시 꺼냈던 옛 생각을 다시 접어 머리 깊숙이 넣어두고는 실프를 뒤쫓아갔다.

실프가 안내한 곳은 도시 변두리 인적이 드문 곳이었다. 그곳에는 벌써 일(?)을 끝마친 듯 류미르가 혼자서 어두운 골목길을 걸어가고 있었다.

"돈은 찾은 거야?"

내가 땅에 내려서면서 류미르에게 말을 건네자 놀란 듯 류미르가 허리에 찬 단검 쪽으로 손을 가져가며 긴장한 눈으로 나를 쳐다보았다.

"뭘 그렇게 놀래?"

류미르는 나인 걸 확인하고는 안도의 한숨을 내쉰 뒤 허리춤으로 가져갔던 손을 내렸다.

"그럼 넌 이 깜깜하고 으슥한 골목에서 사람 하나 보이지 않는데.누군가 갑자기 말을 걸어오면 안 놀래겠냐?"

"겁이 많기는."

"이건 겁이 많은 게 아니라 누구나가 다 놀라는 거야."

"아, 그래그래, 너 겁없어. 그건 그렇고 돈은 찾은 거야?"

"당연하지. 내가 누군데. 나를 노린 놈이 재수가 없는 거야. 근데 너 혼자 온 거야? 세이몬은?"

류미르가 내 주위를 두리번거리면서 세이몬을 찾자 그 모습에서 자신의 자식을 찾는 어미 닭의 모습을 떠올린 나는 피식 웃음이 나왔다.

"아, 세이몬은 아까 그곳에 있어. 아마 묘기를 구경하고 있을걸?"

"참내, 혼자 두면 어떻게 해? 무슨 일이 생기면 어쩌려구."

"설마 그 녀석에게 무슨 일이 있겠어? 거기 계속 있으라고 했으니까 지금도 거기서 우리를 기다리고 있을 거야."

"그래도 무슨 일이 생길지 모르니까 어서 돌아가 보자."

류미르는 다급하게 나를 잡아끌더니 하늘로 날아올라서 단숨에 세이몬이 기다리고 있겠다던 그 번화가로 날아갔다.


"여기 맞지?"

"맞는 것 같은데?"

"근데 세이몬은 어디 있냐?"

"이상하다. 분명히 여기서 기다리고 있으라고 했는데."

"여기 분명히 맞아?"

"맞다니까. 내가 너 찾으러 가기 전에 이 근처에 있는 가게 몇 개를 기억하고 갔었단 말야. 여기가 확실해."

"그럼 이 녀석은 어디로 간 거야?"

"글쎄 말야. 길도 모르는 녀석이 어디로 간 거야?"

류미르와 나는 세이몬이 기다리고 있겠다고 말한 그 번화가로 돌아왔다. 그러나 분명히 기다리겠다고 호언장담한 세이몬은 어디로 사라졌는지 아무 데도 보이지 않았다.

당황한 나와 류미르는 실프들을 불러서 이 근처의 번화가를 샅샅이 뒤지게 해봤지만 실프들도 세이몬을 찾아내지는 못했다.

"어떻게 된 거야? 여기가 아니라면 딴 데라도 있어야 하잖아?"

"이 녀석, 그냥 여관으로 돌아간 거 아냐?"

세이몬을 찾으러 보냈던 마지막 실프가 돌아와서 고개를 내젓자 류미르가 고개를 갸우뚱하더니 말했다.

"설마, 길도 모르는데?"

"공간 이동을 했을 수도 있지."

"아, 그럴지도 모르겠다."

그래서 류미르는 여관에 가보기로 하고, 나는 근처 가게들을 다 녀보기로 했다.

한 시간 뒤 류미르와 나는 다시 그 거리에서 만났다.

"찾았어?"

내가 먼저 류미르에게 물었다.

"아니, 여관으로 돌아가 방에 가봐도 세이몬은 없었고 주인에게 물어봐도 세이몬을 보지 못했다고 하더라구. 너는?"

"없었어. 또 주인들한테 물어봐도 모르겠다고 하더라구. 하긴, 이렇게 사람들이 많은데 일일이 다 기억하지도 못할 거구. 바쁘니까 살필 겨를이나 있겠어?"

"이제 어쩌지?"

이제는 얼굴에 걱정스런 빛이 가득한 류미르가 나에게 물었다.

"마법으로 투시해 보자. 이 근처에서 마족이 있으면 얼마나 있겠어? 그거면 세이몬을 찾을 수 있을 거야."

"아, 마법으로 찾는 수가 있었군. 내가 왜 진작 그 생각을 못 했지?"

"당황해서 그래. 어쨌든 마력은 내가 너보다 더 높으니까 내가 시전할 게, 너는 망 좀 봐."

나는 두 눈을 감고 마음속으로 집중하기 시작했다. 그러자 류미르가 당황하며 나를 말렸다.

"이봐, 아힌. 길 가운데 서서 그러면 어떻게 해? 저쪽 골목으로 들어가서 하자구."

"아, 그렇군."

류미르가 내 손을 잡아끌며 사람들을 헤치며 갈 때였다. 누군가가 내 어깨를 톡톡 두드렸다.

"이봐, 혹시……."

"에?"

뒤를 돌아보니 웬 건달같이 생긴 녀석들 둘이 내 뒤에서 나를 바라보고 있었다.

"무슨 일이죠?"

내가 그들을 돌아보느라 멈춰 서자 류미르가 내 앞으로 나서며 그들에게 물었다.

"아, 그렇게 경계하지 말라고. 우린 나쁜 사람 아냐."

'나쁜 사람이 자기 입으로 나는 나쁜 사람이라고 하는 거 봤냐?'

"저희에게 무슨 볼일이라도?"

류미르가 다시 재차 묻자 그들은 싱글싱글 웃으며 말했다.

"혹시 너희들 까만 머리에 까만 눈을 가진 잘생긴 소년을 찾고 있는 거 아냐? 이름이 뭐라더라?"

"세이몬."

세이몬과 비슷한 인상을 말하자 류미르가 흥분해서 먼저 이름을 말해 버렸다.

'멍청이, 그걸 먼저 말하면 어떻게 해?'

"아, 맞아. 세이몬이라고 했지. 어쨌든 그애를 찾는 거 아냐?"

"맞아요. 세이몬이 어디 있는지 아세요?"

류미르는 그들이 세이몬을 아는 것처럼 말하자 세이몬을 찾은 것처럼 기뻐했다. 그 모습을 본 그 건달 두 명은 서로 자기들끼리 기분 나쁜 미소를 교환하더니 처음에 말을 건 사람이 계속 싱글싱글 웃으며 말했다.

"아아, 세이몬은 내 친구랑 같이 있어. 세이몬이 너희들이 자신을 찾을까 봐 걱정하더라고."

'수상한 놈들이야.'

나는 그들이 뭔가 숨기고 있는 것 같았지만 류미르는 그들을 완전히 신뢰하는 것처럼 보였다.

"세이몬이 지금 어디 있는데요?"

"아, 내 친구랑 같이 카페에 있어. 묘기를 보다가 만났다고 하더라구."

"지금 안내해 주실 수 있어요?"

"물론이지. 세이몬이 우리더러 너희들 좀 데려와 달라고 해서 온걸?"

"다행이다, 아힌. 세이몬을 찾을 수 있어서. 이 녀석, 보기만 하면 가만두지 않을 거야."

세이몬이 어떤 카페에서 우리를 기다리고 있다는 말에 류미르
는 너무 기뻐하면서 내 손을 부여잡고 흔들어댔다.

"아, 알았어, 류미르. 알았으니까 이것 좀 놔라. 아프다."

"아, 미안미안. 그럼 안내해 주세요."

"물론 안내해 주지. 따라와."

우리에게 계속 말을 건 사람은 앞장서서 길을 안내했고 나머지
한 사람은 우리 뒤에서 따라왔다. 나는 류미르에게 조심하라고 말
하고 싶었지만 앞에 있는 사람이 자꾸 류미르에게 말을 걸었고,
또 뒤에 있는 사람은 감시하는 것처럼 우리를 계속 바라보고 있
었기 때문에 좀처럼 말할 기회를 찾을 수가 없었다.

'뭐, 실력이 있으니까.'

결국 난 류미르와 내 실력을 믿고 잠자코 있을 수밖에 없었다.

"여기야."

앞장서서 우리를 안내했던 사람이 어떤 건물 앞에 멈춰 서며
말했다. 그곳은 3층짜리의 꽤 큰 건물이었는데 비록 번화가 중심
에 위치하지는 않았지만 그래도 그 근처에 있어서 수상한 점이라
곤 전혀 없는 그런 평범해 보이는 카페였다.

'내가 잘못 생각했나?'

내가 당황하고 있을 때 그들이 우리를 데리고 건물 안으로 들
어갔다.

"이쪽으로 와. 세이몬은 안쪽 방에 있대."

우리를 안내해 온 사람 중 하나가 카운터에 있던 어떤 남자와
뭔가 이야기를 나누더니 또다시 우리를 더 안쪽으로 안내했다.

'역시 수상해.'

그곳에는 사람들 눈에 잘 띄지 않는 곳에 작은 문이 하나 있었

는데 그들은 그 문을 열고 우리를 데리고 들어갔다. 문 뒤에는 복도가 있었고 그 끝에는 밑으로 내려가는 계단이 있었는데, 창문은 하나도 없었고 간간이 벽에 등불만이 달려 있어 사물을 분간하게 해주고 있었다.

계단을 다 내려가자 그리 크지 않은 홀이 나왔는데 거기서 또 여러 갈래로 복도가 이어져 있었다. 그 홀에는 어떤 중년 남자와 용병으로 보이는 사람 둘이 채찍을 들고 서 있었는데, 그중 중년 남자가 나와 류미르를 쓰윽 훑어보더니 여러 갈래로 갈라진 복도 중 한 곳을 가리키는 것이었다.

"뭐야? 여기에 세이몬이 있다는 거예요?"

그제야 이상함을 눈치 챘는지 류미르가 주춤하면서 우리를 데리고 온 그 건달들에게 물었다.

"물론이지. 난 거짓말은 안 해."

그 건달은 그 말을 끝으로 우리에게 한번 씨익 웃어준 다음 왔던 길로 다시 나갔다.

"어떻게 된 거야? 여긴 어디지? 당신들은 뭐야? 세이몬이 어디 있다는 거지?"

완전히 당황한 류미르가 우리를 기다리고 있었던 듯 보이는 그 중년 남자에게 물었다.

그러자 갑자기 중년 남자의 인상이 찡그려지면서 그가 손을 들자 뒤에 채찍을 들고 있던 용병 한 명이 앞으로 나섰다.

'이런, 이러다 싸우겠군. 벌써 일을 저지르면 안 되지.'

"시끄러워, 류미르. 여기에 세이몬이 있다잖아. 잠자코 있어!"

"하지만 아힌, 좀 이상하잖아."

"그래서 지금 어쩌겠다는 거야? 우선은 세이몬을 찾아야지. 이

봐요, 아저씨. 여기에 얼마 전에 머리와 눈동자가 까만 잘생긴 남자애 온 거 맞아요?"

"훗, 이곳에 있는 애들은 모두 잘생겼지. 하지만 네 말대로 아까 머리와 눈동자가 까만 애가 온 건 맞아."

중년 남자가 다시 손짓을 하자 용병은 뒤로 물러났다.

"거봐, 류미르. 여기 세이몬이 왔다잖아."

"자자, 잡담은 그만 하고 이쪽으로 오실까?"

중년 남자는 내 말을 끊은 다음 다시 복도를 가리켰고, 우리는 그가 가리키는 복도로 걸어갔다.

그곳이 어디였는지는 얼마 안 있어 저절로 알게 되었다.

그 복도를 조금 따라 걷다 보니 복도 양 옆으로 큰 쇠창살로 막혀 있는 방이 쭉 늘어서 있었던 것이다. 그리고 그 쇠창살 안에는 각각 3~4명의 소년들이 있었다.

"호, 또 특등품이 들어온 건가? 오늘은 운이 좋군."

그 복도 안쪽으로 채찍을 든 또 다른 용병이 걸어오면서 우리를 쓰윽 훑어보더니 그 중년 남자에게 말을 걸었다.

"이 녀석들을 데려가. 저 파란 머리는 주의해. 빨간 머리는 눈치가 빠르니 괜찮을 거야."

"그러지."

또 다른 용병은 고개를 끄덕끄덕하더니 우리에게 손짓을 했다.

"따라와."

"저기, 아저씨?"

나는 기회를 봐서 그 용병에게 말을 걸었다.

"왜?"

"좀 전에 우리 말고 또 여기 들어온 애가 까만 머리의 남자애

맞아요?"

"네가 그걸 어떻게 알지?"

"제 친구거든요."

"그래? 쿡! 친구 따라 천국에 왔군."

나는 그 용병이 기분 나쁘게 웃자 그 면상에 한 대 먹이고 싶었지만 꾹 참고 물었다.

일단은 알고 싶은 것을 다 알아내야 했으니까.

"근데 그애 지금 어디 있어요?"

"아아, 아마 지금쯤 행복한 경험을 하고 있을 거야. 다른 곳에서는 경험 못 할 아주 독특한 경험을 말야."

"벌써 불려갔군."

내가 갑자기 발걸음을 멈추며 중얼거리자 류미르와 그 용병이 몇 발자국 앞으로 가다가 내가 멈춘 것을 깨닫고 나를 바라보았다.

"뭐야, 너! 빨리 안 따라와!"

용병이 인상을 쓰면서 채찍을 들어올렸지만 난 상관하지 않았다.

"류미르, 세이몬이 여기 없다니까 여기 있을 필요가 없겠지? 그 용병은 네가 알아서 손 좀 봐줘. 죽이지는 마. 여기 지리를 알아야 하니까."

그러자 류미르가 원하고 있던 일이라는 듯이 씨익 웃으면서 말했다.

"맡겨둬."

그리고는 그 용병을 노려보며 허리에 차고 있던 단검을 꺼내들었다. 황당해진 용병은 나를 먼저 처리해야 할지 류미르를 먼저 처리해야 할지 고민하더니, 주의하라는 말을 들은 류미르를 먼저 처리하기로 결심했는지 천천히 류미르에게 다가갔다.

"넌 오늘 잘못 걸린 줄 알아라. 내가 이 일만 벌써 5년째다. 들어가기 전에 따끔한 채찍 맛 좀 보여주지. 그럼 다시는 건방지게 굴지 못할걸?"

나는 느긋하게 뒤로 물러나서 류미르가 그 용병을 상대하는 모습을 구경하려 했다. 그런데 그때 뒤에서 가느다란 목소리가 들렸다.

"쓸데없는 짓이야. 결국 신나게 맞고 말걸."

"저 용병이 얼마나 지독한 놈인지 몰라서 그래."

"또 한 녀석이 당하게 생겼군."

복도에 나 있는 방에 있던 소년들이 수군거리는 소리였다. 주위를 둘러보니 나와 류미르가 있는 근처의 방에 있던 아이들이 쇠창살에 매달려 구경(?)을 하고 있었다.

"두고 보면 알겠지."

나는 벽에 편안히 기대며 중얼거렸다.


류미르는 내 기대에 어긋나지 않게 쉽사리 그 용병을 제압했다.

그 용병이 채찍을 휘둘러 류미르를 향해 내리꽂자 류미르는 채찍이 자신에게 닿기 바로 전에 살짝 옆으로 비킨 뒤 채찍이 허공을 치는 그 짧은 순간에 용병에게 달려들어 그가 미처 채찍을 회수하기도 전에 단검 뒤쪽으로 안면에 강하게 한 방 먹였다. 그리고 그 용병이 뒤로 쓰러지기 직전 재빨리 그 용병의 뒤로 돌아가서 그의 팔을 꺾고 무릎을 꿇게 했다.

그 용병도 너무 쉽사리 제압당하자 오히려 당황한 듯 보였다.

"이거이거, 너무 싱겁잖아?"

류미르가 싱긋 웃으며 말했다. 나는 류미르에게 마주 웃어주고는 바닥에 무릎을 꿇은 용병에게 다가가서 그의 앞에 쪼그리고 앉아 그와 눈을 마주쳤다.

"세이몬은 어딨어요?"

"큭, 그걸 내가 말할 것 같아? 너희들이 나를 제압했다고 기가 산 모양인데 여기서 빠져 나갈 수는 없을걸?"

"호~ 왠지 어디선가 들어본 말 같은데?"

용병을 잡고 있던 류미르가 피식 웃으며 말했다.

"흠, 말해 줄 생각이 없는 거 같아. 어쩌지, 류미르?"

"내가 해결할까?"

"뭐야? 뭘 어쩌려는 거야?"

류미르가 이런 일은 많이 해봤다는 듯 자신있게 대답하자 그제야 쬐게 겁먹은 듯 용병이 주춤거렸다.

나는 그 용병에게 씨익 웃어주며 류미르보고 해결하라고 말하려고 했다. 그러나 그 순간 갑자기 커다란 폭발음이 들리면서 복도와 벽이 흔들리며 천장에서 흙 쪼가리와 부스러기가 후드득 떨어졌다.

"이 기운은……."

류미르가 뭔가를 느낀 듯 말했다.

"세이몬의 기운이야. 뭐, 이제 대답을 들을 필요가 없어진 것 같은데?"

내가 류미르의 말을 이어 대답했다.

"세이몬이 흥분한 것 같아. 예전 같지 않은 강한 기운인데?"

류미르가 불안한 얼굴로 나를 쳐다보자 나도 고개를 끄덕여 그의 말에 동조했다.

"뭔 일이 있나 보군. 어쨌든 그 녀석을 찾으러 가야지."

"아힌, 이 녀석은 어쩌지?"

"재워둬."

다시 폭발음이 들려왔다. 그러나 그것은 아까 것보다는 작은 소리였고 또 벽이 흔들리지도 않았다.

"이봐, 너희들."

류미르는 그 용병의 뒤통수를 때려서 잠재우고 세이몬의 기운이 느껴지는 곳으로 가려고 할 때 누군가가 우리를 불렀다. 내가서 있던 곳 바로 옆의 방에 갇혀 있던 소년 중 하나였다.

"왜?"

"갈 때 가더라도 우리 좀 풀어주고 가지 않을래?"

나는 류미르를 돌아보았고 류미르는 어깨를 으쓱했다.

"뭐, 세이몬은 그다지 급하지 않으니까."

"풀어주자고?"

류미르가 의아한 듯 물었다.

"웬일이야, 아힌? 너완 상관없는 귀찮은 일에는 끼어들지 않으려고 하면서."

"가끔은 예외도 있는 법이지. 그리고 또 다른 생각도 있고. 너도 좀 도와라. 내가 이걸 다 하리?"

·나는 가벼운 파이어 에로우(불화살)를 만들어내어 쇠창살의 자물쇠를 파괴하면서 대꾸했다. 류미르도 다시 어깨를 으쓱하고는 나를 도와 쇠창살의 자물쇠를 하나하나 파괴해 가기 시작했다.

얼마 후에 복도에는 소년들로 가득 차게 되었다. 그런데 풀어줬으면 밖으로 나가야 할 텐데 그들은 서로 눈치만 보면서 움직이려 하지 않았다.

"이봐, 왜 여기에 서 있는 거야? 안 갈 거야?"

마지막 자물쇠까지 다 파괴해서 이제는 소년들이 모두 밖으로 나왔음에도 불구하고 나가지 않고 복도에 서 있기만 하는 아이들을 향해 류미르가 의아한 듯 물었다. 그러나 그들은 대답도 하지 않고 계속 서로의 눈치만 보면서 움직이려 하지 않았다.

"참내, 풀어달라고 한 녀석 누구야? 기껏 풀어줬더니 도망가지도 않냐?"

"나둬, 류미르. 이 녀석들은 상관하지 말고 세이몬에게나 가자구."

폭발음이 계속적으로 들려왔고 점점 더 자주 들려오자 슬슬 세이몬이 걱정되기 시작한 나는 앞장서서 세이몬의 기운이 느껴지는 쪽으로 걸어갔고, 류미르도 그들을 상관하지 않고 내 뒤를 따라왔다. 그런데 아까 풀어줬던 소년들이 류미르의 뒤를 주춤주춤 따라오는 것이었다.

"뭐야? 쟤네들 왜 따라오는 거야?"

소년들이 따라오자 당황한 류미르가 나에게 물었다.

"저 녀석들은 여기서 도망칠 자신이 없는 거야. 그런데 우리가 강해 보이니까 자신들끼리 도망치는 것보다 우리를 따라서 도망치려고 하는 거지. 그게 훨씬 안전할 테니까."

"그럼 저들을 데리고 갈 거야?"

"누가 데리고 간대?"

"그럼 그냥 놔둘 거야?"

"그럼, 당연하지."

"저렇게 따라오는데?"

"자기들이 따라오겠다는데 누가 말려?"

"우리를 따라오면 위험할 텐데?"

류미르가 걱정스럽게 물었다.

"자기 자신은 알아서들 지키겠지."

"아힌, 넌 너무 매정해."

"난 현실적이라고 생각하는데? 평생 남이 나를 지켜줄 수는 없는 거잖아?"

"그래도 가끔은 남의 도움을 받을 수도 있다고 생각해."

"그거야 그렇지만 항상 그럴 수는 없어."

"지금이 그 가끔 일 수도 있잖아?"

"그래서 저들을 도와줬잖아? 그리고 따라오는 것도 가만 냅두고."

"하지만 우리가 지금 위험한 곳으로 가는 걸 수도 있잖아?"

우리가 그렇게 투닥거리며 빠르게 복도를 계속 따라가니 아까 우리가 여기 들어올 때 중년 남자와 용병 둘을 만났던 그 홀이 보이기 시작했다. 그리고 그 홀에는 아까 그 중년 남자는 없었지만 용병 둘이 잡담을 하고 있다가 우리를 보고 놀라는 모습까지 보였다.

"뭐야, 이 녀석들! 어떻게 나온 거지? 아크는 뭐 하는 거야?"

"어쨌든 빨리 저놈들을 처리해. 안 그러면 우리가 끝장이라구."

두 용병은 긴장하면서 채찍을 들어올렸다. 뒤에서 소년들이 움찔하는 것이 느껴졌으나 나는 신경 쓰지도 않고 그 용병들을 향해 손을 들어올렸다.

"슬립!"

그 두 용병은 채찍을 든 채로 서로 등을 맞대고 사이 좋게 잠이 들었고, 나는 그들의 곁을 빠르게 지나쳐 홀에 들어섰다.

홀에는 여러 갈래로 갈라진 복도가 있었기에 어느 길로 가야 할지 모르는 나는 잠시 서서 세이몬의 기운을 느껴보았다.

"위쪽이야. 올라가야겠는걸?"

내가 이 홀 쪽으로 내려올 때 걸어왔던 계단으로 다시 올라가자 여길 들어왔을 때 통과했던 문이 보였다. 손으로 슬쩍 밀어보니 꿈쩍도 안 했다.

"잠겨 있는 것 같아."

나는 류미르를 돌아보면서 말했고, 그 말에 류미르가 나서서 문을 자세히 뜯어보았다.

"여기에는 자물쇠가 안 보이는데? 밖에서 잠겼나 봐. 아니면 우리가 모르는 문을 잠그는 장치가 있는지도 모르지."

"어쨌든 우리는 그걸 찾아내는 재주가 없잖아? 부수자."

"그러다 놈들이 몰려오면 어쩌려구?"

"싸우면 돼."

"그래도……."

류미르는 평소답지 않게 왠지 주저했다.

"저 녀석들 걱정하는 거라면 이 밖은 1층이니까 재빨리 튀면 도망칠 수 있을 거야."

내 말을 들었는지 뒤의 애들은 수군댔고 잔뜩 긴장한 표정으로 더 더욱 굳어졌다.

나는 그들을 힐끔 바라본 뒤 뒤로 몇 걸음 물러섰고, 류미르도 문으로부터 멀찍이 물러났다.

"버스트 프레아!"

수십 개의 파이어 볼이 문을 향해 날아갔고 잠시 후 문과 부딪치면서 엄청난 폭발음과 함께 문이 파괴되었다. 그런데 내가 너무 마력을 많이 넣었는지 문과 함께 문 주위의 벽도 같이 날아가 버렸다. 덕분에 우리가 있었던 쪽에 파편들이 많이 튀어서 류미르가 실드를 쳐서 막아야 했다.

"아힌, 마력을 얼마나 넣은 거야!"

류미르가 나를 노려보며 힐책하는 듯 말했기에 나는 좀 멋쩍어서 턱을 손가락으로 긁어대며 어색하게 말했다.

"응? 아하하, 문이 두꺼운 거 같아서 좀 많이 넣었어. 한 4서클 정도."

"아예 여길 다 날려버리지 그랬냐?"

"너무 그러지 마, 류미르. 때론 실수도 하고 그러는 거지."

공중에 흩날렸던 먼지와 파편들이 가라앉자 우리는 밖으로 나왔다. 그런데 내가 날린 마법이 엄청난 폭발 소리와 함께 큰 폭발을 일으켰음에도 불구하고 이쪽으로 와보는 사람이 한 명도 없었다. 그 틈을 타서 우리를 쫓아왔던 소년들은 제각각 밖으로 도망쳐 버렸다.

"이게 어떻게 된 거야? 왜 사람이 한 명도 안 보이는 거지?"

주위를 둘러보며 류미르가 의아한 목소리로 중얼거렸다.

"아무래도 모두 세이몬 쪽으로 몰린 것 같아."

"그럴지도 모르겠네. 아힌, 세이몬은 어딨어?"

"잠시만 기다려봐."

나는 다시 정신을 집중해서 세이몬의 기운을 느끼려고 했다. 그러나 위층에서 또다시 폭발음이 들려왔기 때문에 그럴 필요가 없게 되었다.

"위쪽이야!"

류미르는 소리치면서 먼저 위층으로 연결된 듯한 계단을 찾아 내어 뛰어 올라갔다. 류미르의 뒤를 따라 위로 올라가 보니 그곳 은 넓고 화려하게 꾸며진 홀이었는데 그 화려한 홀을 아름답게 장식하고 있었을 온갖 화분들과 샹들리에, 그리고 꽃병들이 모조 리 벽 쪽으로 몰려와 박살이 나 있었다. 더욱이 홀 중앙에 가지런 히 놓여 있었던 듯한 식탁과 의자들도 똑같은 운명이 되어 있었 다. 그리고 거기에 덤으로 열댓은 넘어 보이는 용병들이 여기저기 쓰러져서 신음을 흘리고 있었다.

"와, 아깝다."

"류미르, 지금 그런 소리 할 때야? 저기 좀 보라구."

내가 가리킨 곳에는 나와 류미르가 서 있는 쪽의 맞은편 벽이 었는데 그곳에는 커다란 구멍이 나 있었고 그 앞에는 세이몬이 서 있었다. 그리고 세이몬 앞을 여러 용병들이 둘러싸고 경계하고 있었다. 하지만 세이몬의 몸 주위로 검은 기운이 강하게 뻗어나오 고 있었기에 용병들은 세이몬을 둘러싸고 경계만 하고 있을 뿐 쉽사리 덤비지 못하고 있었다.

그리고 그들은 세이몬에게 정신이 팔려 우리가 올라온 줄도 모 르고 있었다.

"아힌, 세이몬 좀 봐. 아예 맛이 갔는걸?"

류미르의 말에 세이몬을 자세히 보니까 눈에 초점이 없이 멍해 있었다.

"쟤가 왜 저러지?"

"나도 모르지."

"류미르, 지금 농담이 나오나?"

나는 류미르를 한번 흘겨보고는 살짝 날아올라 용병들 머리 위를 뛰어넘어 세이몬 곁에 사뿐히 내려왔다.

"세이몬, 정신 차려!"

나는 세이몬의 등을 강하게 후려갈기며 소리쳤다. 내 손에 강하게 얻어맞은 세이몬은 크게 휘청하더니 다시 자세를 잡고 나를 바라보았다.

"아힌?"

나를 바라보던 세이몬의 눈은 처음의 멍한 상태를 벗어나 점차 초점이 돌아왔다. 그리고 그와 함께 세이몬의 몸 주위를 감싸고돌던 강한 검은 기운이 점점 옅어지더니 세이몬의 몸속으로 흡수되면서 사라졌다.

"아힌~"

세이몬이 갑자기 나에게 달려들어 엉겨붙으며 울음을 터뜨렸다.

"흐어어엉~"

"으악, 세이몬. 왜 그러는 거야? 응? 뭔 일이 있었어?"

"어어엉~ 있잖아. 흐흑, 어떤 뚱땡이 남자가… 어어엉~"

세이몬은 너무 서럽게 울어대느라 말을 잇지 못하였다. 그러나 나는 세이몬이 그 뚱땡이 남자라고 말하는 걸 알아듣고는 어떻게 된 건지 대충 짐작할 수 있었다.

"어떻게 된 거야?"

류미르도 용병들 머리 위로 날아와 내 곁으로 사뿐히 착지하면서 물었다.

"아마 세이몬을 미소년 취향인 변태한테 선을 보였나 봐. 그 인간이 세이몬을 어떻게 했나 보지."

"호오, 그래서 세이몬이 폭발한 거구? 흐음, 그 인간은 명을 달리 했겠군. 운도 없지."

"그래도 싸지. 그나저나 세이몬도 찾았으니 여길 나가야겠지?"

"하지만 이렇게 울고 있는데 어떻게 데리고 나가지?"

"하아~ 것도 그렇군. 이봐, 세이몬. 그만 울어. 응? 착하지?"

"흑흑흑, 아힌… 흐어어엉~"

그때였다.

"이게 무슨 일이야?"

용병들 뒤쪽에서 날카로운 아줌마 목소리가 나더니 용병 가운데가 쫘악 갈라지면서 새로 등장한 인물들을 드러내었다.

맨 앞에 어떤 중년 부인을 선두로 그 뒤에는 중년 남자 두세 명과 우리를 데리고 온 건달 둘, 그리고 용병 다섯 명이 그 뒤에 당당히 버티고 있었다.

"뭐야, 저것들은! 저것들이 어떻게 여길 온 거지? 그리고 네놈들은 겨우 꼬마 세 명을 처리 못 해서 이 지경을 만들어봐?!"

선두에 서 있던 중년 부인이 아까 그 날카로운 목소리로 또다시 호통을 쳤다.

그 중년 부인은 약간 통통한 몸매에 화려한 드레스를 입고 있었고 얼굴은 화장을 안 한 맨 얼굴이었는데 무척이나 평범한 얼굴이었다. 그녀가 이곳에서 대빵인 듯 다시 소리쳤다.

"뭐 하는 거야? 얼른 처리하지 못해! 저것들을 잡아다가 지하 감옥에 가둬두고 채찍 맛 좀 보여줘. 그리고 며칠 동안 물 한 모금도 주지 말고."

그러나 세이몬의 폭주를 본 용병들은 우리에게 섣불리 다가오지 못했고, 우리를 둘러싸고 있던 용병들 대장인 듯한 사람이 주춤주춤 그녀 앞으로 가더니 말했다.

"저 녀석은 엄청난 힘을 가진 마법사입니다. 벌써 우리 쪽 애들이 스무 명이나 나가떨어졌어요. 이 홀을 이렇게 만든 것도 저 녀석입니다."

그러나 그 중년 부인은 조금도 누그러지지 않았다. 아마도 그 용병 대장의 말을 믿지 않는 듯했다.

"저 꼬마가 힘이 있으면 얼마나 있어! 얼른 처리하지 못해? 안 그러면 네놈들 모두 돈 한 푼도 못 받고 쫓겨날 줄 알아!"

중년 부인의 또 다른 고함에도 불구하고 용병들은 서로 눈치만 보며 나서는 사람이 없었다. 그러자 더욱더 화가 나서 몸을 부르르 떨던 그 부인은 뒤쪽을 향해 손짓을 했고, 그 손짓을 본 뒤에 서 있던 용병 다섯 명이 앞으로 나섰다.

"아, 이런! 우리가 이런 것도 처리해야 하다니."

그 다섯 명의 용병 중 하나가 부인 앞에서 고개도 못 들고 서 있는 용병 대장을 홀끗 보면서 비아냥거리자 용병 대장이 움찔거리더니 고개를 들어 그를 매섭게 노려보았다. 그러나 그 용병은 눈 하나 깜짝 안 하고 오히려 흥! 하고 비웃음을 날리고는 고개를 돌려 우리를 바라보았다.

"자자, 꼬마들아. 이 형님이 봐줄 때 얌전히 말을 듣는 게 좋을 거다. 어서 이리로 온~"

아까 그 용병 대장을 비웃은 그 용병이 우리에게 다정한 목소리로 권유를 했다.

"흠, 다섯 명이라. 그래도 꽤 세 보이는걸?"

류미르가 낮게 중얼거렸다.

"류미르, 너 혼자 힘들까?"

아직도 울고 있는 세이몬을 다시 한 번 추슬러 토닥이면서 내가 물었다.

"저들은 실력이 뛰어나 보이는 데다가 우리가 마법을 쓴다는 걸 아니까 주문을 외우기만 하면 그냥 달려들 거야. 그러니 마법은 쓸 수 없어. 육탄전으로 나가면 내가 둘은 상대할 수 있겠지만 그 이상은 무리야. 아무래도 너도 나서야 할 것 같은데?"

"하지만 세이몬이 이렇게 달라붙어서······."

내가 난처하게 말하자 류미르는 세이몬을 쳐다보지도 않고 냉정하게 말했다.

"그 녀석 패대기쳐 버려."

그러자 류미르의 말을 들었는지 세이몬이 고개를 번쩍 들더니 류미르를 노려보았다.

"이~ 훌쩍, 의리도 없는··· 훌쩍, 녀석! 훌쩍."

"하하하, 들었어? 하지만 어떻게 하나? 저놈들이 달려들려고 하는데."

"흥, 훌쩍, 저런 것들도, 훌쩍, 처리 못 하냐? 흐끅."

"자자, 세이몬, 이제 진정되었으면 일어나. 에구구, 또 셔츠가 다 젖었군."

나는 세이몬의 눈물과 콧물로 범벅이 되어 흥건하게 젖은 내 셔츠 앞자락을 바라보며 한숨을 내쉬었다.

"류미르, 세이몬. 너희 둘이 각각 맡아서 처리해. 난 옷 좀 말리자."

류미르와 세이몬이 용병들에게 달려드는 동안 나는 카사를 불러내어 옷을 말렸다.

옷을 잘 말리느라고 옷만 보고 있어서 류미르와 세이몬이 싸우는 모습을 보지는 못했다.

하지만 누군가를 패는 소리에, 뭔가가 날아가는 소리가 나는 걸 들으며 잘 싸우고 있겠거니 하며 태평 치고 있었다.

옷이 대충 다 말라서 카사를 돌려보내고 내 앞의 상황을 바라보니 역시 내 기대가 어긋나지 않았다. 류미르와 세이몬은 각자 정령들을 불러내고 순수 마력을 발산하여 용병 다섯 명 모두를 때려 눕혀놓고 있었던 것이다. 그리고 우리 주위를 둘러싸고 있는 용병들은 그 모습을 보고 매우 고소하다는 눈초리로 바라보고 있었다.

'쯧쯧, 평소에 얼마나 못되게 굴었으면.'

그러길래 사람은 평소에 잘해야 하는 거다.

나는 주위의 용병들을 바라보던 시선을 돌려 나중에 왔던 그 중년 부인의 일행들을 바라보았다. 그들은 우리가 그 다섯 명의 용병들을 쓰러뜨릴 수 있으리라곤 생각도 못 했었는지—당연하겠지만—무척이나 당황한 모습이었다. 그리고 중년 부인의 얼굴은 아예 흙빛으로 물들어 있었다.

"이, 이럴 수가… 대체 저 녀석들은 뭐지?"

나는 질려서 부들부들 떨고 있는 그녀에게 다정하게 씨~ 익 웃어주었다.

"류미르, 용병들 다 해치웠으면 저 부인 좀 정중히 모셔와 주겠어?"

내 말뜻을 알아챈 류미르는 싱긋 웃더니 몸을 날려 부인의 코 앞까지 다가갔다. 그리고는 번개같이 꺼내 들고 있던 대거를 부인의 목에 겨누었다.

"자, 부인. 저희 대장께서 부인을 모셔오라고 하시는군요."

"대, 대장?"

중년 부인은 목에 대거가 겨누어져 있어서 제대로 고개를 돌리지도 못하고 곁눈질로 류미르를 바라보면서 당황해했다.

'아, 정말 오랜만에 류미르에게 대장이란 소리를 들어보는군. 그동안은 지가 맏형 노릇을 다 하느라 날 동생처럼 대하드만.'

내가 이렇게 뿌듯해할 때 류미르의 말소리가 계속해서 들려왔다.

"자, 가실까요? 옆의 수행원 분들께선 저 검은 머리의 소년이 잘 대접해서 보내드릴 겁니다."

류미르의 이런 친절한 말에 수행원들은 새파랗게 질렸지만 정작 그들을 대접해야 할 세이몬은 무슨 뜻인지 알아듣지 못했다.

"아힌, 류미르가 뭐라고 그러는 거야?"

"응, 한마디로 지금 당장 사라지지 않으면 네가 저 뒤에 있는 녀석들이랑 이 주위에 있는 용병들을 건물 밖으로 내동댕이쳐 줄 거라고 가르쳐 주는 거야."

"응, 그렇구나. 그럼 저들을 날려버릴까?"

그러나 세이몬이 직접 그럴 필요는 없었다. 세이몬의 말이 끝나기도 전에 그들은 허둥지둥 도망쳐 버렸던 것이다.

"쯧쯧, 의리없게시리. 그러길래 사람은 평소에 잘해야 해."

류미르가 허둥지둥 도망가는 용병들의 뒷모습을 물끄러미 바라보며 혀를 찼다.

"날 어쩌려는 거야? 너희들이 이러고도 무사할 줄 알아?"

중년 부인이 자신의 수행원들과 용병들이 자신은 쳐다보지도 않고 도망가 버리자 분노로 얼굴이 빨갛게 되어 소리쳤다.

"글쎄, 부인. 저도 부인을 어쩔 생각은 없습니다. 단지 여길 무사히 빠져 나가기 위해 친절한 부인의 도움을 받으려는 것뿐이니 너무 걱정 마시지요."

물론 우리가 협박을 했지만서도 그렇다고 자신의 고용인에게 버림받은(?) 중년 부인이 가엾게 느껴져 나는 다정하게 대꾸해 주었다.

"흥, 누가 네 녀석들을 돕는단 말이냐?!"

내가 기껏 친절하게 대했음에도 불구하고 중년 부인은 조금도 우리에게 협조할 태도를 보이지 않았다.

"이런이런, 생긴 것만큼 성격도 별로군."

류미르가 아무 생각 없이 툭 던진 말이었다. 그러나 나는 내가 여자인 이상 그 말이 얼마나 가슴에 콕 와서 박히는지 익히 알고 있었으므로 류미르에게 한마디하려구 했다.

"류미르, 그 말은 너……."

"내가 못생긴 데 네가 보태준 거 있어?"

그러나 내 말이 채 끝나기도 전에 그 부인이 먼저 날카롭게 반문했다.

"어라라? 난 그냥……."

오히려 당황한 건 류미르였다. 무심코 던진 말에 크게 반박할 줄은 몰랐던 거였다.

"웃기지 마. 뭐? 그냥 한번 해본 말이라구? 흥, 그걸 누가 믿을 줄 알아? 하긴, 너뿐이 아니지. 사람이 못생겼다고 성격도 나쁘다고 으레 생각하니까."

그러나 류미르의 말이 채 끝나기도 전에 그 부인은 화가 나서 시뻘게진 얼굴로 류미르의 말을 자르고 말을 속사포처럼 쏟아냈다.

"아니, 그러니까 난 아무 생각 없이……."

'이런이런, 인질에게 인질범이 쩔쩔매고 있군.'

그 부인이 쉴 틈도 없이 말을 쏟아내자 류미르는 더욱더 당황해하면서 자신도 모르게 그녀에게 변명을 하려고 했지만 그녀는 들을 생각도 하자 않고 다시 그의 말을 잘랐다.

"흥, 아무 생각 없이? 그런 생각이 나같이 못생긴 사람한테는 얼마나 큰 상처를 주는지 알기나 해? 못생겼다는 이유 하나만으로, 그것도 남자는 그나마 낫지. 여자가 못생겼다는 이유 하나만으로 얼마나 무시와 비난과 비웃음을 당해야 하는지 알기나 해?"

"아니, 저기 그러니까……"

"부잣집 맏딸로 태어나면 뭐 해? 못생겼다는 이유 하나만으로 모든 걸 예쁘게 생긴 동생에게 **빼앗겼는데.** 내가 더 공부 잘하고, 집안일도 잘하고, 하인들도 잘 다루는데 부모님은 내 동생이 더 예쁘다는 것 하나로 가문끼리의 결혼을 나 대신 동생이 하게 했어. 하인들도 마찬가지야. 아무리 내가 잘 해주면 뭐 해? 동생이 아무리 구박해도 뒤에서는 다 날 비웃고 동생을 치켜주는걸. 못생겼다는 이유 하나로, 우리 부모님은 날 시집도 보내지 않았어. 나와 결혼하려는 집안도 없거니와 설사 결혼한다 해도 누가 내 결혼식에 와주겠냐는 거였지. 얼굴이 못생겼다는 이유 하나만으로… 나에겐 우리 집안과 비슷한 집안에서 혼사조차 들어오지 않았어. 그게 왜 내 잘못이냐구! 누군 이렇게 태어나고 싶어서 태어난 줄 알아?! 너희같이 처음부터 잘난 인간들은 나 같은 사람들을 비웃을 테지만 누군 이러고 싶어서 이런 줄 아냐구!"

그 부인은 평소에 쌓인 게 많았던지 그녀의 입에선 쉴새없이 말이 쏟아져 나왔고, 그런 그녀의 태도에 류미르는 완전히 당황해서 자신의 대거가 손에서 떨어진 것도 모르고 어쩔 줄 몰라 하고 있었다.

그때.

"맞아요, 부인. 어쩜 사람들이 생긴 거 가지고 사람을 판단해 버리는지. 자신들이 나보다도 나을 게 하나도 없는 주제에 자신이 좀더 예쁘다고 해서 사람을 얼마나 무시하는지. 미팅 나갈 때도 난 물 흐린다고, 폭탄 제거된다고 끼워주지도 않고, 내가 더 재밌게 말하고 더 잘 노는 데도 남자애들은 나보다 더 예쁜 애들만 찍어서 난 거들떠보지도 않고… 세상에 누가 못생기게 태어나고 싶어 태어났냐구!"

나는 부인의 손을 꼭 잡고는 부인의 말에 맞장구를 쳤다.

"야야, 류미르. 미팅은 뭐냐? 폭탄은 또 뭐구?"

내 행동에 더욱더 당황한 류미르의 옆으로 가서 세이몬이 옆구리를 콕콕 찌르며 물었다.

"나도 몰라. 그런데 아힌이 왜 저러는 거지?"

나는 류미르와 세이몬이 놀라거나 말거나 신경 쓰지도 않았다. 그런데 류미르와 세이몬 말고도 내 행동에 더욱더 놀란 사람이 있었다.

"너는 왜? 그렇게 예쁘면서?"

중년 부인이 나를 황당한 얼굴로 쳐다보면서 물었다.

"나두 원래는 예쁘지 않았어요. 울 엄마가 마법사에게 부탁해서 이렇게 만들어놨지. 나도 부인 마음 충분히 이해해요."

"그랬니? 그랬구나~ 그렇지? 너도 나 같은 일을 당했지?"

"그래요. 부인 마음 충분히 이해돼요. 사람을 겉모습만 보고 판단하는 인간들을 싸그리 없애고 싶었다구요."

"그래그래, 나도 그 맘 알아. 암, 알고 말고. 우리 부모님은 돌아가실 때도 나에게는 얼마간의 돈만 남겨주고 저택이랑 모든 재산을 다 내 동생과 제부(동생 남편)에게 물려줬지. 내가 그때 얼마나 원통하고 분했었는지."

"세상에! 부모님이 그러셨다니."

나는 내 얼굴 가득 동정하는 표정을 담아 그녀를 바라보자 그녀가 부럽다는 듯이 나를 바라보았다.

"넌 그래도 부모님이 얼굴을 고쳐 주려고 노력하셨구나."

"외동딸이었걸랑요."

"그래, 그랬구나. 너는 나보다 낫다."

"그래서 그 뒤로 어떻게 되셨어요?"

"그래도 나에게는 웬만큼의 장사 수완이 있었지. 부모님이 그나마 남겨주신 돈으로 장사를 시작했어. 그러나 얼굴이 못생겼다는 이유 하나로 무척이나 힘든 일이 많았지. 그래서 예쁘게 생긴 놈들을 괴롭혀주고 싶었어. 내 앞에 무릎을 꿇고 애원하게 만들어주고 싶었지."

"그래서 이런 곳을 만드셨군요."

"그래, 그랬어. 그리고 동생도 괴롭혀주고 싶었지."

"동생은 또 어떻게 하셨는데요?"

"훗, 내가 그 집안을 완전히 망하게 만들었어. 그래서 지금 동생은 내 집에서 시녀장 노릇을 하고 있지."

"정말 대단해요. 무척 존경스러워요. 하지만 이런 일을 하려면 사람들 모르게 해야 하는 거 아녀요? 시장이 알면 가만 안 있을 텐데."

"흥, 그놈에게 들어가는 돈도 꽤 돼. 그렇지 않으면 내가 여태껏 무사했겠어? 하지만 슬슬 이런 일도 그만두려고 했지. 아무리 미소년을 괴롭히고 노예로 팔아도 남는 건 허무뿐이더라구. 내가 괴

룹혀봤자 그들은 나의 힘에 굴해서 순종하는 것뿐, 나를 증오했으
니까."

"그랬군요. 그럼 이제 어쩌실 거예요?"

그녀는 자조적인 미소를 띠며 주위를 둘러보았다.

"훗, 글쎄다. 뭐, 네가 여길 다 망가뜨려 놨으니 그만둘 필요도
없게 되었지."

"아, 그건……."

내가 머뭇거리자 그녀는 고개를 설레설레 저었다.

"아냐, 미안해하지 마. 그런 걸로 뭐라 그럴 생각은 없어. 나도
오랜만에 나와 같은 생각을 가진 동지를 만나서 후련하게 신세
한탄을 해서 기분이 너무 좋은걸."

이제는 환한 얼굴에 미소까지 띤 그 중년 부인은 내 손을 살포
시 잡았다.

"너두 이제 그렇게 예쁜 얼굴을 갖게 되었으니 예전 같은 슬픔
은 겪지 않겠구나. 하지만 예전에 겪었던 일은 잊지 마렴. 그리고
나중에 나와 같은 사람을 만나면 위로해 주고."

"그럴게요. 그리고 부인, 그렇게 웃으시니까 너무나 아름다우세
요."

"그러니? 호호호, 고맙다. 그럼 이제 어서 가보렴. 이제 슬슬 날
이 밝아올 거야. 그럼 사람들이 몰려올 테니 너희도 좋을 게 없
자."

"부인께선요?"

"나? 난 이곳 주인이야. 여길 피한다고 해도 다시 불려오겠지.
이런이런, 너무 그렇게 걱정하지 마. 난 이곳에서 20년 동안이나
장사를 해왔다고. 이런 일 넘어가는 건 그다지 어려운 일도 아니

야. 자, 어서 가거라. 어서!"

그녀는 나를 잡아 출입구 쪽으로 밀어냈다.

"안녕히 계세요. 부디 나중에 크게 성공하세요."

나는 그녀에게 손을 들어올려 인사를 한 뒤 아직도 멍해 있는 류미르와 세이몬을 끌고 나갔다.

밖은 이제 해가 뜨려는지 뿌옇게 밝아왔다.

"하아~ 결국 축제 구경은 못 했군."

나는 하늘을 보며 기지개를 크게 켰다. 그리고는 류미르와 세이몬을 돌아보았다.

"어때, 너희들. 계속 축제 구경할 거야? 아님 그냥 길을 떠날까?"

"아무래도 저 건물 안에서 우리를 본 사람들이 있으니까 그냥 길을 떠나는 게 낫겠지?"

류미르가 대답했다.

"세이몬은 어때?"

"난 한시라도 빨리 여길 떠나고 싶어. 여기 있기도 싫단 말야."

세이몬은 몸을 부르르 떨며 대답했다.

"호~ 세이몬. 너, 도대체 무슨 일이 있었길래 그래?"

류미르가 세이몬이 몸서리치는 걸 보더니 눈이 반짝여졌다.

"글쎄, 거기서 어떤 비만 돼지가 그 오동통한 큰 손으로 내 얼굴을 쓰~ 윽 만졌단 말야!! 아, 정말 생각하기도 싫어~!"

세이몬은 두 손으로 머리를 부여잡고 고개를 흔들며 소리쳤다.

"훗, 생각하기도 싫다는 녀석이 잘도 설명하는군. 하긴 나라도 그런 일을 당했으면 폭주했을 거야."

류미르는 세이몬을 이해한다는 듯 고개를 끄덕거렸다.

"아, 그건 그렇고 아힌. 너 마법으로 얼굴을 고쳤다는 게 정말이야? 원래 얼굴은 못생겼다는 거 정말이야?"

세이몬이 갑자기 생각났다는 듯 물어왔다.

'짜식, 별걸 다 기억하고 있군.'

"글쎄, 맞기도 하고 틀리기도 하고."

"무슨 말이 그래? 진짜야, 거짓말이야?"

내가 희미하게 웃으며 아리송하게 말하자 류미르가 즉각 반박했다. 류미르도 궁금했나 보다.

"글쎄~ 에, 너희들 맘대로 생각해."

"그러는 게 어딨냐!"

내 무성의한 대답에 류미르와 세이몬이 동시에 소리쳤다.

'어딨긴 어딨어? 여기 있지. 드래곤의 내 모습을 보고 인간들 중 누가 예쁘다고 하겠어. 하지만 울 엄마나 할아버지, 할머니는 내가 제일 예쁘게 보일걸? 오, 그러고 보니 오랜만에 할머니 생각이 나네? 녀석들이 잘 동안 할머니께 잠깐 갔다 올까?'

〈 3권에 계속 〉

292 아린 이야기

# 위저드리
## (Wizardly)

이 원 판타지 장편 소설 / 1~3 / 값 7,500원

# 배꼽 빠지는 코믹 판타지!

여자보다 더 아름다운 제드는 추적자를 따돌리기 위해 한 여장으로 인해
벽창호 용병단에게 아름다운 소녀로 오인받게 되고,
합류하는 기사들에게마저도 레이디로 모셔지게 된다.
"나는 여자가 아냐"라고 외쳐보지만, 글쎄……?
그의 운명은 마지막은 여자일까, 아니면 남자일까?

# 사이케델리아
## (PSYCHEDELIA)

이상규 판타지 장편 소설 / 1~9 / 값 7,000원

## 판타지 문학계의 시한폭탄 사이케델리아! 그 최종판!

**사이케델리아는 기존의 판타지 소설을 벗어나 현실 세계를 도입한 새로운 판타지 소설이다.**

"부탁이라니?"
"응, 간단한 거야. 우리 세계로 넘어와서 신하고 악마하고 패죽이면 되거든."

환타지 세계—아르카디아—에서 온 두 명의 미녀 영관(靈官)라케시스와 클로토.
그들이 천신과 천마를 소멸시키기 위해 선택한 중용자(中庸者)는 권강한! 바로 나다.
하지만 나는 다른 세계가 어떻게 되든 상관없어.
'그냥 죽으라고 해' 라고 말했지만, 글쎄…… 라케시스가 나를 강아지로 만들어 버리지 뭐야?!
어쩔 수 없는 강압에 의해 또다시 환타지 세계로의 여행을 시작하게 되는데,
아아…… 나의 앞날은 과연 어떻게 될까…….

# 엘야시온 스토리

## (Elyasion Story)

안소연 판타지 장편 소설 / 1~4 / 값 7,500원

**끊임없이 변화하는 세계관의 혼재 속에 자아를
성찰해 나가는 로맨틱 판타지의 정수!!
현실이 판타지 세계인가! 판타지 세계가 현실인가!**

시나는 평범한 일상을 겪던 도중 뜻밖의 사고를 당해 다른 차원—
엘야시온—으로 들어가게 된다. 그곳에서 지금은 최하층 계급의 사람이 되어 있는
과거의 연인 드래마를 만나 여행에 동행을 하게 되고,
사건이 전개됨에 따라 시나가 그렇게 돌아가고자 노력하던 '현실' 이란 결국
시나가 만들어낸 허상에 불과한 걸 알게 된다.
시나는 정해진 운명에 의해, 자신의 이름을 찾기 위해, 그리고 자신이 진정으로
찾고자 하는 '현실' 을 위해 영웅이 아닌 '살인자' 로서
엘야시온 12세계를 여행하게 된다.

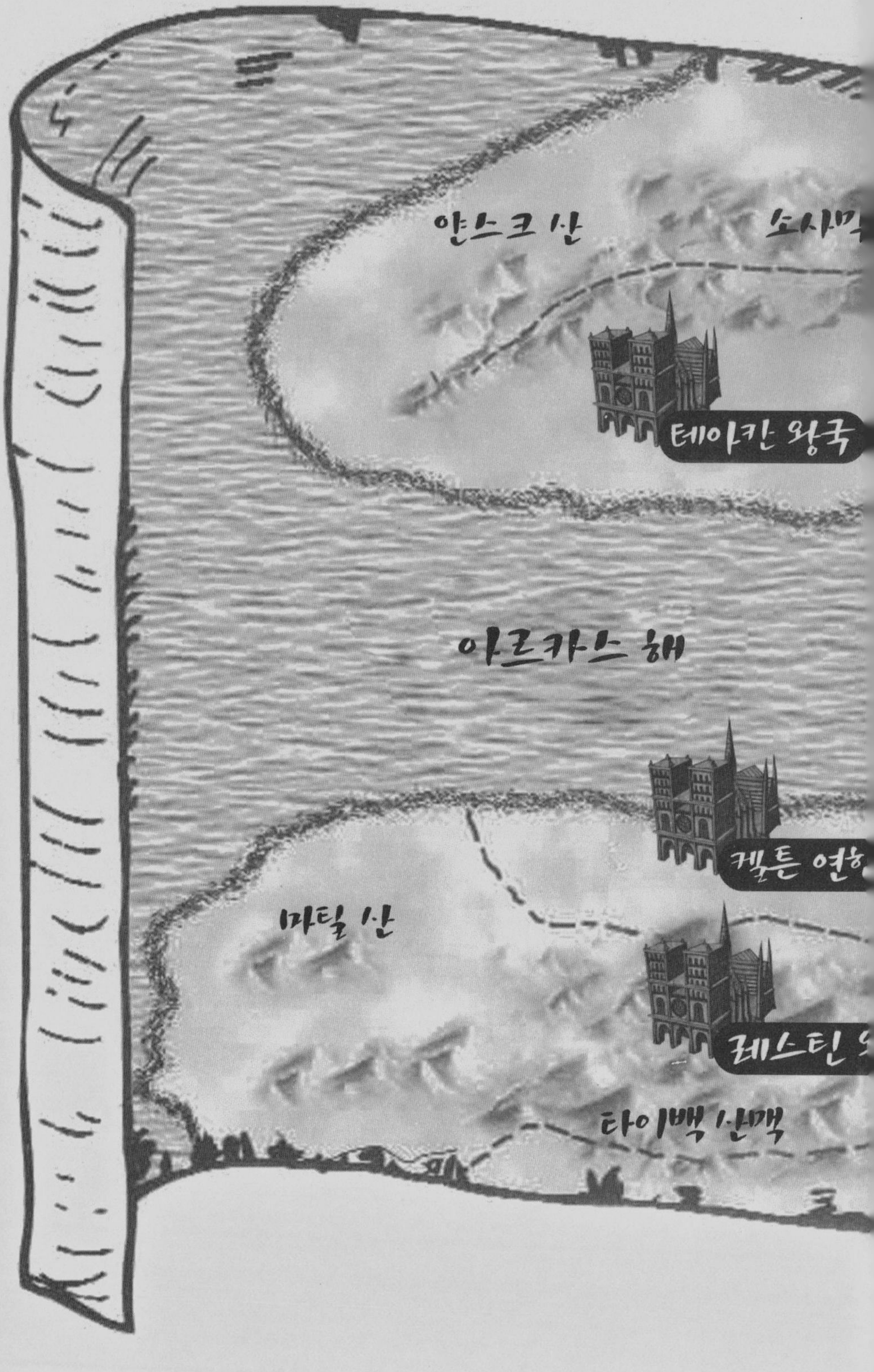

얀스크 산
소사막
테이칸 왕국
아르카스 해
켈튼 연합
마틸 산
레스틴 왕
타이백 산맥